红飘带

张锡杰 著

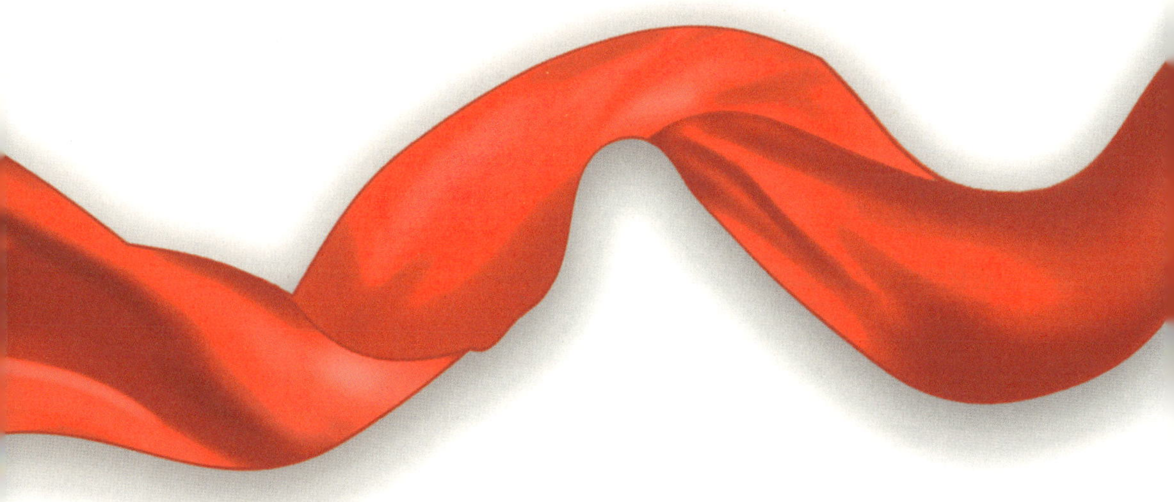

SPM 南方传媒 | 广东人民出版社

·广州·

图书在版编目（CIP）数据

红飘带 / 张锡杰著. —广州：广东人民出版社，2022.4
ISBN 978-7-218-15534-0

Ⅰ. ①红⋯　Ⅱ. ①张⋯　Ⅲ. ①散文集—中国—当代
Ⅳ. ① I267

中国版本图书馆 CIP 数据核字（2021）第 258714 号

HONG PIAODAI
红　飘　带

张锡杰　著

出 版 人：肖风华

责任编辑：梁　茵　林斯澄
责任技编：吴彦斌　周星奎

出版发行：广东人民出版社
地　　址：广州市越秀区大沙头四马路 10 号（邮政编码：510102）
电　　话：（020）85716809（总编室）
传　　真：（020）85716872
网　　址：http://www. gdpph. com
印　　刷：广州市豪威彩色印务有限公司
开　　本：787 毫米 ×1092 毫米　1/16
印　　张：20.25　　插　页：2　　字　数：263 千
版　　次：2022 年 4 月第 1 版
印　　次：2022 年 4 月第 1 次印刷
定　　价：78.00 元

如发现印装质量问题，影响阅读，请与出版社（020-85716849）联系调换。
售书热线：020-87716172

张锡杰 河北枣强人，法学硕士，研究员，中共中央办公厅正局级退休干部。做过20年新闻工作，在中南海红墙里先后工作了20年。曾任中共中央办公厅调研室政治组副组长、政治组组长、调研室副主任，北京电子科技学院党委书记，中央直属机关党建研究会副会长等职。长期从事党的建设、人力资源开发和管理，以及科技教育政策方面的研究，主要著述有政治论文集《在“三个代表”指引下前进——亲历这十三年》，科技论文集《迈向科技大发展的新世纪》，人物通讯集《十年浪花集》《感悟人物通讯——采写经验50谈》，纪实文集《遗孤残妇大寻亲》和《走进母亲河》（与崔纪敏合著）等。2014年江西人民出版社出版了他跨度30年的散文随笔集《红枫集》。《红飘带》是《红枫集》的姊妹篇，也可以说是续集，辑录的主要是党的十八大以来作者的散文随笔精品。

飞舞的“红飘带”

——张锡杰散文随笔集《红飘带》序

张文祥

我和张锡杰是相识46年的老同学。他是河北大学中文系首届“工农兵学员”，是我的学长，毕业后当了河北日报社记者。我毕业后则回到塞外《承德群众报》做了编辑。都是新闻同行，交往联系较多。他擅长写人物通讯，我喜欢写散文、报告文学，彼此写了文章、出版了专著，也互相交流借鉴。20世纪90年代初，我们先后调到北京，因不在一个部委，也难得见面长谈，但友谊之树深植我们心底。

2014年，他出版了第一本散文随笔集《红枫集》。七十篇文章，三十年岁月，每一篇都从他心底涌出，可以说是篇篇华章、字字珠玑，出版后好评如潮，引起了热烈反响。汤恒同志在为此书写的序言中，评介该书“有一纲三目：红为总纲，游、忆、记是三目。《红枫集》纲举目张，既有统领的精神，也有丰富的层面”。自然，我为有这样一位学长而欣慰、自豪。人进入老年，更是要有些精神的，而锡杰则笔耕不辍，并乐在其中，为我们做出了榜样！他的文学作品也成为进入老年的同学们的精神食粮。这几年，我注意到他在报纸、杂志和网络上发表的所见所闻和所思所想，电话中我调侃道：盼望能保持“枫林似火”的创作活力，“文苑熙暖，再绽新枝”。没想到，6年后一本厚厚的《红飘带》书稿便摆在我的案头。

《红飘带》是《红枫集》的姊妹篇，也可以说是续集。全书除序言、跋外，分为六个部分——“红色基因”“家国情怀”“绿色发展”“师情厚谊”“赏析借鉴”和附录“红枫之缘”，保持了《红枫集》的风格和体例。仔细品味每一篇文章，寻找以“红飘带”为书名的缘由，在《天安门的“红飘带”》中，作者做了完美的诠释。在庆祝中华人民共和国成立70周年的观礼台上，那两条似从天而降的飘逸灵动的“红飘带”，环绕在天安门广场两侧，直至广场北端，这壮丽的景象让他受到强烈的感染，在“红飘带”的环绕下，人民英雄纪念碑更加巍峨高大，寓意红色基因连接历史、现实和未来。“中国的昨天已经写在人类的史册上，中国的今天正在亿万人民手中创造，中国的明天必将更加美好。”聆听了习近平总书记在庆祝中华人民共和国成立70周年大会上的讲话，他心潮澎湃，豪情满怀，深情地说道：“我们……是见证新中国由站起来、富起来到强起来70年巨变的亲历者、建设者和受益者。我们既是‘红飘带’（红色基因）的继承者、践行者，也是红色基因的传承者。”

在和张锡杰的交谈中，我感受到一种对党和国家的事业、对人民群众的热爱之情，读了他的作品，越发感到热血沸腾的赤子之心。因为，他是农民的儿子，从小就受着革命传统的熏陶。他的远房爷爷张永言是抗日烈士，他对先烈的景仰深入骨髓，他用质朴的语言描述今天的美好生活，作为向先烈的告慰。在《抗日老英雄“七子星”传奇》中，作者以“爷孙跨越75年时空对话”一问一答方式，将老区委书记张永言“宁死不当亡国奴”的民族气节，“干革命就不怕掉脑袋”的革命精神，“一粒子弹要消灭一个敌人”的勇气和决心，通过一个个战斗场景和生动的故事，将爷爷这位神枪手与侵略者抗争到底的英雄气概展现得淋漓尽致，他告慰爷爷，您的梦想实现了！您的鲜血没有白流，革命自有后来人！

作为革命后来人，作者情系革命先烈，不论走到哪里，只要有机会，他都会挤出时间到烈士陵园瞻仰。《来龙山的花朵》中，作者走进江西弋阳一个秀美的小山村，这里有方志敏烈士的故居，《我从事革命斗争的略述》《可爱的中国》《清贫》《死——共产主义殉道者的记述》等烈士宣言，早已牢牢地印刻在他的心中。他将烈士的遗言视为珍宝："我流血的地方或在我葬骨的地方，或许会长出一朵可爱的花来。这朵花，你们可视为我精诚寄托吧！在微风吹拂中，如果那朵花上下点头，那可视为我为中华民族解放奋斗的爱国志士致以革命的敬礼！如果那朵花左右摇摆，那可视为我在提劲儿唱着革命之歌，鼓励战士们前进啦！"这段话深深地打动着读者，于是在文章结尾处，作者有一大段精美的文字作呼应："烈士'精诚寄托'的鲜花开遍神州大地，来龙山的'花朵'，是爱国之花、革命之花、创新之花、奉献之花。""在中国特色社会主义的'大花园'里，开得生机盎然，多姿多彩！""可以相信……在迎接中国共产党建党一百周年的春天，一定会开得更加万紫千红、分外妖娆！"

追随前辈的志向，是作者的心路历程中的重要内容。由于工作性质，更由于作者的追求与勤奋，他和一些革命老前辈多有谋面交集，在景仰与崇敬中，得到老人家的亲切教诲。《不忘初心的老红军邓六金》，就是一篇充满真情实感的好文！文章开头就把读者紧紧地抓住："这是一个神圣的地方，这是一个传奇的故事。"文章从福建上杭县古田镇——这个我党我军建设史上具有重要里程碑意义的古田会议召开地——铺设开来，将主人公邓六金从童养媳成长为革命战士的人生转折点呈现在读者面前，让人对这位革命老人肃然起敬！接着，作者从"土窝窝里飞出的'金凤凰'""死也要死在行军路上""孩子们叫什么我都高兴""什么时候都不能忘记父老乡亲"四个小标题，分别讲述了革命老人坚贞不渝的理想信念、枪林弹雨中的战斗历程、对革命下一代的呵护关爱、将一切奉献给祖国和人民的初心！时代变了，条件变了，但理想信念没有变。这是共产党人坚定的理想信念，是共产党人的精神支柱。牢记入党时的誓言，牢记为人民服务的宗旨，始终保持艰苦奋斗、不计名利、无私奉献的优良传统，始终保持战争年代那么一股劲头、那么一种革命精神，用行动践行不忘初心、奋斗终生的誓言。这是我们每一个共产党人应该扪心自问、自查自检的课题。

览物思情，念念不忘，是作者寻根铸魂的执念。《“红井”的感悟》文章不长，但叙事简洁，故事生动，感慨万千：“从江西瑞金苏区开始，我们党的初心不就是全心全意地为民‘挖井’谋幸福吗？土地革命和解放战争，是挖‘翻身之井’，改革开放是挖‘致富之井’，此后是挖‘小康之井’，发展新阶段则是要挖‘建设社会主义现代化强国之井’……总之，‘人民对美好生活的向往，就是我们的奋斗目标’。初心不改，‘挖井’不止！”这是作者发自内心、激励后人的呼唤！

锡杰常说：“我们这一代人，是伴随着共和国母亲的脚步成长起来的一代人，是唱着‘没有共产党就没有新中国’‘我们是共产主义接班人’长大的一代人。”他对党和国家的感念发自内心，对每一天的工作生活十分珍惜。他说：“我们都是普通工人和农民家庭的穷孩子，家境贫寒，没有毛主席和共产党，怎么能豪迈地走进大学殿堂？”锡杰的身世和经历，是很不平凡的，对党的理想信念、对党和人民的忠诚，渗入他的骨髓，融入他的心灵，铸就他的灵魂，展现出他的一颗赤子之心。所以，回报祖国成为他铭刻于心的誓言。在记者的岗位上，他担起时代赋予的责任，对党和人民真情放歌，他的文字总是高扬主旋律、传播正能量。他采写了一大批高质量的新闻报道，写出了具有引导力的评论文章。他在党和政府与人民群众联系的纽带和桥梁建设中做出了杰出贡献，1983年被评为河北省优秀新闻工作者。

20世纪90年代初，张锡杰从石家庄“赶考”来到北京的红墙里，从抛头露面的记者变为幕后的文稿起草人员。工作岗位变动后，锡杰很快转换角色，立志做一名党的合格的人民公仆。他有着峥嵘不凡的人生经历和赤子情怀，在工作中注意关注党的方针政策在基层的落实情况，深入了解改革开放给农村带来的翻天覆地的变化，歌赞伟大的新时代，描绘人民群众的幸福生活，抒发圆梦路上的新期待。《一份地契见证农村变革》是一篇承载着厚重历史的大文章。作者从家父珍藏的“土地房产所有证”说起，把读者带回到“继军事斗争以后的第二场决战”的轰轰烈烈的土改年代，破除几千年的土地私有制，实现“耕者有其田”，这是进入一个崭新时代、人民当家作主的伟大事件，父亲捧着这份土地证，“心中的甜蜜和幸福是说不尽的”。由此，作者用十分自然的讲述，在文章中拉开了党的十一届三中全会开启的农村改革开放的序幕，我们党和政府从发展农村经济、保障人民群众利益出发，“克服和纠正了计划经济体制下的‘大锅饭’‘大呼隆’的平均主义”，带领广大农民群众“过上了吃穿用行不用愁的小康生活”，向“两个一百年”的奋斗目标阔步前行。

历史是最好的教科书。锡杰在其位尽力谋其政，而且对国家的每一个阶段的发展历程谙熟于胸。在国家发展的巨幅蓝图上，随处都是可圈可点的发展业绩，唤起人们对改革开放以来一件件往事的回忆，调动起人民群众在民族振兴大业中的冲天力量。作者在行文中有放有收，宏观政策讲得到位，微观事件叙述得真真切切。改革开放是实现“强国梦”必由之路，但农村改革的起步却是异常艰难的。40年前的农村改革，安徽凤阳县小岗村农民的破冰，是冒着风险摁手印搞“分田单干”；而河北深县郗家池农民的“圆梦”则是用“耩空耧”争取种植的自主权。作者用“耩空耧”事例，显示了农民群众运用智慧的播种障眼法，与“一刀切”地方政策的斗智斗勇，记录了一个时代的印记。他在完成跳出自我的叙述后，很自然地回到现实当中，紧跟时代的步伐，加强学习，继续拿起笔，写好身边的改革开放故事，编织神圣的中国之梦。可以说，作者在回顾农村改革的艰难历程的同时，为今天新的“圆梦”——推进乡村振兴战略提供了借鉴。

由于思想纯洁，笃实谦恭，心无旁骛，锡杰的记忆力极强，特别是讨论写作上的事，几十年前的往事都会让他兴奋不已，滔滔不绝。《〈好大嫂〉与思想解放——新闻改革记忆最深的一件事》是他通过对40年前一次采访的回忆而成。为了改变记者下基层少，写文章“穿靴戴帽”“帮腔帮调”的情况，他通过省妇联的一个线索，不由分说，坐上长途汽车往衡水地区的故城县赶。经过一路颠簸，虽然到了故城，可是还要走40多里土路，才能到采访对象住的姜庄村！他咬咬牙，硬是在晚上9点多赶到了姜庄村。当晚，土炕上，小桌旁，油灯下，他对尊老爱幼、团结妯娌、勤俭持家的王秀荣一家进行了采访。在这个18口人的大家庭中，大家都向这位没有架子、两腿泥土的记者倾吐心声，讲起生活中的故事。由于采访深入，这篇5000多字的人物通讯《好大嫂》，很快就在《河北日报》头版发表，引起社会强烈反响。几所大学请他去讲体会，传授经验。师生们说，新的时代更需要树立先进典型，弘扬中华传统美德与团结和睦的社会主义新型家庭关系的好风尚。而这样生动的报道，只有记者深入生活、深入群众才能获得。

虽然锡杰离开记者岗位许多年了，但是他一直保持着用记者的思维、记者的眼光审视世界，用记者应有的责任与勤奋记录下来。《搏天揽地“追梦人”》就是他应邀赴合肥为中国工程院《院士通讯》通讯员培训班讲课，有幸参观了中国电子科技集团公司第三十八研究所，走进了王小谟院士、吴曼青院士铸梦想和洒血汗的实验室，聆听了两任所长及科研工作者们“国字当头、创字开路、改字为先”可歌可泣的动人事迹后，写出的散文式通讯。王小谟院士被誉为“中国预警机之父”，是获得2012年度国家最高科学技术奖的两位科学家之一；吴曼青由于在雷达技术领域取得的突出成就和展现出的卓越能力，不满36岁就被破格提拔为38所所长。2009年国庆阅兵式上，当我国自主研制的空警-2000和空警-200预警机，拖着长长的彩烟领航空中梯队飞过天安门广场时，观礼台上的王小谟和38所集中收看阅兵式实况的工作人员们，齐声欢呼：几代人的梦想终于实现了……使命，是梦想，更是责任，一个人为了使命可以奋斗一生、无怨无悔。这让锡杰无比激动，他用细腻的散文式通讯创作手法，热情讴歌院士们的风采。

锡杰待人热情又不失分寸，情感真挚又有几分不泯的童心。读他的文章，感觉是随他在人生旅途中一次次漫步，在轻松品味中感悟生活的哲理，咀嚼人间温暖与真情。《我与恩师吴庚振教授》中他说："我与吴老师的师生情，跨越了近半个世纪的时空，是人世间不是父兄而胜似父兄的一种纯洁真挚的情谊。"于是在娓娓道来的叙述中，他写了野营拉练时，吴老师背着行囊和同学们一块长途跋涉的情景；写了在老乡土炕上的煤油灯下，老师改写"战地"报道的身影；写了老师指导他学习哲学，提高政治敏锐性的故事……字里行间是满满的感动，如陈年老酒，回味悠长。

锡杰记忆里，凡是对他有指点、教诲的人都是老师，也都是永远铭记在心的人。《暨大两恩师》《我的"师傅"——杨殿通》《亦师亦友赵辉林》《甘为他人作嫁衣》等文章，从不同角度，讲述着一个个平凡而感人的故事。"暨大遇名师，后学何荣幸。丹心沃中华，箴言是明镜！"这是他抒发出对恩师梁洪浩教授没齿难忘的深情。《我的"师傅"——杨殿通》在夹叙夹议中，有对往事的回忆，有对人物特定的白描，把平易近人、热情提携后人的"戴副眼镜，白白净净，文质彬彬的"杨殿通老师拉到读者的眼前。"孜孜不倦的求索精神""接地气的采访作风""提携后学的高尚风格"是作者对老师的概括式评价，字里行间突现出老师人品与文品的完美融合，"他的理想追求、采访作风以及丰富的采写经验，都使我深受教育，乃至影响了我以后的人生道路。就是走进北京的红墙以后，我还经常想起他的教诲"。这段文字是从他的内心迸发出来，突破了先人对老师"传道授业解惑"的诠释，提升到一位共产党员老师、老一辈新闻工作者对晚辈人生道路的指引，这种激励成为作者一生的精神财富。同样，在《亦师亦友赵辉林》中，作者笔下展现的是一位无私真诚、才华横溢的忘年交挚友，也是一位历尽坎坷对党忠贞不渝的新闻工作者。在写到赵辉林40年后重新回到党组织时的兴奋之情，作者也为之动容："望着远方——越过荆棘，跨过荒冢，透过暗夜，穿过冬天，太阳站在东山巅的松树枝上，微笑着，向我伸出了炽热的手！"这是一次蒙受40年冤案迎来新的生命的表白，怎能不令人心潮澎湃呢！"敢将十指夸针巧，不把双眉斗画长，甘于'为他人作嫁衣裳'。"这是作者在《甘为他人作嫁衣》题记中的一句话。几十年过去了，他仍然念念不忘那些把他引进新闻事业殿堂、指导他写作的第一代老报人。特别是在樊恒方的丈夫突然病逝的情况下，其以坚强的毅力坚守在新闻编辑岗位，同时独自扛起抚养三个孩子的重担。"没有过不去的火焰山，再苦再难也要跟党走，一心为革命，一生干革命……"体现了一位女共产党员大无畏的革命精神。作者没有停留在对一个人境遇的慨叹上，而是讲述这位女编辑对年轻人的业务指导，以新闻敏感和前瞻意识，向记者推荐采访线索；对记者的作品精心编辑，不仅使记者写出了具有指导意义的好新闻，也使年轻记者得到了锻炼成长。

经历是最好的成长，也是珍贵的人生财富。将真情倾泻在稿纸上，以散文形式描绘自然景观，引人入胜，托物寄情，敞开心扉，也让读者从中感悟思情，在心灵深处唤起对祖国的热爱、唤起对为祖国献身的英雄们的崇敬。《黄鹤楼之约》，初看题目是一篇游记，但是作者却把笔触放在了抗击新冠肺炎疫情斗争中的一个个小故事上："白衣执甲""为武汉拼过命的"白衣天使，支持妈妈上"前线"打"新型冠状病毒"大坏蛋的4岁小女孩，关于黄鹤矶边"辛氏酒店"的传说……作者在重温黄鹤楼的故事的时候，感慨"抗击新冠肺炎疫情的阻击战，既是人类与自然界病毒的一场殊死搏斗，也是人的精神境界的升华和新时代民族精神的最好凝练"。

在《白鹭洲的骄傲》中，作者从引用郭沫若《七律·宿吉安》起笔，把郭老“井冈山下后，万岭不思游”的心境进行了分析，“身处白鹭洲，远看有螺子山、青原山、神冈山三山环抱，近看有轮船、客船、渔船穿梭而过。朝看红日，天空和水面双轮东升；晚霞夕照，白鹭鸣叫，鸟雀归巢，好一幅人与自然和谐相处的美丽景象”。作者这段美文与郭老的诗作形成呼应，表达了对祖国无限钟爱之情。由此，笔锋一转，大段写实，回忆了文天祥壮怀激烈之气节，接着写到一批从白鹭洲走出的以曾延生为代表的革命先烈，他们面对敌人的屠刀，慷慨赴死，义无反顾。好一个白鹭洲的骄傲，更是祖国的骄傲！

《白求恩墓前的誓言》写的是一群即将跨入河北最高学府的学子们的感情。他们面对英烈们的墓碑，心潮澎湃，热血沸腾。烈士们的功绩彪炳千秋，烈士们的英名万古流芳，烈士们的精神将永载中华民族解放的史册！一股股热流在他们胸中涌动，没有烈士的浴血奋战和流血牺牲，就没有新中国和社会主义制度，就没有今天的幸福生活。“继承革命先烈志，红心忠于毛主席”是他们的心声，也是即将迈入大学校门时的初心和誓言。

历史是一面镜子，锡杰则是走进镜子里的解读者。《挚友来自珞珈山》详细地记叙了一群党建工作者对党和人民事业的热血忠诚、赤子奉献。聚是一团火，散作满天星，而他笔下的史正江同志就是其中的一颗星！“在党爱党，在党言党，在党忧党，在党为党”。铁骨铮铮的话语，从他心里流淌出来，字里行间跳动着一颗滚烫的心，令人动容、敬佩！

井冈山、延安、西柏坡是作者崇敬向往之圣地，每一次到了那里，他都会有新的感悟与思考。他常说，我们这一代人，出生在新中国成立前后，是在红旗下长大的，对党、对国家、对人民感情很深，对我们党的光荣历史和优良作风印象很深。每到一次井冈山、延安、西柏坡等革命圣地，都是一次精神上、思想上的洗礼。每到一次，都能受到一次有关党的性质和宗旨的生动教育，就更加坚定了公仆意识和为民情怀。

革命先烈为中国革命事业建立了千秋功勋，我们要沿着革命前辈的足迹继续前行，把红色江山世世代代传下去。革命传统教育要从娃娃抓起，既注重知识灌输，又加强情感培育，使红色基因渗进血液、浸入心扉，引导广大青少年树立正确的世界观、人生观、价值观。他在《“好好学习”寄深情》这篇文章中，从双胞胎孙女妍妍、娴娴带回的北京育英学校校报《育报》说起，引出毛主席为鼓励少年儿童而题写“好好学习，天天向上”的过程和感人故事。随着时代的进步、科技的发展，学习成为全社会的共同话题，作者深入领会习近平总书记“求知善读”的读书方法，“在爱读书、勤读书、读好书、善读书中提高思想水平、解决实际问题”。作者把好好读书学习视作不断检视初心、滋养初心，不断锤炼忠诚、敢于担当的政治品格的法宝。从娃娃们的成长、领袖对祖国未来的希望，到我们应该一以贯之的努力，再到“不忘初心、牢记使命”的担当，这一条“红线”，醒目亮丽，令人警醒。

现实主义与浪漫主义相结合，是《红飘带》的一大特点，作者热爱生活，一木一石、一花一果都如同有灵性一般，他都会与其对话一番。《银杏树的报告》从他与银杏树的初识，到每天饭后会不由自主地围着她转上几圈，再到对她的欣赏，并以郭老的《银杏》中有关银杏的知识点说开去。树如人，虽然银杏树是中国独有，被人们称之为“植物界的熊猫”，但是在战火之中也受到戕害，很长一段时间也没有得到应有的保护。随着改革开放的深入，人们生态环境意识日渐增强，银杏树迎来了大发展时期。当大街小巷都有银杏树的身影，她也不仅仅是城市乡村一道道美丽风景的时候，作者用极具欣赏的目光歌赞她的药用价值，以及她给人们的身体带来的健康，从而预示着甜蜜的生活畅想。《家乡的甜杏》是一篇具有浓郁乡土气息的佳作，读者可以跟随着作者的脚步，看到田园的绿叶、红花和青果，闻到乡野泥土的芬芳。在物资极度匮乏的年代，大娘家那两棵高大的杏树，成了家庭的重要收入，尝鲜是人们一年的念想。改革开放后，村里种上了各种果树，俨然成了一个远近闻名的花果园。于是，作者写出了品杏时的愉悦与浪漫，“一边欣赏杏肥含羞压枝头的美景，一边品尝香白杏和大峪杏味道的不同。不管是谁家的杏园，甜杏儿都可以随便摘、随便吃呢”。本来文章可以就此结束，但是作者意犹未尽。邻家弟弟西敏对杏子医用价值的一通介绍后，作者看到“一缕金色的晚霞照过来，反射到西敏闪着亮光的脸庞上，瞧他那眼神里，充满的是满足和幸福。仿佛他采摘的不是甜杏，而是对未来美好生活的期盼。相信随着乡村振兴战略的实施，家乡的明天会更好”。《海南绿橙》和《家乡的甜杏》可以说是姊妹篇。“我之所以对绿橙印象深刻，是因它不仅让我一饱口福，还让我领悟到了做人的道理。”绿橙是一种不漂亮不光鲜的南方水果，但是却清凉解渴，维生素丰富，对北方人来说吃上几颗也算是饱了口福。作者用跳跃式的手法，将散文“散”到了极致，随着行云流水式的讲述，收也收回得恰到好处。作者突然放下绿橙不说，却转向对一位尽心尽力为老同志们服务的海南姑娘阿倩的描述，她的细心周到、她的平实无华、她的低调真诚，让人肃然起敬。这时作者又很自然地回到篇首，对“道理”作出了一番论述：做人低调、做事认真、奉献不声张的普通人和平凡人，才是实现民族振兴中国梦的脊梁！

掩卷沉思，我眼前似有一条红色的飘带飞舞，这飘带可以把人们引入红色的历史记忆，可以激励我们创造光辉灿烂的未来。站在百年历史的交汇点上，沿着这条飘带我们可以走向中华民族伟大复兴的一个又一个新的征程……

（作者系中宣部新闻局副局级退休干部、中国作家协会会员）

目 录

红色基因

家国情怀

绿色发展

师情厚谊

赏析借鉴

附录　红枫之缘

红色基因

“红井”的感悟

记得是在小学的语文课本上，首次读到《吃水不忘挖井人》一文。故事的梗概是：江西瑞金城外有个村子叫沙洲坝，毛主席在苏区领导革命的时候，在那儿住过。村子里没有水井，乡亲们吃水要到很远的水塘去挑。路远不说，塘水还不卫生。毛主席就带领战士和乡亲们挖了一口井。中华人民共和国成立后，沙洲坝人民在井旁立了一块石碑，上面刻着：“吃水不忘挖井人，时刻想念毛主席。”

孩子的梦想如同万花筒那般五彩缤纷。当时我想：什么时候咱也能喝喝那清澈甘甜的“红井”水？尽管那时我还不晓得瑞金在哪里。

没想到60年后，儿时的梦想变成了现实。2012年5月31日，我有幸来到享有“红色故都”“共和国摇篮”盛誉的革命圣地瑞金调研。我们瞻仰了叶坪“一苏大会”会址暨中华苏维埃共和国临时中央政府旧址，怀着无比崇敬的心情向红军烈士纪念塔敬献了花篮。红军烈士纪念塔建于1933年，塔高13米，塔座为五角形，塔身为炮弹型，布满塔身的一粒粒小石块，象征着它由无数革命烈士凝结而成。随后，我们还专程赴沙洲坝，瞻仰了驰名中外的“红井”。它是当年毛泽东和苏区干部关心群众生活，真心实意为人民群众谋利益的历史见证。

当年的沙洲坝是个干旱缺水的地方，不仅无水灌溉农田，而且连群众喝水也非常困难。当地流传着一首民谣：“沙洲坝，沙洲坝，没有水来洗手帕。三天无雨地开岔，天一下雨土搬家。”

1933年4月，中华苏维埃共和国临时政府从叶坪迁到沙洲坝后，毛泽东了解到这里的群众喝的是脏塘水，心里十分焦急：“为什么不挖口水井呢？”

警卫战士告诉：“村民们迷信‘风水’，说地下有条旱龙，打井坏了龙脉会遭殃，所以没人敢去冒犯。”毛泽东听后一笑，说我们帮助群众打口井，解决饮水的困难。

9月的一天，东方刚泛鱼肚白，毛泽东就领着警卫战士在驻地前的一块空地上，选好了井位，并带头挖了起来。毛泽东一边挖井，一边乐哈哈地说笑话：“听说有的‘老表’（当地方言，老乡的意思）怕得罪旱龙爷坏了屋场害了人，红军不怕！如果旱龙爷怪罪下来，让他来找我好了。”毛泽东领头挖井的事儿，很快传遍了沙洲坝。中央机关的同志和老表们也一起前来挖井。没几天工夫，一口直径85厘米、深约5米的水井挖好了。为了使井水更清澈，毛泽东还亲自下井往井底铺沙石、垫木炭。从此，沙洲坝人民结束了饮用脏塘水的历史，喝上了清澈甘甜的井水。

中央红军长征后，国民党反动派卷土重来，烧杀抢掠，要毁掉“红井”。当地群众同敌人展开了针锋相对的斗争，敌人白天填井，群众夜晚又把井挖开。几经反复，沙洲坝人终于保住了这口井。1951年，沙洲坝人民为迎接毛主席派来的南方老根据地慰问团，将这口井进行了维修，取名为“红井”，并在井旁立了一块木牌（后改为石碑），上书“吃水不忘挖井人，时刻想念毛主席”。

作者在“红井”前喝着甘甜的井水

作为后来人，亲临享誉中外的“红井”瞻仰，喝着清澈甘甜的井水，听着《红井水》的优美旋律——“红井水哟甜又清，手捧那个清泉想亲人……红井甘露育万代，代代永做革命人……”，我不由得心潮澎湃、感慨万千，对“红井”精神有了新的认识和感悟。从江西瑞金苏区开始，我们党的初心不就是全心全意地为民“挖井”谋幸福吗？土地革命和解放战争，是挖“翻身之井”，改革开放是挖“致富之井”，此后是挖“小康之井”，发展新阶段则是要挖“建设社会主义现代化强国之井”……总之，“人民对美好生活的向往，就是我们的奋斗目标”。初心不改，“挖井”不止！

（载2021年3月4日《衡水晚报》副刊和2021年第4期江西《党史文苑》）

“一苏大会”与“毛主席”称呼的由来

中华工农兵苏维埃第一次全国代表大会（简称“一苏大会”），于1931年11月7日在江西瑞金叶坪召开。参加大会的有来自闽西、赣东北、湘赣、湘鄂西、琼崖、中央苏区等根据地的红军代表共610名。大会历时14天，通过了苏维埃宪法大纲、土地法、劳动法及红军问题等决议案，选举毛泽东、项英、张国焘、周恩来、朱德等63人为中央执行委员会委员，宣告中华苏维埃共和国临时中央政府成立。11月27日，中央执行委员会举行第一次会议，毛泽东当选为中央执行委员会和下设的人民委员会主席，项英、张国焘为副主席。从此，“毛主席”的称呼就在瑞金喊响了，并一直喊到延安、西柏坡直至北京。

“好好学习”寄深情

2020年9月1日，孙女妍妍、娴娴怀着万花筒般的美好梦想，走进了具有悠久历史的北京育英学校。两天后，孙女们领回了带有校名的校服，还有一份校报《育报》。小学还办校报？感到很新鲜。翻开报纸，不由得眼前一亮、大喜过望：毛泽东竟为这所学校题过词——“好好学习　好好学习”。

说起来话长。育英学校1948年11月7日创办于平山西柏坡，当时的名字叫“中共中央直属育英小学”，1949年随党中央一起迁入北平。1953年，学校中学部与小学部分离，中学部为现在的北京市育英中学。1970年，育英学校重新组建中学部，现为集小学、初中为一体的九年一贯制学校。提起毛泽东主席为学校的题词，还有段动人的故事呢！

1952年“六一”国际儿童节前夕，学校号召同学们以实际行动向儿童节献礼。礼物可以自己制作，也可以组成小组共同制作，还可以请家长帮助。但不要花钱去买，不然就失去了意义。当时在育英学校五年（2）班上学的李讷，周六回家度周末，向爸爸毛泽东说起向儿童节献礼的事儿。毛泽东很高兴，立即在宣纸上题写了一个条幅。周一的班会上，李讷汇报了爸爸题写条幅的事儿，并拿出了那长35厘米、宽11厘米的条幅，只见上面一大一小八个大字："好好学习　好好学习"。班主任和同学们激动不已、欢呼跳跃，并请教劳作课的老师，为题词精心制作了玻璃镜框。育英学校与新中国一起成长、一起从西柏坡走来。从此，"好好学习　好好学习"成了育英学校的校训，培育和激励了一代又一代的育英人，努力学习，不断进取，成长为新中国和中国特色社会主义的建设者。

作者孙女妍妍、娴娴手拉手入读北京育英学校

"好好学习　好好学习"，是毛泽东以家长的身份为育英学校撰写的题词。它不仅包含了毛泽东对育英学校和女儿李讷的殷切希望，而且包含了他老人家对儿童教育的高度重视和对全国青少年的深厚情怀。追溯历史，在抗日战争时期的1940年儿童节，毛泽东就题写了"天天向上"，发表在延安《新中华报》上。新中国成立前夕的1949年9月，《中国儿童》杂志在北平创刊，毛泽东题词"好好学习"。1951年11月5日，《中国少年报》创刊，毛泽东也题词"好好学习"。教育是国之大计，儿童是祖国的未来。新中国成立初期，百废待兴，但最缺的是掌握科学知识的各方面人才。所以，毛泽东多次题词希望青少年刻苦学习，发愤图强，不仅要向书本学

习，还要向实践学习，向人民群众学习，努力成为堪当国家建设重任的共产主义接班人。

那么，国庆节和重要节日举行盛大群众游行时，作为少年儿童方阵前导旗上的“好好学习　天天向上”，又是什么时候融合在一起的呢？它同毛泽东为育英学校的题词又有什么关系呢？说起来也有段故事：

那是1951年5月3日下午，苏州市金阊小学时年8岁的陈永康同学，正与同学们在学校外边玩耍。一个打扮入时的青年拿出一包糖给孩子们吃，并交给陈永康一包黄粉，说是精制的面粉，要他放到老师的办公桌上。陈永康想起老师曾多次讲过，眼下刚刚解放，天下还不太平。看到面前的人鬼鬼祟祟，猜想肯定不是好人，于是他便假意答应带那人去学校。这时，迎面走来一队巡逻的解放军，陈永康一边抱住青年的腿一边大喊：“解放军叔叔，快来抓坏蛋！”那人急于逃跑，用拳头猛打陈永康的头和脸，可陈永康死不放手。解放军迅速赶来制服了青年，并将受伤的陈永康送往医院。事后查验那包黄粉是炸药，那名青年是一个特务。陈永康的英雄事迹在当地迅速传开。同年5月9日，苏州市人民政府授予他“革命小英雄”称号。毛泽东获悉小学生陈永康抓特务的事迹后，亲笔题词“好好学习　天天向上”。同年5月28日第46期《革大改造报》发表了这个题词。

1951年9月底，毛泽东接见了安徽省参加国庆观礼的代表团，成员中有个小英雄叫马三姐，那年才15岁，她是后来拍的电影《渡江侦察记》中女英雄刘四姐的原型。毛泽东亲切地对她说：“你姓马，我姓毛，你就叫马毛姐吧。”毛泽东还关切地问起她学习的情况，送她一个笔记本，并在扉页上题词“好好学习　天天向上”。

综上所述，“好好学习”与“天天向上”是在新中国成立之初融为一体的。二者是相互联系的有机整体，“好好学习”是前提和基础，“天天向上”是好好学习的结果和表现。它既包含了毛泽东对广大青少年的深切关爱和殷切期望，也贯穿了毛泽东高度重视青少年教育和接班人培养的战略思想。

今天，重温毛泽东关于“好好学习　好好学习”的重要指示，感到特别亲切并有许多新的感受。当今社会已经进入以互联网为核心的信息社会。新科技的迅猛发展和互联网的迅速普及，正日益改变着人们的工作、学习和生活。不论像孙女一样刚入学的少年儿童，还是朝气蓬勃的青年学子和年富力强肩负重任的一代人，乃至像我这样的七十老翁，都面临“好好学习”、重新学习的任务。我们既要有毛泽东提倡的“从不自满开始，对自己学而不厌，对人家诲人不倦”的学习态度，也要有习近平总书记强调的“求知善读”的读书方法和技巧，“在爱读书、勤读书、读好书、善读书中提高思想水平、解决实际问题”的能力，在实现中国梦的过程中自我超越！

（载2020年9月12日《衡水晚报》和2020年第3期《桑榆文苑》）

毛泽东的晚年读书生活

毛泽东博览群书，终生酷爱读书，即便在戎马倥偬的战争年代，也总是手不释卷。他常说：“饭可以少吃，觉可以少睡，书可不能不读啊！”1972年后，老人家的身体状况越来越差，两腿浮肿得走不了路，就在床上半躺半坐地看书。眼睛看不清东西了，就读大字本的线装书，再后来就让人读给他听……1976年8月底，毛泽东已沉疴在身，弥留之际还向身边工作人员索要他喜欢读的《容斋随笔》一书。《容斋随笔》是南宋洪迈撰写的一部笔记性题材的书籍，分为《随笔》《续笔》《三笔》《四笔》《五笔》五集。毛泽东曾多次读此书，这也是他生前要读的最后一部书。他老人家毕生“好好学习”，活到老、学到老的精神感人至深，令人敬仰。

来龙山的花朵

2009年10月，在方志敏烈士诞辰110周年之际，我随一位老领导专程赴江西省弋阳县漆工镇湖塘村，瞻仰了这位伟大的“共产主义殉道者”的故居，向烈士表达深深的崇敬和怀念之情。

方志敏是伟大的无产阶级革命家、军事家，赣东北革命根据地著名的农民运动领袖。1927年深秋，在南昌起义、秋收起义的影响下，方志敏、邵式平、黄道等杰出青年，组织起义农民举行“弋（阳）横（峰）暴动”，从缴获的“两条半枪”起家，创建赣东北革命根据地，创建红十军。他们创造性地扩展根据地，“由弋横而信江，由信江而赣东北，由赣东北而闽浙赣”。毛泽东称其为“方志敏式”根据地，是“很好的创造”。根据地区域最广时，横跨赣东北、闽北、浙西、皖南4省边界，拥有近50个县，中心地区人口达100万之众。赣东北和闽浙皖根据地，是全国六大苏区之一，中央苏区的“有力的右翼”和东北屏障。中华苏维埃临时中央政府，曾授予其“苏维埃模范省”的光荣称号……

方志敏故居所在的湖塘村，是个风景秀丽的地方。村背后靠着一座小山——来龙山，山上长着茂密的森林。从村东南方向流来一条小河，通过村口的一座小石桥，弯弯曲曲流进树林里。路旁是“良田美池”，“芳草鲜美，落英缤纷”，真好似个“世外桃源”。当我们怀着敬仰虔诚的心情，瞻仰烈士故居时，我不由得想起了方志敏烈士夫人缪敏著的《方志敏战斗的一生》一书，以及烈士在书中说的“精诚寄托”、用鲜血幻化孕育的来龙山的“花朵”……

1935年1月，方志敏被俘后，在狱中极其险恶的环境下，撰写了《我从事革命斗争的略述》《可爱的中国》《清贫》《死——共产主义殉道者的记述》等文稿以及大量信件，展示出他坚定的革命信仰、对党的无限忠诚，以及不屈不挠的革命意志。方志敏在一封信中写道：“如果我不能生存——死了，我流血的地方或在我葬骨的地方，或许会长出一朵可爱的花来。这朵花，你们可视为我精诚寄托吧！在微风吹拂中，如果那朵花上下点头，那可视为我为中华民族解放奋斗的爱国志士致以革命的敬礼！如果那朵花左右摇摆，那可视为我在提劲儿唱着革命之歌，鼓励战士们前进啦！”这是多么激动人心的字句，充满了多么深刻的爱国主义热情啊！

方志敏在狱中留下的文稿，在辗转送出的过程中，有的散失了。比如《我从事革命斗争的略述》一文，是方志敏撰写的自传性质的文稿。手稿在传送中散失达5年之久。1940年，才由八路军驻重庆办事处用重金买回。叶剑英读了手稿，心情非常沉重，感慨万千之余，写下了一首气势恢宏、荡气回肠的七绝：“血染东南半壁红，忍将奇绩作奇功。文山去后南明月，又照秦淮一叶枫。”叶剑英在诗中，对敌人残酷杀害革命英雄的滔天罪行，进行了有力的嘲讽和无情的鞭挞；赞扬方志敏的浩然正气和不屈精神犹如民族英雄文天祥，如日月经天、江河行地而永垂不朽。据粗略统计，在遭受囚禁的半年多时间里，方志敏共留下16篇文稿，14万多字。字里行间抒发了他对党的无限深情，对祖国母亲的无限热爱。他的高尚情操和人格魅力，甚至感染了监狱的看守人员，以及“落难”的原国民党高官。受“良心”感召，他们才瞒着上司，偷偷地将这些文稿带出监狱，从而使这些宝贵的精神财富得以留存……

“方志敏同志是我们党的骄傲，人民的骄傲。在他身上体现的崇高品格和浩然正气，是我们党的宝贵精神财富，必将激励一代又一代人，为党和人民的事业不懈奋斗。”1964年，毛泽东曾亲自为坐落于南昌北郊梅岭山麓的方志敏烈士墓，题写了墓志。1984年，邓小平曾为《方志敏文集》题写了书名。方志敏本身就是一部大书。他的《可爱的中国》，是一部励志报国、革命救国、以身殉国、拯救“美丽的母亲”于危难之中的壮丽篇章，是把深厚的民族情感同报国热忱融于一体的爱国主义的丰碑。他的《清贫》，是他一生理想和追求的真实写照，回答了什么是人生最大的快乐，什么是革命者的信仰，人到底怎样活着才有价值，可以说是一篇千字的千古绝唱。他在《死——共产主义殉道者的记述》一文中的临终格言“敌人只能砍下我们的头颅，决不能动摇我们的信仰！因为我们信仰的主义，乃是宇宙的真理！为着共产主义牺牲，为着苏维埃流血，那是我们十分情愿的啊！”气贯长虹，传播大江南北，响彻长城内外，感动了一代一代中国人……

烈士的遗体长眠地下，但烈士“精诚寄托”的鲜花却开遍神州大地。来龙山的“花朵”，是爱国之花、革命之花、创新之花、奉献之花。这些花朵不仅在弋阳、在南昌，而且在中国特色社会主义的“大花园”里，开得生机盎然，多姿多彩！可以相信，在中国特色社会主义新发展阶段，在迎接中国共产党建党一百周年的春天，一定会开得更加万紫千红、分外妖娆！

（载2021年3月24日《衡水晚报》副刊和同日《衡水日报》“滏阳花”栏目）

方志敏烈士的“大局观念”

人们对方志敏烈士坚定的理想信念、炽热的爱国热情、视死如归的凛然正气，以及保持清贫的崇高品质比较熟悉，但对他的坚强党性和“大局观念”了解得不多。比如，1933年，为支持中央苏区第四次“反围剿”，方志敏和赣东北根据地的领导成员，将他们唯一的主力部队红十军无条件地奉调中央苏区，同时还在资金上无私支援中央苏区。据不完全统计，在1930年至1932年不到3年时间里，他们共向中央苏区支援黄金、银元等折合现今人民币4000多万元。1934年，为策应中央红军战略转移，方志敏率领抗日先遣队北上牵制敌人，直至绝大部分所率将士壮烈牺牲或因弹尽粮绝而被俘，为掩护长征作出了彻底的无私奉献。

不忘初心的老红军邓六金

这是一个神圣的地方，这是一个传奇的故事。

坐落在崇山峻岭中的福建省上杭县古田镇，不仅是我党我军建设史上具有重要里程碑意义的古田会议的召开地，也是老红军邓六金从童养媳成长为革命战士的人生转折地。

邓六金同志留影（摄于 1995 年）

从上杭紫金山下、九曲溪畔走出的客家女儿邓六金，1931年春天，在这里剪辫子，宣誓“为共产主义奋斗终生，随时准备为党和人民牺牲一切”；1934年10月，在这里随中央主力红军踏上万里长征的征途，成为用双脚丈量过二万五千里长征的中央红军32名女干部之一。此后，不管是在陕北担任中央组织部妇女部部长，还是到皖南任中共中央东南分局妇女部巡视员，抑或在解放战争期间创办华东保育院、培育烈士遗孤和革命后代，乃至晚年心系桑梓老区群众、关爱少年儿童，都充分展现了一个老红军不忘初心、奋斗终生的革命情怀。

土窝窝里飞出的“金凤凰”

邓六金，1912年9月16日出生在上杭县旧县乡新房村的一户贫农家庭。她上有四个姐姐和一个哥哥，排行老六，故取名“六金”。由于家里太穷，邓六金出生十多天，就被父母送给临近的石院村一户没有男孩的穷人家当“望郎媳”。养父姓李，是个腿有点瘸的理发匠，家里没有地，住的是茅草房，吃的是红苕、地瓜干。邓六金从五六岁开始就烧饭、洗衣、拔猪草、上山砍柴背柴，尽管如此辛苦，家里还是吃了上顿没下顿。

“红旗跃过汀江，直下龙岩上杭。”1929年5月，毛泽东、朱德领导的红军队伍来到上杭，发动群众打土豪、分田地。邓六金喜出望外，穷人要翻身、大众要解放，劳动人民当家作主的激情如同熊熊烈火在她心中燃起。她把追求自身的解放同争取民族的前途命运结合起来，毅然打破封建枷锁，在全村第一个剪掉辫子，全身心地投入组织儿童团、赤卫队、妇女会的革命工作，成了村里第一个“红军通”。由于工作表现积极，1931年春天，她又成为村子里第一批宣誓加入共产党的女党员，开始了从一个童养媳成长为一名革命战士的人生新航程。

入党后，邓六金先后担任了旧县区委青年干事，上杭中心县委巡视员、妇女部长。1933年5月，邓六金被调到福建省苏维埃妇女部，开始任巡视员，后组织让她挑起了福建省苏维埃妇女部部长的重担。1934年，中央军委发出《扩大红军的紧急动员令》，要求迅速“扩红一百万”来保卫苏区。当时正在瑞金上党校的邓六金，听到传达后立即赶回家乡，组织开展“扩红”工作。她首先动员自己的两个姐姐凤金、来金剪掉辫子加入红军、参加革命，从而带动了三里五乡的青年积极参加红军、支援前线。不到半月时间，她就提前完成了“扩红”100人的任务，受到上级表扬。她和两个姐姐，被时任福建省苏维埃政府主席的张鼎丞誉为“土窝窝里飞出的三只‘金凤凰’”。

“死也要死在行军路上”

1934年10月，由于“左”倾路线的错误，中央主力红军被迫进行战略大转移，开始二万五千里长征。当时，正在瑞金中华苏维埃共和国临时中央政府所在地参加中央党校学习的邓六金，由于身强力壮，不怕苦，能走路，顺利通过体检，成为第一个身体合格准备参加主力红军长征的女战士。她被编入中央工作团，团长是董必武，副团长是徐特立。后来中央工作团被改编为干部休养连。这是一支特殊的连队，既有德高望重的老同志，也有中央首长的夫人，还有师团级以上的伤病员和待产的孕妇。邓六金在干部休养连是政治战士，负责宣传群众、筹粮筹款，还要做好民夫的思想工作，协助担架排和运输班做好工作。邓六金任劳任怨，尽职尽责，还经常把自己的干粮让给民工吃，自己忍饥挨饿；情况紧急时，她经常帮民工抬担架急行军，为此受到董必武的好评，称赞是“许多男子所望尘莫及的”。

长征途中，邓六金有一次染上痢疾，拉肚子，发高烧，身体弱得连骑马都坐不稳。当时部队在急行军，为了不连累大家，她请求大家先走，让她在后面慢慢跟。在最困难的时候，是共产主义的理想和北上的坚定信念支撑她没有倒下。她发狠道："死也要死在行军路上！"在战友危秀英的帮助下，一连走了四天四夜，终于赶上了部队。陈赓高兴地迎上来握手欢迎，十几个姐妹围上来拥抱在一起，邓六金也激动得泪流满面。

夹金山是红军长征途中翻越的第一座大雪山，海拔4000多米，山顶终年积雪，空气稀薄，渺无人烟。邓六金和战友们为了鼓舞伤病员翻过雪山，不顾过雪山不准讲话、不准唱歌的规定，轮流用沙哑的声音唱歌鼓励大家，还搀扶和推着年老体弱者和伤病员往上爬。由于用力过度，邓六金累得当时"哇哇"吐了几口鲜血，差点牺牲在雪山顶上。万里长征路，深厚战友情。邓六金凭着对革命的坚定信念和坚强毅力，终于和战友们将中央托付的一些担任重要职务的伤病员和大姐们，安全护送到目的地，表现了一个红军战士崇高的集体主义观念和无坚不摧的坚强意志。

"孩子们叫什么我都高兴"

邓六金不忘初心，不忘党的宗旨，不忘入党时的誓言，自觉地把革命利益放在第一位，只要工作需要，她从不计较个人名利地位。1935年9月，红军到达陕北后，邓六金担任了中央组织部妇女部部长的职务。后来蔡畅大姐要她去陕甘边区庆阳县委任组织部副部长，她愉快答应。再后来调回中央妇女部任巡视员，她二话没说，在新的岗位上继续为党和人民的事业奋斗。1938年底，正在延安中央党校学习的邓六金，服从组织安排，和党校同学涂振农、陈光、饶守坤等20多人，跟随时任中共中央东南分局副书记兼组织部部长的曾山，离开延安取道西安去南昌。在西安等待国民党发放通行证期间，经组织批准与曾山结为夫妻。从此，两人为了共同的革命信仰，互敬互爱，互帮互助，相濡以沫，为实现共同的远大理想奋斗终生。

辗转到达皖南云岭新四军总部后，邓六金被分配到中共中央东南分局的妇女部工作。李坚真任妇女部部长，章蕴任副部长，邓六金任巡视员。当时，妇女部负责领导东南8省的妇女工作，组织各地成立妇女抗敌会、妇女协会、妇女救国会，参军参战、发展生产、支援前线，在抗日救亡中发挥了重要作用。李坚真、章蕴、邓六金也被人们称为“新四军三大姐”。

1948年，解放战争进入战略决战阶段。大战在即，可华野一些烈士遗孤和部队干部子女无人照管。同年4月，华东局领导决定在青州大官营村创办华东保育院，让邓六金和李静一同志一起负责筹建。从此，她就把全部心思投入到培育革命后代和抚养烈士遗孤的工作中。她先任保育院的政治协理员，后来担任了副院长、院长。上海解放后，华东保育院奉命南迁上海。邓六金带领教师和员工，精心呵护着一百多个孩子，历经千辛万苦到达上海，把孩子们安全交给了他们的父母。

新中国成立后，一起参加革命和一起工作过的姐妹，有的当了省部级或司局级领导，而她还心甘情愿地工作在保育院的位置上。就是调到北京政务院管理局任人事处副处长后，她心里还整天装着保育院的孩子。当时，管理局下属有三个幼儿园，两个全托、一个日托，分别在西郊、东郊和南郊。每天，她马不停蹄地在三个幼儿园之间奔波，调查研究、帮助解决各种难题。后来，她不分管幼儿园了；再后来，她离休了。但她仍牵挂着这些幼儿园的孩子们。开始时，孩子们叫她阿姨，后来上了年纪叫邓奶奶，再以后叫邓老奶奶。她说：“孩子们叫什么我都高兴，把我的心都叫年轻了。”这就是邓六金的精神世界！她这种不忘初心、不计个人名利地位的高尚品质，值得我们永远学习。

“什么时候都不能忘记父老乡亲”

邓六金常讲的一句话是：“树高千丈不能忘了根，什么时候都不能忘记我们的衣食父母、父老乡亲。”1962年和1964年，她曾陪同曾山部长两次到吉安、兴国、瑞金、宁都等革命老区调研，走村串户，嘘寒问暖，帮助老区人民排忧解难。离休后，1983年夏天，她和陈兰、李人俊等老战友，到昔日战斗过的皖南、苏北等老根据地，一个月跑了两个省的20多个县，行程上千公里。1984年11月，他们又来到闽西老区的上杭、长汀等县走访调研。回到这块养育过革命也养育过自己的土地，邓妈妈心潮翻滚，久久不能平静。革命胜利几十年了，可有一些老区的学校破破烂烂，教室里连凳子也没有，孩子们站着听课，有的孩子连学也上不起。面对着老区人民的贫穷，面对着孩子们破烂不堪的衣着，面对着母亲们写满苦难的脸庞，邓六金感同身受、热泪长流。回京后，她和陈兰等同志一起向

1984年邓六金（左）回老区考察时，认真倾听乡亲们的建议

中央写了报告，提出应当给皖南老区派医疗队，给闽西老区增拨教育经费、挽救失学儿童。中央领导同志很快就在他们的报告上作了批示。当这两个问题先后得到解决后，邓妈妈欣慰地笑了。在她看来，没有什么能比为老区人民做点事更令人高兴了。

作为中国关心下一代委员会和中国儿童基金会理事的邓六金，多年来为儿童教育、福利事业尽心尽力，东奔西走，不遗余力地为孩子们“化缘”，抓住一切机会动员社会力量支持中国儿童的教育和福利事业，为祖国的未来奉献着自己的余热。1994年5月，上杭县旧县镇石院小学受灾后，邓六金积极为学校“化缘”，并亲自为修建石院小学捐了款。

有鉴于此，邓六金的子女们在其逝世后，遵照母亲的遗愿，把其终生积蓄捐献给具有百年历史的上杭县实验小学，兴建了高五层、总建筑面积2050平方米的现代化图书馆——“鑫鑫”图书馆。“鑫鑫”代表着“六金”，这名字既体现了邓六金对老区孩子们的桑梓深情，也饱含着家乡人民对不忘初心、奋斗终生的邓妈妈的深切怀念。

（载2016年9月8日《学习时报》和同年第3期《晚枫苑》杂志、9月23日《闽西日报》）

“鑫鑫”图书馆与女红军铜像

“鑫鑫”图书馆，坐落于具有百年历史的福建上杭县实验小学。邓六金逝世后，其子女遵照母亲的遗愿，将其终生积蓄捐献给上杭县实验小学，兴建了全省一流的小学现代化图书馆。“鑫鑫”代表着“六金”，这名字既体现了邓六金要为孩子们“建个图书馆”的遗愿，也饱含了人们对邓妈妈的深情怀念。图书馆共5层，建筑面积2050平方米，藏书10余万册，还配有电脑和电子图书。女红军铜像，坐落于上杭县实验小学正门。铜像身高1.53米，造型生动，形神兼备，传神地展现了女红军战士英勇机智的飒爽英姿。铜像基座上刻着曾庆红题写的“我们永远热爱红军”八个大字。此铜像系2012年邓六金诞辰100周年时，由其儿女们捐赠。

红船“船娘”王会悟

中央电视台正在热播的电视连续剧《中流击水》有这样一个情节，把我们带回到百年前那险象环生的时刻：

夏日的嘉兴南湖，细雨绵绵，游人不多，显得格外清静。一条画舫式的游船，在波光潋滟的湖面上游弋，船头的“船娘”一面机警地望风，一面低头做手工。突然，一条警方的快艇开来，“船娘”迅速摘下斗笠去舱内报信——舱内正在举行党的一大的最后一次会议，完成“开天辟地的大事变”……还好，虚惊一场，快艇是警察带着家属来游湖，转了一圈就开走了。当大会通过了党的第一个纲领，选出了党的领导机构，宣告中国共产党就此诞生时，舱内传出了压低声音的“中国共产党万岁”“中国万岁”的口号，“船娘”闻声如释重负地露出欣慰的笑容，笑得那样灿烂，笑得那样美好！

“船娘”叫王会悟，是党的一大代表李达的夫人，时年23岁。她不仅是见证中国共产党在游船中庄严宣告诞生的唯一女性，而且是会议改址南湖的出谋划策者！

1921年7月23日晚，中国共产党第一次全国代表大会，在上海法租界望志路106号（今兴业路76号）正式开幕。王会悟清秀俊俏、机警聪慧，一直协助丈夫李达做会务后勤工作，一大会址也是她几经选择定的。7月30日晚，代表们正在举行第六次会议时，一个穿灰色长衫的陌生男子从后门悄悄闯入，边说“找错了地方”，边退出门外。警觉的王会悟，立即将情况向众人报告。富有秘密工作经验的共产国际代表马林，断定此人可能是“包打听”，建议立即中止会议，迅速撤离转移。果然不出所料，十几分钟后，法租界巡捕就包围了会场，并进屋搜查盘问，但一无所获。今天回望这段历史，实在令人有些后怕。难怪马林赞扬王会悟“这个女孩很机警”！

在商量会议改址何处时，代表们意见不统一，有人提议到杭州，又有人提出杭州过于繁华，容易暴露目标。出生于桐乡乌镇的王会悟，曾在嘉兴女子师范学校读过一年书，对南湖十分熟悉。她曾在《我为党的“一大”安排会址》一文中写道：“我想到我家乡嘉兴的南湖，游人少，好隐蔽，就建议到南湖去包一个画舫，在湖中开会。李达去与代表们商量，大家都同意了这个意见。”

为确保万无一失，第二天一早，王会悟就和董必武、陈潭秋乘早班车先行到达嘉兴。做事干练的王会悟，先到城内的鸳湖旅社订了两间房，作为代表们的歇脚之处；又托旅馆租了一条游湖的画舫当会场，考虑到代表们坐车到嘉兴已近中午，为了节省时间，她还嘱咐船家预备了一桌饭菜。代表们乘车从上海抵达嘉兴时，作为向导的王会悟已在车站迎接……

1996年5月29日，我在浙江调研期间，曾专程赴嘉兴南湖瞻仰了我们党梦想起航的“红船”，第一次听说了王会悟作为“中共一大奇女子”机警勇敢的传奇故事。讲解员充满深情地说：“如果不是王会悟，南湖很可能无法与中共一大结缘。”当时，我还不知道中共二大在王会悟家中召开的事情。2009年，我去上海出差，瞻仰了位于静安区老成都北路7弄30号（原南成都路辅德里625号）的中共二大会址纪念馆。这是一栋砖木结构的石库门建筑。工作人员介绍说，当年这里是中共一大选出的宣传主任李达的寓所。1922年7月16日，中共二大在这里召开，会议的重要贡献是制定了中国共产党的第一个党章。

那一天，王会悟抱着襁褓中的女儿，手拿蒲扇，在寓所后门弄堂里佯装乘凉，实则是在放哨。她曾在1960年2月书信中写道："当时党给我的任务是开会的服务和放哨工作。据我的回忆，会是在前楼开的，也未正式布置什么会场，不过加几张凳子而已。并且他们持续不断地开，下楼吃饭的时候，也有在饭桌上讨论……"

重温百年党史的往事，我对王会悟充满了敬佩和崇敬。应当说，王会悟以其机警和智慧，确保了中共一大和二大的顺利召开，为中国共产党的创建和早期工作做出了重要贡献。是否可以这样说，我们党在创建党组织自身的同时，也创建了党的办公厅工作。从某种意义上说，"中共一大奇女子"王会悟，就是最早的党的会务和警卫人员之一。"红船精神"集中体现了中国共产党的建党精神，是中国革命精神之源，昭示了中国共产党人的初心。历史不会忘记王会悟的历史闪光点。2007年，家乡人民为纪念王会悟，传承王会悟的爱国精神和革命情怀，在桐乡乌镇建起了王会悟纪念馆，并为其树立雕像，让红船"船娘"精神在建设中国特色社会主义新时代，绽放出更加灿烂的光芒！

（载2021年6月2日《衡水晚报》副刊、同年第2期《桑榆文苑》和同年第3期《老干部生活》）

王会悟纪念馆简介

王会悟（1898—1993），浙江桐乡乌镇人。王会悟纪念馆位于乌镇西栅灵水居，纪念馆分前后两进，上下两层，众多的实物和图片展示了其不平凡的一生。早年，王会悟离家求学，投身新文化运动，接受新思想，追求真理。1919年，王会悟在上海结识中国共产党创始人李达，1920年两人结为夫妇。除了为中共一大、二大做会务和放哨（警卫）工作，她还参与创办了中国共产党最早的妇女刊物——《妇女声》，参与创办了党的第一所女子学校——上海平民女校。1932年，她以“王啸鸥”之名与李达创办了笔耕堂书店，在白色恐怖时期勇敢而又巧妙地出版了大量马克思主义著作。1937年，她协助李达出版了《社会学大纲》，并设法寄往延安，受到毛泽东的称赞。新中国成立后，她在政务院从事法制工作，后因多年劳顿，离职休养，1993年病逝，享年96岁。她一生始终怀抱初心，坚持理想信念不动摇。

白鹭洲的骄傲

1965年7月，文学泰斗郭沫若，登临具有“天下第一山”之誉的井冈山后，来到吉安，不由诗兴大发，挥笔留下一首墨宝《宿吉安》，诗曰：“面对白鹭洲，葱茏树木稠。无心寻古迹，有意浴中流。泰岱小天下，海洋容细沤。井冈山下后，万岭不思游。”

郭沫若祖籍是有“天下秀”之称的峨眉山脚下的大渡河和雅砻江边。大渡河古名“沫水”，是岷江最大的支流；雅砻江又名“若水”，也是岷江的一条支流。郭老名“沫若”，是对家乡两条江的纪念和怀念。郭老一生不知游过多少名山大川，又曾东渡扶桑，登过富士山，为什么到了吉安白鹭洲，就“万岭不思游”了呢？郭老的墨宝碑就坐落在赣江边。傍晚，在夕阳的余晖下，沿着美丽的赣江步道散步，我不由得陷入了沉思。

我觉得，首先是白鹭洲独特的自然环境令郭老心旷神怡。白鹭洲是赣江中间的一座小岛，地势北高南低，南北长约2000米，东西宽窄不一，在80—150米之间。全岛花草如茵，绿树葱茏，白鹭洲中学就若隐若现在翠竹绿树之中。身处白鹭洲，远看有螺子山、青原山、神冈山三山怀抱，近看有轮船、客轮、渔船穿梭而过。朝看红日，天空和水面双轮东升；晚霞夕照，白鹭鸣叫，鸟雀归巢，好一幅人与自然和谐相处的美丽景象。仿佛李白的“三山半落青天外，二水中分白鹭洲”的名句，是专为白鹭洲所写的。钟爱祖国山水的郭沫若，抵达吉安白鹭洲时，已是黄昏，看到有人在夕照美景中游泳的情景，不由得生发出“到中流击水，浪遏飞舟”的“豪情”，感慨“白鹭洲葱茏可爱”！

其次，是郭老对素有“江南望郡”“文章节义之邦”美誉的吉安心驰神往。吉安，古称庐陵，自古人文荟萃、人才辈出，曾涌现过唐宋八大家的欧阳修、“南宋四名臣”之一的抗金名将胡铨、抗元民族英雄文天祥等一大批彪炳史册的仁人志士。南宋淳祐元年（1241），吉州知军江万里创办白鹭洲书院，以“敦教化、兴理学、明节义、育人才”为办学宗旨，培养兴邦治国人才。文天祥是白鹭洲书院培养出的第一名状元。1275年，元兵进逼南宋都城临安，文天祥应诏勤王，散尽家财为军资，募勤王军万余人入卫临安。1277年进兵江西，被元军所败，其妻子儿女也被俘虏。1278年，文天祥率军在广东五坡岭与元军激战，兵败被俘，被押解元大都途中，囚禁船路经零丁洋时，文天祥以诗明志，写下了“人生自古谁无死，留取丹心照汗青”的千古名句，也展现了历代仁人志士为国家兴亡、民族命运而视死如归的凛然正气！

如果说，文天祥是从白鹭洲书院走出的民族英雄，是那个时代的骄傲。那么，从白鹭洲中学走出的曾延生烈士，则是参加过八一南昌起义和大革命的吉安人民的英雄和骄傲！曾延生（1897—1928），吉安县永和镇锦源村人，早年曾在白鹭洲中学读书，师范毕业后又受聘于白鹭洲中学任教，深受文天祥等先贤爱国主义思想的影响。其间，他与江西早期革命活动家罗石冰一起，组织吉安学界开展反帝反封建斗争，驱逐贪污腐败的校长和县教育局局长。后只身前往上海，探求革命真理，曾聆听过瞿秋白、恽代英、蔡和森、张太雷等共产党人的授课，并加入了中国共产党。1925年初，他参与领导上海日商纱厂“二月罢工”，并结识进步女工蒋竞英，共同的理想使他们结为终身伴侣。

上海“五卅惨案”后，曾延生受党组织的指派，偕妻子回到南昌和吉安等地开展革命活动，发动工人罢工、学生罢课、商界罢市，支持上海工人阶级的斗争，抗议帝国主义屠杀中国人民。曾延生曾任中共九江地委书记，江西省总工会组织部部长、代理委员长；参加了南昌起义，任起义革命委员会粮秣委员会委员，积极为部队筹集粮草，并随军南下。起义部队在广东潮汕失利后，曾延生奉命返回江西，参与策划赣南的“万安暴动”。一时间，赣县的大埠，南康的潭口，于都的里仁、桥头和信丰等地的农民暴动，犹如烈火燎原熊熊燃烧起来。时任中共赣南特委书记的曾延生，赤胆忠心，一身是胆，他和夫人化装成少校军官和军官夫人，冒着白色恐怖走进了赣州城。1928年3月23日，由于叛徒告密，正在秘密开会的曾延生夫妇和赣南特委的13名同志，不幸被捕。国民党独立第七师师长刘士毅听说抓住了曾延生，欣喜若狂。但曾延生的理想信念坚如磐石，敌人的严刑拷打撬不开他的嘴，高官厚禄的诱惑打不动他的心，对共产主义的信仰已注入他的灵魂。丧心病狂的敌人亮出了屠刀，曾延生、蒋竞英夫妻慷慨同赴死，碧血丹心赣州城。“打倒帝国主义”“打倒国民党反动派”“中国共产党万岁”是他们留给旧世界的最后呼喊……

民族英雄文天祥成仁取义之气节与中共江西早期领导人曾延生为理想信念不畏牺牲之精神，是一脉相承、世代相传的。革命家的心是息息相通的。我猜想，吸引文学泰斗郭沫若到白鹭洲后“万岭不思游”的缘由，就是郭老敬仰吉安仁人志士、先烈先辈们“最初一念之本心”的理念，以及白鹭洲书院创办700多年来所培育的自强不息、前仆后继的民族精神。而这正是今天我们所要坚持和发扬的“不忘初心、牢记使命”啊！

（载2020年8月1日《衡水晚报》副刊和同年第10期《党史文苑》）

“井冈之子”引路人

曾延生（1897—1928），又名宪瑞，字麟书。吉安地区中共党团组织的主要创建者之一、江西早期著名革命活动家。1924年加入中国共产党，1926年北伐军攻克九江后，任中共九江地委书记。老一辈革命家、曾长期担任共和国内务部部长的曾山回忆说：“在旧社会里，我找不到出路。……‘五卅’运动时我哥哥曾延生由上海返南昌、吉安，组织学生运动，也返家中教人们秘密组织农民起来斗争。”曾延生还是井冈山革命根据地的创始人之一，新中国首任江西省委书记、被誉为“井冈之子”的陈正人的入团介绍人。他还是无数井冈儿女的革命引路人。

天安门的“红飘带”

2019年10月1日，我有幸在天安门广场参加了庆祝中华人民共和国成立70周年盛大阅兵仪式和群众游行的观礼活动。在现场感受大阅兵的威严震撼和群众游行的欢呼热情，有太多的激动和感想：听着响彻云霄的70响礼炮声，鸟瞰遥相呼应的广场两侧悬挂的70个大红灯笼，仰望20架直升机在广场上空组成的巨大的“70”字样，以及群众游行队伍中少年儿童“祖国万岁”方队行进到天安门城楼时，腾空而起的7万羽和平鸽和7万个彩色气球……我心潮澎

作者（左）与老组长于维栋在国庆70周年观礼台

湃，热血沸腾，豪情满怀，从内心里为祖国母亲自豪和骄傲！

在天安门周边的景观中，给我强烈感染和留下深刻印象的还有鲜艳的“红飘带”。从人民英雄纪念碑向北望，有两条似从天而降的飘逸灵动的“红飘带”，环绕在天安门广场两侧，直至广场北端。它们长212米，高16米，可以说是这个国庆节最鲜明的地标和风景线。“红飘带”寓意红色基因连接历史、现实和未来。“中国的昨天已经写在人类的史册上，中国的今天正在亿万人民手中创造，中国的明天必将更加美好。”

此时此刻，我想起了一个“老中办”——中办调研室离休干部苏维民同志，同志们亲切地喊他“老苏”。他原名叫苏学勤，1949年3月在中办参加工作后，为了时刻牢记全心全意为人民服务的宗旨，改名为“苏维民”（谐音“为民”）。70年前，他作为中共中央办公厅机要处的一名工作人员（对外称香山“劳大”），荣幸地参加了新中国的开国大典，现场聆听了毛主席在天安门城楼庄严宣告“中华人民共和国中央人民政府今天成立了！”目睹了第一面五星红旗在广场旗杆上冉冉升起的壮观场景！他在《路》一书中详细记述了参加开国大典的过程和无比兴奋的心情。他当时所在的位置在天安门金水桥西侧，与我参加新中国成立70年庆典所在的观礼台第7台的位置，隔着长安街遥遥

苏维民（前排拄拐杖者）与作者（后排左三）合影

相对。在中办工作的45年中，他曾为第一任中央办公厅主任杨尚昆等领导同志做过秘书工作，是老一辈中办人的代表，是“红飘带”在中办的践行者和传承者。

1991年春，我从石家庄进京“赶考”，来到北京的红墙里。老苏对我言传身教，谆谆嘱咐我在中央领导身边工作，一定要谨记“中南海里无小事”。他说自己在中办工作40多年，最重要的体会是20个字：坚持原则，严守机密，谦虚谨慎，勇于负责，任劳任怨。他告诉我，自己在“文革”中曾遭受牵连，被下放干校13年。当时他心里曾想，今后再也不做秘书工作了，可党的十一届三中全会后组织给他平反。为什么又选择回中办工作了？就是因为中办是直接为党中央服务、保障中央工作正常运转的关键和枢纽部门。当时全国面临拨乱反正、落实政策的繁重而艰巨的任务，作为中办的一名老兵，心里有一种责无旁贷的使命感啊……一席话讲得我热血沸腾，不仅深深为老苏对党忠诚、顾全大局、无怨无悔的政治品质和中办作风所感动，也增强了在中办工作的责任感和荣誉感。老苏可以说是我前进道路上的一位良师益友。记得去年我和同志们去看望他时，他“老骥伏枥，志在千里；烈士暮年，壮心不已”，言谈间流露出希望能看到新中国成立70周年庆典。遗憾的是，就在新中国成立70周年庆典前夕的9月8日，他不幸因病去世了。所以说，我是带着老苏的遗愿来参加新中国成立70周年庆典的，是替老苏来圆“庆典梦”的。蓦然回首，仿佛看到老苏就在观礼的人群中……

“红飘带”带给我们太多的思考和联想。从辛亥革命、五四爱国运动到中国共产党的诞生；从1927年南昌起义部队脖子上系的红领带，到红军帽子上的闪闪红星，再到鲜艳的五星红旗，以及红旗一角的少先队红领巾；从井冈山的星星之火，到共和国的摇篮“红都”瑞金，再到革命圣地延安，以及我们党最后一个农村指挥所西柏坡和香山双清别墅；从1949年10月1日，毛泽东同志在天安门城楼向世界庄严宣告中华人民共和国的成立，到今天习近平总书记在新中国成立70周年庆祝大会上发出的最新号召……一代代人为了推翻三座大山、建立新中国和建设新中国，英勇奋斗、流血牺牲、前赴后继、继往开来，红色基因在一脉相承，马克思创立的学说在中国得到了最广泛传播和创造性发展，实现中华民族伟大复兴的“中国号”巨轮正在乘风破浪地前进……

70年砥砺奋进，70年沧桑巨变。曾经满目疮痍的神州大地换了人间，曾经水深火热的中华民族焕发了新颜。这是新中国在中国共产党领导下，经济实力和综合国力实现历史性跨越的70年；这是新中国人民生活水平和民生福祉发生翻天覆地变化的70年；这是新中国彰显强军兴军信心和决心，开启人民军队正规化、现代化进程，走出了一条中国特色强军之路的70年；这是新中国走上社会主义“人间正道”，从站起来、富起来到强起来，前所未有地接近实现中华民族伟大复兴目标的70年……

新中国的诞生，是中国“开天辟地的大事变”，也是震惊世界的大事件。对中国的崛起，外电评论说“是当今时代最重要的事件”。我们这一代人，是伴随着共和国母亲的脚步成长起来的一代人，是唱着“没有共产党就没有新中国”“我们是共产主义接班人”长大的一代人。是见证新中国由站起来、富起来到强起来70年巨变的亲历者、建设者和受益者。我们既是“红飘带”（红色基因）的继承者、践行者，也是红色基因的传承者。习近平总书记在国家勋章和国家荣誉称号颁授仪式上的讲话中指出：“……一切伟大事业都需要在继往开来中推进。新时代必将是大有可为的时代。”我们要向获得“共和国勋章”和国家荣誉称号的英雄模范们学习，以他们为楷模，矢志不渝地传承红色基因；也要向苏维民一样的老一辈中办人学习，继承和发扬好中办几代人创造和践行的优良传统和作风。

70岁重出发，而今迈步从头越。我决心认真学习贯彻习近平新时代中国特色社会主义思想，用讲好身边故事、发挥正能量、传承红色基因的实际行动，为实现“两个一百年”的奋斗目标和中华民族伟大复兴的中国梦贡献毕生力量，谱写新时代人生的壮丽篇章！

（载2019年10月16日《衡水晚报》副刊和同年第4期《老干部生活》杂志）

苏维民和他的《路》

《路》是苏维民同志的回忆录，也可以说是他一生的总结。该书的特点，是把个人理想追求与民族前途结合起来，把个人的成长史融入新中国的革命建设改革史之中。此书是他80岁时动笔写的，从他出生的1928年到2008年，80年80篇，每年一篇。此书真实地记录了苏维民80年工作、生活的全部轨迹，同时也折射出从1912年到2012年百年巨变的历程，反映了祖国光辉灿烂的美好前景。全书分三部分：一是绪言“苦难中国”，二是上编“参加革命进入中办”，三是下编“落实政策回到中办”。他在前言中说：“全书贯穿一个中心：一生属于党，属于中央办公厅。”

抗日英雄“七星子”传奇

——爷孙跨越75年时空的对话

张永言（1888—1940），绰号“七星子”，1938年参加革命，同年入党，曾任中共肖张区区委书记、枣强县县委委员、枣强县参议会常委等职。在反映冀南人民抗日烽火的长篇小说和电影《平原枪声》中，他是主人公马英的重要助手——老贫农“老孟”的原型。

按辈分，张永言是我的远房爷爷。然而，他牺牲时，我还没有出生。孩提时代，常听父辈和乡亲们讲他抗日的传奇故事；在县城上中学时，清明节去烈士陵园扫墓，提起烈士名录上的张永言是我的远房爷爷，同学们投来羡慕的目光，争着让我讲“七星子”打日本鬼子的故事。那是一个崇拜英雄的年代，张永言“宁死不当亡国奴”的民族气节，“干革命就不怕掉脑袋”的革命精神，“我不怕敌、敌必怕我”“一粒子弹要消灭一个敌人”的抗战到底的决心，不仅深深打动了同学们的心，而且对我的人生轨迹产生了重要影响。

2015年是中国人民抗日战争暨世界反法西斯战争胜利70周年，也是张永言烈士为国捐躯75周年。4月5日清明节，我回到故乡——河北省枣强县刘纸坊村，为先辈们扫墓。伫立在烈士墓前，缅怀先烈，追忆历史，我心情悲壮而沉重。此时，那墓碑仿佛化作了爷爷高大的身躯，猎猎的西风发出的震耳呼啸，仿佛是爷爷当年在各村庙台上、茶馆里用粗犷高亢的大嗓门在宣传抗日救国的道理……于是乎，有了这篇爷孙跨越75年时空的对话。

“宁死不当亡国奴！”

后来人（作者自称）：永言爷爷，史料介绍七七事变后，陈再道率领的八路军东进纵队来到了冀南的南宫开辟抗日根据地，肖张区也建立了由我党领导的统一战线组织——“民族革命战争战地总动员委员会”（以下简称战委会）。听说，您是在听了战委会工作人员宣传后，第一个站出来高呼“宁死不当亡国奴”的人。您当时是怎么想的？

张永言：1937年7月7日，日本帝国主义发动了卢沟桥事变，企图以武力吞并全中国。就在这时，肖张区战委会的工作人员来到了刘纸坊村。他们是刚从南宫受训回来的青年学生，在村中的关帝庙台上，高唱抗战歌曲，大声宣讲抗日救国的道理，我听着挺在理儿。他们宣讲后，我就走上台，大声说：“乡亲们，战委会同志说得对，日本鬼子来了咱们就跟他拼，中国人宁死不当亡国奴！”以后，战委会工作人员再来宣讲，我就帮着招呼组织群众；再后来，我还跟着战委会的小青年们到各村去宣讲抗日道理，《平原枪声》里写的那些细节都是实情。

后来人：永言爷爷，当年投身抗日救亡的多是热血青年，您当时已年过半百了，又拉家带口，家里人不支持，亲戚们也不理解，可您信念坚定，还把在江苏镇江当小学老师的独子张光远，也叫回来参加抗日工作。对于这一切，今天的年轻人很难理解。

张永言（深情地望了我一眼）：孩子，国破家何在？“国”在前，“家”在后，有国才有家啊！当年，卢沟桥事变后，日本鬼子很快就占领了衡水、冀县、枣强等县县城。他们每到一个地方，就架上9匹马拉的大炮，向四面八方乱轰；日寇的飞机低空盘旋，看到逃难的群众就狂轰滥炸；敌人的坦克成群结队地在田地里乱爬，连汽艇也开进了千顷洼（衡水湖的前身）。日寇烧杀抢掠，奸淫妇女，无恶不作。亡国奴的厄运降临到每个人的头上。爷爷因家贫，年轻时为生计所迫四处漂泊，当过兵，做过邮差和小职员，但奔波了多半辈子，还是少衣无食，一贫如洗。战委会来了，我才遇到了救国救民的共产党。我觉得，共产党指出的抗日救国的道路是条光明大道，所以咱要豁出命来走到底！

（说到这里，永言爷爷有力地挥动着手臂）

旧社会，生活和医疗条件差，人们的预期寿命短，50岁就算老年人了，所以我才留了胡子。

参加革命后，我焕发了青春，刮掉了胡子，整天和年轻人一起唱抗日歌曲、宣传抗日道理，带领区游击队骚扰鬼子。所以，在革命队伍里我还有个外号，叫“老青年”！

（讲到这里，他爽朗地笑起来。瞧那眉目眼神，就像彩虹那样五彩缤纷）

“干革命就不怕掉脑袋”

后来人：抗战初期，肖张区的政权还掌握在国民党土豪劣绅的手里。区长姓甄，是地主阶级的头面人物，还是反动会道门白极会的会长。小说《平原枪声》开篇第一句：“肖家镇老槐树上吊着一个人。”说的就是反动会道门白极会残害群众的事儿。听人说，永言爷爷您创办肖张区“农民救国会”（以下简称农会）干的第一件大事，就是带领36个村的群众驱赶反动的甄区长。

张永言：是的。当年，八路军东进纵队，一来到冀南区，就打了好几个胜仗，遏制了日本鬼子和汉奸部队的嚣张气焰；同时，也收编和改造了一些地方的群众自卫队，扩大了抗日武装。甄区长慑于八路军东进纵队的威力，表面上不得不支持抗日工作，但暗地里总想拔掉区战委会这颗“眼中钉”。区公所的护兵马弁不便直接捣乱，甄区长就想利用白极会的信徒们袭击战委会人员。

一天黄昏，白极会信徒们既没有像往常那样敲锣打鼓，也没有呐喊嚎叫，却静悄悄地聚集到肖张镇的东街外。那天我去肖张串亲戚，看到这情况，心里不由得猜疑：是不是白极会要去残害战委会工作人员？于是就跟着围观群众到了集合地点。看到甄区长站在一个土台上，正在指指点点地进行部署。由于我个子高，站在人群中很显眼，被甄区长一眼瞅见，吼道：“奸细，抓起来砍了他！”立即有十多人手持大砍刀向我扑来。我义正词严地抗辩道：“我串亲戚路过这里，犯了什么法？”围观群众也为我作证和求情，他们才把我推出了人群。我躲在远处窥探动静，看到白极会信徒们吞服了咒符，在甄区长的指挥下，呐喊号叫着奔向战委会驻地时，就撒开脚丫子，抄近路跑向战委会。

此时，战委会的十几个同志，刚从各村宣传回来，正在利用晚饭时间交流发动群众和串联积极分子的情况。我一进院子就大喊：“同志们，不好了，白极会进街了。跟我来，快走！”同志们跟着我，刚跑出南街口，白极会信徒们就冲进了战委会，他们砸了战委会的牌子，劈了战委会的大门，砸了吃饭的锅，但没有抓住一个工作人员。事后，战委会的同志们感激地对我说：“老永言，你冒着掉脑袋的危险来送信，真勇敢！”我对他们说：“个人掉脑袋是小事，救出同志们要紧！”

后来人：听说甄区长一计不成又生一计，不断出鬼点子刁难、破坏战委会的抗日工作。你们怎么以革命的“两手”对付他的“两手”？

张永言：只有打倒反动的区公所，建立革命政权，才能迅速打开抗日局面。肖张区委决定开展合法斗争，依靠群众驱赶反动的甄区长。多年来，甄区长欺压群众，横征暴敛，鱼肉百姓，无恶不作，群众对之恨之入骨。通过发动群众，很快就有几十名受害者站出来控诉甄区长的罪行。同时我们还利用地主阶级内部的矛盾，争取到一些开明士绅的同情和支持。于是写了状纸，受害人们签了名，36个村公所也盖了章，准备到县衙门去告状。

在这节骨眼上，我自告奋勇，主动请缨。同志们好心地提醒我注意安全，我拍着胸脯说：“干革命就不怕掉脑袋！我还能再活50岁吗？我前半辈子算白活了，后半辈子才找到正路，一定要跟着共产党好好干一番！”

在县衙过堂时，我依仗着自己几十年闯荡社会的经历，为受害农民仗义执言，据理力争；同时县委也托人帮助做了工作。就这样，官司终于打赢了，反动的甄区长被扣押了起来。通过这场斗争，组织上看我对党忠诚，热心抗日工作，真心实意为百姓办事，批准了我加入共产党的申请。1938年春天，我还被推选为枣强县农民代表大会的代表。当年秋天，组织上就让我挑起了中共肖张区区委书记的重担。

后来人（听到这里，兴奋地伸出大拇指点赞）：永言爷爷真是好样的！是我们后辈学习的榜样！

“我不怕敌，敌必怕我！”

后来人：永言爷爷，听说您宣传群众、鼓舞士气很有办法。比如，每到一个村庄，您就掏出自己的手枪，一边让群众看一边说：“瞧，它叫‘七星子’，别说日本鬼子的脑瓜子，就是一寸厚的铁板也能打得透。我有14粒子弹，一颗子弹要消灭一个敌人。只要咱们齐心协力，小日本是不愁打不败的。”请给我们讲讲您当年抗日的故事。

张永言：区抗日政权建立后，抗日形势发展很快，各村都成立了农会、民兵自卫队，后来还在村游击小组的基础上建立了区游击队。我们经常骚扰敌人，破坏敌人的公路和电线，铲除死心塌地的汉奸分子。可也遇到一些困难：一是我们缺少武器弹药，区游击队也只有十几条破枪；二是受社会上“亡国论”的影响，一些游击队员士气低落，说就凭咱这几根“烧火棍”（破枪），就能赶走日本鬼子?

为了鼓舞士气，增强大家的抗日信心，我经常给人们讲打狗与打鬼子的道理：一只恶狗扑来，你若是害怕，它就非追着咬你不可；你若是不怕它，拾起一块砖头去砸它，或抄起一根木棒去打它，它就夹起尾巴逃跑了。日寇就是一群恶狗，只有全民抗战，才能把他们驱赶出中国。这就叫“我不怕敌，敌必怕我！”我这话，一传十，十传百，许多人都知道，从而增强了人们的抗日勇气。

有一次，30多名伪军到屈纸坊村抢东西。我听说后，就迅速带着区游击队和附近几个村的游击小组来到屈纸坊村外，分三路向敌人发起攻击。敌人以为是被包围了，仓皇向西南方向逃命。我带领大家在后面紧追不舍，边追边打，一直追了敌人6里路。除追回了部分被抢的东西，还缴获了6支捷克式步枪。

后来人：吓走来肖张镇设据点的100多个鬼子和汉奸，是毛主席人民战争思想的成功运用，也是您组织指挥才能的充分展现。当时的情况是怎样的?

张永言：1939年夏天，驻扎在枣强县城的日本鬼子和伪军，为了加强对县城北部地区的控制，想在肖张镇设立据点。肖张区委事先得到情报，就在各村发动群众，准备在敌人建立据点时进行干扰、破坏，让敌人知道肖张区的人民不是好惹的。7月的一天，100

多个鬼子和汉奸开进了肖张镇，强迫各村出民工为其修炮楼。当天晚上，区游击队和各村的游击小组以及革命群众，把肖张镇围了个水泄不通。我一声令下，步枪、土炮、土枪，以及装在煤油桶里的鞭炮，从四面八方一起响起来。敌人以为八路军来了大部队，再加上天黑和情况不熟，也不敢出击，只是一个劲地盲目打炮和用机关枪扫射。折腾了整整一夜，天一明敌人就夹着尾巴逃走了。事后有的同志打趣地说："听说一发炮弹值一头牛的钱，这一夜不知耗费了敌人多少头牛的钱！"我们的游击战就是这样，敌驻我扰，敌疲我打，让敌人寸步难行、不得安宁！

（说到这里，永言爷爷爽朗地笑了。那笑声里充满了自信，也展现了抗战到底的信心。我往前凑了凑，趁机又提出一个问题）

后来人：永言爷爷，有人说，1939年冬天，您出奇兵智救县大队突围战士的行动，不仅表现了您机智勇敢、机动灵活的战术思想，还反映出您胸怀全局的观念。您觉得这是事后的褒扬之词吗？

张永言：我当时没想那么多，也顾不得想那么多。敌人包围县大队的那天，我正在距战场10多里的一个村子里工作。刚听到枪声时，还以为是县大队打敌人的伏击呢。后来枪声越来越紧，还有隆隆的炮声，就觉得不对劲儿。因为县大队刚建立不久，武器装备比较差，也没有大炮啊！是不是县大队被敌人包围了？我提出要去战场看个究竟。身边同志劝阻说："我们没接到上级救援的通知，再说区游击队也不在身边。你单枪匹马能做啥？"我一听就急了："县大队遇难，咱岂能坐视不管？！"

我拔出手枪，撩起棉袍，就朝着枪炮声响起的地方跑开了。到了离战场三四里地的程杨村，才听说县大队200多人，被1000多鬼子和伪军包围在景村了。我一边派人通知程杨村的游击小组和党员集合待命，一边匍匐着去村西南观察战场情景。只见景村村东一片光秃秃的坟场里，烟气腾腾，尘土飞扬。敌人的汽车、骑兵像旋风一样围着坟场转，炮弹、子弹像冰雹一样往坟场里倾泻。我当时干着急，可没办法救同志们。这样，敌我双方一直僵持到傍晚。突然，轰隆隆响起一片手榴弹的爆炸声，烟雾中几十名县大队的战士冲出敌围，向着北边的齐官屯方向猛跑。就在这时，敌人的骑兵追上来了，眼看突围的同志又有被包围的危险。我急中生智，带领游击小组占据了一个有力位置，从敌人屁股后面开了火。一连打了几排子枪，撂倒了几个敌人。敌人没想到会遭到意外袭击，以为是我们的援军来了，就调转头向着我和游击小组包抄过来。我看到任务完成了，就带领游击小组，顺着交通沟迅速撤到程杨村里隐蔽起来。鬼子的骑兵、步兵在程杨村搜来搜去，什么也没有发现，才知上了当。而此时突围的县大队战士已消失得无影无踪。

“活着打日寇，牺牲了也光荣！”

后来人：永言爷爷，资料上介绍说，您平时肩上总挎着个奶奶为您缝制的文件包，工作间隙，只要有一点时间，您就阅读文件或看书，还坚持记笔记、写日记，和同志们交流学习心得。对于一个年过半百的老人，又是在戎马倥偬的战争年代，您是怎么做到这些的？

张永言：爷爷50岁才找到共产党，50岁才懂得革命道理，对于我来说，真是“一寸光阴一寸金”啊！年轻的同志，文化水平高，我一天不学习就会被他们拉下。再说了，不学习，怎么能做好工作？怎么宣传群众？还有，赶走了日本鬼子，我们还要建设新中国，像苏联一样建设共产主义呢！

后来人：小时候，我常听村里老人们讲，您登台宣讲时，有人问您：“您宣传的共产主义，是个什么样啊？”您不无幽默地回答：“楼上楼下、电灯电话，喝牛奶、吃面包！”

张永言（哈哈大笑）：那是我们那一代人的梦想啊！你想想，那会儿我才参加革命一年多，又没去过苏联，都是从书上看的和听同志们讲的。不过，我对抗日救亡大业坚信不疑，对共产主义理想信念坚信不疑！所以，我忙里偷闲，抓住一切时间学习文件和马克思主义理论，也从不放过开会学习的机会！

（这不由得使我想起，永言爷爷就是在去唐林参加县委会议的路上，遭遇敌人袭击而牺牲的。于是央求他讲讲当时的具体过程）

张永言：那是1940年3月中旬的一天，我接到通知，3月15日县委要在县城东面的唐林村召开会议。当时，我正在家中养病，区里同志说："替你请个假吧！"我不同意，说："每开一次会就有一次进步，要做好工作不参加县委会议怎么行呢！"

同志们和家里人都劝阻我。他们说的也有道理：从刘纸坊到唐林，有60多里路，需要走五六个小时，怕我大病初愈，身体承受不了。路上还要过几条敌人的封锁线，只有趁着晚上才能冒险通过。我坚定地说："同志们，困难没有办法多，危险没有我去开会的决心大。我都50多岁了，怕什么？活着打日寇，牺牲了就革命到底了！"

区里决定派5个同志和我同行，为的是有个照应。同志们14日黄昏在我家集合，半夜时分就上路了。拂晓，已走出了40里地。3月中旬，乍暖还寒，同志们穿着一身棉衣，冒出了大汗，脚步不由地慢了下来。我大步跨到队前，给同志们鼓劲说："今天我这'老青年'，要和你们小青年比试比试，看看谁走得快！"说着，就大步流星地向前奔去，不一会儿就到了大王均村。过了王均再走8里路就是唐林，吃早饭也不误事呢。

哪里知道，敌人不知嗅到了什么信息，这天黎明数百名鬼子和伪军悄悄包围了大王均村。3月，空旷的田野里一望无际。朦胧中，敌人看到从村北走来一行人，估计是八路军的游击队，就把岗哨撤回村里隐蔽起来，想把我们一网打尽。我走得快，来到村东口，一群敌人突然围上来，要我缴枪。我就势一躲，"当当"两枪。为了引开敌人，掩护其他同志，我向着村东方向跑去。上百名鬼子兵号叫着追赶，我右边路上有鬼子的骑兵包抄，左边路上有汉奸的自行车队追赶，我跑了一里多地就被敌人包围了。我趁机钻进路边一个看菜园的小屋，沉着应战。心想：“今天应了那句诺言：革命到底了！”我尽量等敌人靠近再打，好一粒子弹消灭一个敌人。但“七星子”手枪有个缺点，打完七粒子弹后，要退出子弹壳，再一个一个地装上七粒，才能继续射击。正当我装子弹时，几个凶恶的日本兵端着刺刀冲进了小屋。就在敌人的刺刀刺向我的一刹那，我拼尽最后力气骂道：“小鬼子，老子活着没把你们赶出中国，死了也要看着同志们彻底消灭你们！”

我曾记得，爷爷的儿媳——我的婶母杜大改对我说过，爷爷的遗体运回时，还怒目圆睁。壮志未酬，死不瞑目啊！

“为有牺牲多壮志，敢教日月换新天。”永言爷爷牺牲得英勇！牺牲得壮烈！就是在75年后的今天，当我伫立在烈士墓前时，仍感到热血沸腾，心灵震撼！永言爷爷，您的鲜血没有白流，您未竟的事业包括当年的梦想都已实现，您的爱国情怀、革命精神和对理想信念的追求，如日月山川永留人间，后来人会永远铭记心中，并将成为我们实现中华民族伟大复兴的中国梦的巨大精神力量！

（载2015年8月21日《河北工人报》和同年8月13日上海《组织人事报》）

作家李晓明曾为张永言写小传

长篇小说《平原枪声》的作者李晓明，1978年曾为张永言烈士写过一个小传——《老英雄张永言》，详细记述了张永言的传奇身世和英勇杀敌的可歌可泣的故事。文中写道："张永言，1937年投身抗日救国大业，时年已50岁，身材魁梧，体格健壮，花白胡子总是刷得光光的，身穿浅灰色粗布棉袍，腰束白布带，棉袍的前身经常掖在腰间，走起路来，健步如飞。他手使一把'七星子'手枪，枪把拴着一根线绳子，斜挂在胸前，威风凛凛，气势不凡。""提起'七星子'，枣强县的男女老少，无人不知晓……"1940年3月24日夜，中共枣强县委委员、肖张区区委书记张永言，在赴枣强唐林参加县委会议途中，于王均村遭遇400余名日、伪军包围，虽顽强抵抗，终因寡不敌众，壮烈牺牲。事后听说，当年陪同张永言去开会的5名同志中，就有新中国成立后创作小说《平原枪声》的作家李晓明，是张永言首先开枪，奋不顾身地引开敌人，其他同志才趁机逃脱的。

白求恩墓前的誓言

清查老照片时，发现了一张50年前上大学路上的珍贵照片，并促使我重温当年在白求恩大夫墓前立下初心誓言的往事。

那是1970年的秋冬，在毛泽东“大学还是要办的”号召下，河北省的高校开始招生。照片上的30多人都是衡水地区有幸被河北大学录取的首届工农兵学员。当年从衡水乘火车去学校报到，要走石家庄。这里需要解释一下：河北大学原址在天津市，1970年在紧急战备疏散的号令影响下，匆忙地从天津市迁往河北省。为了不影响招生，校部及理科系迁往保定市，而文科系临时迁往邢台市东北约30公里的唐庄农场“暂栖身”。同学们12月3日抵达石家庄后，在河北师大学生宿舍借住了一夜。4日下午理科、文科将“分道扬镳”去保定和邢台唐庄报到。不少同学是头一次到石家庄，大家就利用上午的半天时间，怀着凝重和崇敬的心情，集体瞻仰了华北军区烈士陵园。

华北军区烈士陵园，坐落在石家庄市中山路，是1954年为纪念在国内革命战争和抗日战争时期牺牲的革命烈士而兴建的。这里除了安葬着包括红军时期宁都起义的领导人赵博生、董振堂等700多位英烈，还安葬着伟大国际主义战士白求恩大夫和晋察冀边区白求恩国际和平医院第一任院长柯棣华大夫。毛泽东、刘少奇、朱德、邓小平、聂荣臻等党和国家领导人曾先后为陵园题过词。

面对英烈们的墓碑，即将跨入河北最高学府的学子们心潮澎湃，热血沸腾。烈士们的功绩彪炳千秋，烈士们的英名万古流芳，烈士们的精神将永载中华民族解放的史册！没有烈士的浴血奋战和流血牺牲，就没有新中国和社会主义制度。我们都是普通工人和农民家庭的穷孩子，家境贫寒，没有毛主席和共产党，怎么能豪迈地走进大学殿堂？

“继承革命先烈志，红心忠于毛主席”，可以说是我们当时的心声，也是即将迈入大学校门时的初心和誓言。我们这一代新中国成立前后出生，沐浴着党的阳光茁壮成长，唱着“我们是共产主义接班人”一路走来的人，对革命理想信念的追求，对党和领袖的忠诚，是真挚和真诚的。有人提议在白求恩墓前宣誓，于是就有了这张把“红宝书”（《毛主席语录》）捧在胸前的留影，以表示上大学的初衷。大家在白求恩大夫墓前集体背诵了《纪念白求恩》里的几段“最高指示”：

“白求恩同志是加拿大共产党员，五十多岁了，为了帮助中国的抗日战争，受加拿大共产党和美国共产党的派遣，不远万里，来到中国……一个外国人，毫无利己的动机，把中国人民的解放事业当作他自己的事业，这是什么精神？这是国际主义的精神，这是共产主义的精神，每一个中国共产党员都要学习这种精神。”

“白求恩同志毫不利己专门利人的精神，表现在他对工作的极端的负责任，对同志对人民的极端的热忱。每个共产党员都要学习他。”

“我们大家要学习他毫无自私自利之心的精神。从这点出发，就可以变为大有利于人民的人。一个人能力有大小，但只要有这点

在白求恩墓前的合影，后排右三为作者

精神，就是一个高尚的人，一个纯粹的人，一个有道德的人，一个脱离了低级趣味的人，一个有益于人民的人。”

上学后中文系组织学农时，我曾到过阜平、涞源、唐县等太行山区，寻访白求恩当年战斗的踪迹，对白求恩的精神和事迹有了更深刻的了解。白求恩1938年春到延安后不久，就东渡黄河，前往晋察冀边区。他带着战地医疗队转战多个战场，冒着枪林弹雨，在极端艰难的环境中，抢救了成千上万的八路军伤病员。他医术高明，对工作极端的负责任，每有重伤员，他都是亲上手术台。1939年冬在涞源摩天岭抢救伤员时，不小心割破手指，感染中毒，医治无效，于同年11月12日在唐县黄石村不幸逝世。边区军民听到噩耗后，无不为白求恩大夫的逝世恸哭和抽泣！晋察冀边区司令员聂荣臻特意赶来，含着泪为白求恩大夫入殓、净身整容、红绸缠身，进行安葬……

重看老照片，重温当年的初心誓言，我感到这是一次很好的

"不忘初心、牢记使命"的再学习、再教育。人是需要经常学习反思的，而白求恩就是我们做人做事的一面镜子。毛泽东在《纪念白求恩》一文中，在号召向白求恩学习的同时，还鞭辟入里地对我们队伍中存在的问题进行了尖锐批评：什么"对工作不负责任，拈轻怕重"，"对同志对人民不是满腔热忱，而是冷冷清清，漠不关心，麻木不仁"，还有"鄙薄技术工作""见异思迁"等，都是一针见血、很有现实针对性的。这些问题，在当时的延安和晋察冀边区有，在今天也没有彻底根除。所以，党性教育和自我教育改造永远在路上！

同时，伟大事业需要伟大精神。白求恩精神同我们党在长期革命、建设和改革时代形成的伟大精神一样，跨越时空，历久弥新。今天在中国特色社会主义新时代，应当进一步继承弘扬白求恩精神，在实现"两个一百年"的奋斗目标和中华民族伟大复兴中国梦的征程中，理解白求恩精神的时代内涵，勇于担当，率先垂范，身体力行，努力做"一个高尚的人，一个纯粹的人，一个有道德的人，一个脱离了低级趣味的人，一个有益于人民的人"。

（载2020年11月13日《衡水日报》晨刊和2021年第1期《老干部生活》）

战地记者白求恩

世人熟知的白求恩大夫，是名医术精湛的外科医生，但人们不知道他还是名文笔犀利的战地记者呢！据作家海龙先生介绍，他近年在美国哥伦比亚大学，发现了一批白求恩的战地纪实手稿和当年寄自晋察冀前线的书信。如发表在美国1938年8月号《战斗》杂志上的《过黄河》一文，就是白求恩以第一人称记述冒着敌人的炮火奔赴延安的最真实经历。而发表在加拿大著名的《号角日报》上的《窑洞大学：中国解放者的基地》一文，则是一个外国人眼中世界上独一无二的窑洞大学——“延安抗大”的真实记录。刊发此文时，报纸还配发了白求恩拍的“延安抗大”的多幅照片。在一年零八个月的时间里，白求恩利用救死扶伤的空隙，共写出了4篇中国抗战报告。如果不是他过早牺牲，以及他的文章无人及时翻译介绍到中国来，说不准他会成为第二个斯诺呢！

搏天揽地"追梦人"

——王小谟、吴曼青院士和他们的38所团队印象记

在中国电子科技集团公司第三十八研究所（以下简称38所）新区门口广场，耸立着一个巨大的雷达雕塑。这部以38所自主研制的中国第一部三坐标雷达为原型创作的雕饰上，两组交错旋转的环结构与其巧妙结合，使无形的雷达波显现成世界版图，象征着38所以国家使命为己任、与时代同行的科技创新、开拓进取的品质和胸怀，因而取名为"使命"。

使命，是梦想，更是责任。一个人为了使命可以奋斗一生、无怨无悔，一个企业为了使命可以举全体之力、创造奇迹！正像38所所歌所唱，"天线旋转笑看雨雪风霜，荧屏闪烁辉映月落日升。搏天揽地与梦想同行，致大尽微我们无悔追寻"。

把生命献给我国预警机事业

2013年1月18日上午10时，庄严肃穆的北京人民大会堂。中共中央、国务院在这里隆重举行国家科学技术奖励大会。获得2012年度国家最高科学技术奖的两位科学家，一位是“我国爆炸力学的开拓者”、中国科学院院士、中国工程院院士、中国力学研究所研究员郑哲敏，另一位是被誉为“中国预警机之父”的中国工程院院士、中国电子科技集团公司电子科学研究院研究员王小谟。

当王小谟院士从胡锦涛主席手中接过获奖证书并走上讲台代表获奖人员发言时，他的眼睛湿润了。这是党和国家给予一个科学家的最高荣誉，也是对他带领的千人团队的莫大嘉奖。此时此刻，他不由得想起了作为预警机的重要参与者与创造者的38所。作为38所的第四任所长，王小谟曾在那里工作了19个年头，那里凝聚着他的梦想和血汗。1988年，是他把38所从云贵高原的贵州都匀带到江淮平原的安徽合肥。

王小谟院士，是我国著名雷达工程专家、我国预警机事业的开拓者和奠基人。20世纪90年代初，海湾战争让世人看到了被称为“空中杀手锏”的预警机，已成为高技术局部战争的核心装备和体系化作战的重要节点，同时也增加了国人必须研制装备预警机的紧迫感。以国家使命为人生追求的王小谟，与十几位老专家联名上书，提出应抓紧研制中国的预警机。

由于预警机对雷达、通信、自动控制等技术要求很高，我国开始走的是国际合作研发的道路。在20世纪90年代，我国向国外订购了相控阵雷达预警机。合作研制期间，王小谟受命担任预警机工程中方总设计师。富有远见的王小谟，在合作期间，坚持主张并部署了国内同步研制，并提出采用大圆盘、背负式、三面有源相控阵新型预警机方案，这在当时是世界首创。就在人们欢呼雀跃，以为中国即将拥有预警机时，却节外生枝——由于某超级大国的蓄意阻挠，国外合作方单方面中止合同，拒绝出售预警机。而正因为王小谟坚持的“同步研制”，才使得中国的预警机研制工作没有白白浪费时间。危难时刻，王小谟主动请缨，承担起了自主研制预警机的重任。他鼓励同志们说：“从国外买，固然省时省力，但一旦战争爆发，国外只要卡住几个配件，我们买回来的预警机就用不了。坏事能变好事。它激励我们一定要研制出拥有自主知识产权的预警机！”

2006年，就在预警机研制的关键时刻，王小谟在外场遭遇车祸，腿骨严重骨折。好不容易骨折痊愈了，谁料想，他又被诊断出患了淋巴癌。这真是船迟又遇打头风。然而，在沉重的打击面前，王小谟依然镇静平和、谈笑风生。这位立志把生命献给我国预警机事业的铮铮铁汉，早已把个人生死置之度外。在病中，他依然牵挂着预警机工程的进度，即使躺在病床上输着液，也要把设计师请来医院面对面探讨交流。病情稍有好转，他就像正常人一样回到那热火朝天的试验现场！在王小谟的带领下，项目组用了不到10年的时间，就走完了西方几十年的路，成功研制出自己的预警机。不仅如此，我们的两型预警机还创造了世界预警机发展史上的9个第一。王小谟和同志们自豪地把它称为“争气机”！

十年磨一剑。2009年10月1日，在中华人民共和国成立60周年阅兵式上，当我国自主研制的空警-2000和空警-200预警机，拖着长长的彩烟领航空中梯队飞过天安门广场时，站在观礼台上的王小谟，对身旁同志说了一句“这是我们研制的”，就激动得热泪盈眶！与此同时，在合肥38所俱乐部3楼，集中收看国庆60周年阅兵式实况的所领导和员工们，也群情激动，掌声如潮。人们欢呼：几代人的梦想终于实现了！空警-2000和空警-200预警机的受阅，不仅标志着我国形成了预警机体系作战和规模建设的能力，而且也使我国成为世界上继美国、瑞典、以色列之后，第四个能够生产和出口预警机的国家。

与38所同生共长的领军人

中国电子科技集团公司第三十八研究所的名字，是1965年正式确定的（当时叫电子工业部第三十八研究所）。也就在这一年的8月，在安徽桐城的一个家庭，伴随着一声啼哭，一个小男孩呱呱坠地了，父母为他取名吴曼青。

吴曼青与38所同生共长。1983年高考前一周，父亲因病不幸撒手人寰。没能看父亲最后一眼是吴曼青终生的遗憾，但他不负父亲的期望，以优异成绩考入了国防科技大学。1990年吴曼青硕士研究生毕业，当时研究生在社会上很抢手，他的导师又是有名的梁甸农教授，面临就业他有多种选择，但他却选择了38所。那时的38所刚搬迁到合肥不久，新址还没有建好，住在一个破楼里，破破烂烂，条件比较差。为什么选择38所呢？吴曼青说：“我是学雷达专业的，之所以选择38所，是因为我想在雷达事业上做些应该做的事情。”

王小谟很欣赏吴曼青一心献身雷达事业的精神。看到吴曼青是个好苗子，王小谟就有意识地给他项目、压担子，鼓励说：“你是做这个技术的，这个项目就由你来负责！”吴曼青能吃苦、肯钻研，做事踏实认真，在王小谟等良师益友的指导和帮助下，20世纪90年代初期，他就成功主持了双基地雷达试验系统的研究工作，将我国双基地雷达研究推入世界先进国家的行列。20世纪90年代中期，吴曼青在大量试验的基础上，率先提出“数字阵列雷达”概念，并和同志们成功研制了国内第一个数字T／R组件，以及国内首个数字阵列雷达试验系统。在38所这个有着光荣传统的团队里，吴曼青以国家使命为己任，在雷达研究领域努力奋斗创新，迈着坚实的步伐一路走来，31岁即获得了中国雷达协会的最高奖——申仲义雷达奖，32岁又获得中国青年科技奖。这不仅让看着他成长的老一辈专家感到欣喜，也让国外同行刮目相看。

由于吴曼青在雷达技术领域取得的突出成就和表现出的卓越能力，2001年他被原信息产业部破格提拔为38所所长，那时他还不满36岁；2009年，44岁的吴曼青，又当选中国工程院院士，成为当时最年轻的院士之一。在国家一类骨干雷达研究所所长的位置上，吴曼青带领他的年轻团队，更加自觉地把企业的定位和个人的理想放在国家需要上，与国家同命运，与时代同呼吸，把38所的科研工作和各项事业大大向前推进了一步。2001年前后，他根据经济社会和现代军事发展的需求，在38所布局了合成孔径雷达成像技术领域，将之作为38所的重要发展方向，并在成立初期亲自担任雷达成像研究中心主任。目前，这项技术的研究，已迈入国内领先、国际先进的行列，在淮河抗洪、汶川抗震中发挥了重要作用。

值得一提的是，他们运用此技术曾成功搜寻到在汶川地震搜救中失事的邱光华机组。2008年5月31日14时56分，成都军区抗震救灾部队一架米–171直升机在执行任务返回途中突遇恶劣天气，与地面失去联络。有关部门立即组织抗震救灾部队进行拉网式搜寻。无奈山高坡陡，荆棘丛生，余震不断。战士们野营露宿，靠野果充饥，几天下来非常疲惫。技术部门动用了可见光拍摄、红外激光遥感、无线电定位等多种技术手段，失事直升机仍然下落不明。一些西方国家甚至幸灾乐祸地妄断："中国人的技术手段是不可能找到失事机组的。"危难时刻，38所接到上级命令。吴曼青亲自带领技术人员携带多波段SAR天线等设备赶赴灾区。6月4日中午，设备经过北京、西安转场到达成都，经过调试于5日连续飞行3个架次，展开飞行探测。为了增加雷达的多极化功能，技术人员通宵加班。8日上午完成第4次飞行任务，利用雷达成像5700平方公里，寻找到疑似点，上报指挥部后，救灾部队据此于10日成功找到了失事直升机。有关领导赞扬说："38所很争气！38所这支队伍很争气！38所的设备很争气！"

38所的“三字经”

38所的使命是什么？用吴曼青院士的话说，就是两个字“安全”——对外保“国防安全”，对内保“公共安全”。他经常告诫自己的团队：38所是军工电子国家队，必须将国家需求、国家利益、国家目标放在第一位。当国家人，成国家事，用国家需求牵引38所的科技创新。为此他们提出要“国字当头，创字开路，改字为先”，在中国雷达技术创新发展的道路上，披荆斩棘，奋勇向前！

“国字当头”，在38所的“三字经”中是第一位的，更是他们科技创新的源泉和动力。40多年的探索，40多年的拼搏，38所已从建所时的单一雷达研究所，发展为专注国防安全和公共安全的国家一类研究所，成为了国际电子防务市场的有力竞争者。40多年来，他们急国家所急、想国家所想，为国防安全和公共安全做出了不胜枚举的贡献。

雷达装备国庆光荣受阅。38所在2009年国庆阅兵式上接受检阅的装备，除了空警-2000和空警-200两型预警机外，还有在机动雷达方队中首次亮相的两型雷达——38所自主研制的305A高机动三坐标雷达和120高机动两坐标雷达；此外，光荣受阅的还有38所博微长安研制的高原自行式炊事车。接受检阅时，当机动雷达方队通过天安门广场的时候，广场背景打出的四个大字是“国家使命”。这也许是巧合，但更是对38所献身使命的赞许和嘉奖！

为边防战士研制无人值守雷达。在青藏高原的边防前线，边防战士为了祖国边疆的安全，日夜守候在海拔5374米的西藏甘巴拉雷达站，吃的那份苦、受的那份罪，是难以用语言表达的。38所急边防战士之急，办边防战士之需，自主研制了高原无人值守雷达，使战士们从此告别了“指甲脱落，心脏肿大”的艰苦环境。那一刻，吴曼青欣慰地说：“帮最可爱的人改善生活和工作条件，是我们最感幸福的事！”

“创字开路”，是吴曼青对自己和38所团队的明确要求，也是38所科技创新奔腾不息的血脉。吴曼青坚持将我国在雷达技术方面的空白点、薄弱点，作为38所创新研发和产业布局的方向，提出要在“思想上领先一步，方法上率先一步，实践上抢先一步”。2003年，吴曼青和他的团队利用首创的数字阵列雷达技术，发展了一种新的三坐标雷达体制，研制成功的机动式三坐标雷达，被誉为我国地面情报雷达赶超世界先进水平的里程碑式产品，荣获国家科技进步一等奖。该体制与技术已应用于多种型号产品，使我国地面情报雷达一举迈进国际先进行列。他们还成功研制出拥有完全自主知识产权的“魂芯一号”，打破了国外高端数字信号处理芯片对我国高性能计算机领域的垄断，入选2011年度国防科技工业年度大事。

在大力推进技术创新的同时，吴曼青的思维已不再拘泥于传统的雷达技术发展思维，而是延伸到更广阔的领域。他把目光投向了浮空器（利用较轻气体产生的浮力而升空的飞行器）。2003年，38所整体引进了一个成熟的浮空器研发团队，给出的目标是“成为世界领先的浮空器研究团队”。同时，为他们提供了自由发展的空间和充足的经费。很快，这支团队的研究就取得了突破，成为国内领先、国际先进的浮空器研究团队。他们的浮空器产品在北京奥运会、上海世博会和广州亚运会期间出色地完成了重点安保任务。

“改字为先”，是38所的强所之路，也为科技创新培育了自由成长的土壤。2006年，吴曼青根据国防科技工业转型升级的要求，在38所提出了“板块发展、精明增长”的思路：立足现有研究和产业能力基础，打造自主创新板块、组建装备供给板块、壮大军民两用板块，从而实现38所总体规模和经济实力的提高和三大板块的协同发展。这一思路得到了国防科工委的充分肯定。2009年至2011年间，一场前所未有的变革在38所全面铺开。经过两年的努力，38所按照IPD规范，结合国家相关标准，优化和规范了产品与技术开发流程，更重要的是，一种全新的产品创新思想开始在传统科技人员的心中落地生根。

人才是科技创新的核心。38所积极探索科研院所人才使用和培养的新机制，努力构造“人才生态系统”。他们于2010年设立1亿元的人才基金，计划在“十二五”期间，每年招收200名博士、引进20名“海归”高层次人才，并派20名优秀年轻骨干出国深造。吴曼青对招收的每一个博士的简历都详细阅读，对每一个来所的“海归”人才都在所里请一顿自助餐。2011年至今，38所已签约314名博士、32名海外高层次人才。一支面向未来的朝气蓬勃的科技创新队伍已见雏形。

无怨无悔铸忠诚

在38所学习参观的每一天，我们都被一些事情感动着。陪同我们参观的38所副所长陈信平介绍的每个事例，都让我们感动，引发我们思考，使我们的心情久久不能平静。这里还是讲两个具体事例吧。

2008年5月12日汶川地震，举世震惊。在川西大地颤抖之时，38所四创电子的两部应急指挥车，正在前往广东参加一项总额达2.3亿元工程投标的路上。当时车辆距广州只有100公里了。一边是诱人的市场，一边是严重的灾情。怎么办？是继续前进，还是马上折返？危机时刻，38所的领导和员工没有任何犹豫：国家利益和人民生命安全是第一位的。两辆应急指挥车立即掉头，直接赶赴灾区。38个小时的日夜兼程，跨越粤、桂、黔、渝三省一市，行程2500公里，于5月15日中午12时抵达灾区后，立即投入战斗。16日胡锦涛总书记在北川现场指挥抗震救灾的珍贵影像资料，就是通过应急指挥车传送的……

2010年4月14日，青海玉树发生里氏7.1级大地震。38所在震灾发生后的第一时间作出3条决定：一是立即派出精兵强将带着设备赶赴格尔木机场，与测绘院人员一起进行遥测航拍，向有关方面提供灾区高分辨率航空遥感影像图，为中央领导指挥抗震救灾提供决策参考；二是连夜组织博微长安电子公司的39辆高原自行式炊事车，赶赴灾区，帮助解决灾区的饮食问题；三是紧急调拨一套305A雷达，赶赴灾区为指挥救灾提供空情保障……

说起来，从抗震救灾到抗洪救灾，每逢国难当头的时刻，38所总能挺身而出，用自主创新的技术为国家分忧解难；从奥运安保到国庆阅兵，再到上海世博会，每当国有大事的时刻，38所也总能用自主创新的技术为盛事增光添彩。有人提出这样的疑问：38所虽然是国家一类骨干雷达研究所，但也是市场经济中的一个经济主体，在利益多元化的今天，38所为什么能做到这样？38所员工的回答响亮而干脆："因为我们是国家队，'国字当头，国家为大'是我们的座右铭！"

吴曼青经常对员工讲的一句话是："既然我们选择了国防、选择了雷达这个事业，国家使命就决定了我们只有奉献！""38所只有永远的战斗，没有片刻的休息。"在38所，为了测试雷达性能，有人每天要在飞机上忍受强噪声的刺激，有人要随部队几个月辗转进行高原适应性试验，还有人为此献出了年轻的生命。在每年评出的"十佳党员"和"杰出员工"中，既有用忠诚书写事业，父亲病重病逝也未能陪伴在身边的预警探测部总设计师张金元那样的科技人员；又有舍小家顾大家，用稚嫩的肩膀在戈壁滩承担起数据处理责任的王志红那样的巾帼英雄。既有手术5天后就不顾医生劝阻、拄着拐杖出现在岗位上的通信部章仁飞那样的铮铮硬汉，也有笑容柔情似水、意志却比铁还坚硬的——丈夫患癌症住院也没耽误工作——数控铣工朱芸……他们的事迹和故事，动人心弦、感人落泪，在他们身上集中彰显了38所人"勤于探索、勇于创新、乐于奉献"的崭新精神风貌！

吴曼青毕业于工科院校，但却有着儒雅的风度，喜欢以古诗文来言志。他曾多次引用王国维关于人生三重境界的说法，来鞭策自己、激励员工。他说，在科技创新的道路上，从来不会一帆风顺。承载国家使命、支撑国防科技工业现代化的38所人，就应当有“昨夜西风凋碧树，独上高楼，望尽天涯路”的志气和胸怀。同时，为了实现奋斗目标，做到“在特定的时间，完成特定的任务，符合特定的要求”，就一定要有“衣带渐宽终不悔，为伊消得人憔悴”的奉献精神。风雨过后才能见美丽的彩虹。因此，我们还应有更高的境界，那就是珍惜机遇，在新的起点上谋求更大的发展，这就是“蓦然回首，那人却在，灯光阑珊处”！

此时此刻，我耳边不由得回响起38所所歌《在路上》中的那句歌词：“国字当头是我们不变的忠诚！”

2013年1月下旬，在本文即将完稿之时，从38所传来一则喜讯：在党的十八大新当选为中共中央候补委员的吴曼青，荣任中国电子科技集团公司总工程师兼总体研究院院长，38所副所长陈信平接任38所所长。这是38所所长接力棒的又一次传递，也在38所的发展史上揭开了新的一页。人们有理由相信，由王小谟、吴曼青院士带出的这支英雄的团队，在陈信平为所长的38所新班子带领下，一定能在新的征程上百尺竿头，更进一步，创造出更加辉煌的业绩！

（载2013年3月22日《中国科学报》和同年第3期中国工程院《院士通讯》杂志）

热情讴歌与展示院士的风采

2012年12月中旬，我应邀赴合肥为中国工程院《院士通讯》通讯员培训班讲课，有幸参观了38所，走进了凝聚王小谟院士、吴曼青院士梦想和血汗的实验室，聆听了两任所长及员工们“国字当头、创字开路、改字为先”的可歌可泣动人事迹。王小谟院士被誉为“中国预警机之父”，是获得2012年度国家最高科学技术奖的两位科学家之一；吴曼青由于在雷达技术领域取得的突出成就和表现的卓越能力，不满36岁就被破格提拔为38所所长。2009年国庆阅兵式上，当我国自主研制的空警-2000和空警-200预警机，拖着长长的彩烟领航空中梯队飞过天安门广场时，观礼台上的王小谟和38所集中收看阅兵式实况的员工们，齐声欢呼：几代人的梦想终于实现了……我虽然不是学雷达的，又退休多年，但院士和38所团队的使命精神，深深感动了我。使命，是梦想，更是责任。一个人为了使命可以奋斗一生、无怨无悔，为此，我知难而进，呕心沥血，写出了这篇散文式通讯。

壮美圣洁的樱花

武汉东湖的樱花开了，给古城三镇增添了一抹春色。看樱花，最美的当属东湖边的武汉大学珞珈山樱花园。白的似雪，红的若霞，一簇簇、一团团，远远望去犹如彩云覆盖的一片花海。在这个不寻常的春天，经过抗击新冠病毒这场没有硝烟的战役的洗礼，樱花更加妩媚娇艳、如云如烟，给人一种圣洁和壮美的感觉！

人们爱樱花，是因为樱花热烈、纯洁、高尚，最先把春的气息带给人们。据说在日本，人们把樱花作为"壮美圣洁"的象征来供奉。民谚"樱花七日"，是说一朵樱花从开放到凋谢，大约为七天时间。"欲问大和魂，朝阳底下看山樱。"日本人认为，人活着应像樱花般灿烂壮美，就是凋谢也要似樱花那样圣洁，只留清香在人间！

这不由得使我想起2020年新春，一场突如其来的新冠肺炎疫情，以迅雷不及掩耳之势，冲着神州大地袭来，而武汉则是"靶心"。由于这次疫情是中华人民共和国成立以来发生的"传播速度最快、感染范围最广、防控难度最大的一次重大突发公共卫生事件"，人们从思想认识到防控和医疗手段上都猝不及防，一时间

“不明原因肺炎”把武汉的一家家、一群群的人“击倒”，市里的医院家家人满为患、一床难求……在党中央的一声号令下，包括军队医院在内的4万多名“白衣战士”，从全国各地乘飞机、高铁、汽车等运输工具，如抗震救灾般赶赴武汉，用生命去守护和拯救生命。他们中有父亲、母亲，有丈夫、妻子，有儿子、女儿。面对着疫情和危险，他们挺身而出、勇于担当、义无反顾、毫无畏惧地立刻投入防控救治工作。有的顾不上向亲人打个招呼，甚至妈妈顾不上亲吻一下睡眠中的孩子……

首先让我泪目的是三八妇女节前被授予“一线医务人员抗疫巾帼英雄”称号的——武汉市协和江北医院消化内科医生夏思思。她是一名在医生家庭长大的年轻人，在疫情来袭时，她牢记作为医生的铮铮誓言，毅然撂下只有两岁的儿子，投入了抗击新冠肺炎疫情的战斗。夏思思的“逆行”，是因为那份使命、那份责任，还有那份不用言表的家国情怀。1月14日下了夜班的夏思思，在路上听说一位76岁的老人病情加重后，又返回医院参与救治，直至17日老人平安转院。然而就在这次救治过程中，夏思思不幸被新冠病毒感染。虽经全力救治，但2月7日她病情突然恶化。医院紧急将其送往武汉大学中南医院救治，终没能留住这朵在抗疫一线绽放的“玫瑰”。年轻的夏思思，生命永远定格在29岁9个月零20天的这一刻……

武汉市江夏区第一人民医院、协和江南医院呼吸与危重症科医生彭银华，生命也定格在29岁。在同事眼中，彭银华乐观向上、爱说爱笑，面对繁重医务总是勇挑重担。鼠年的正月初八原本是他举行婚礼的大喜日子，为此他做了精心准备，精心制作了漂亮的请柬。面对突如其来的新冠肺炎疫情，他说：“疫情就是命令，我年轻，让我上！”面对生与死的考验，他选择了医者仁心，把生的希望带给他人，把死的危险留给自己。他主动和女朋友商量推迟婚期，约定“疫情不散，婚礼不办”。

在医院设立隔离病房的当天，130张病床位就全部住满了。从此，彭银华便不分昼夜地驻扎在科室里值班，由于病毒的超级传染性和过度劳累，身体强壮的彭银华，也不幸被感染了。因为病情突然加重，1月30日他被转诊到金银潭医院抢救。躺在病床上的彭银华，依然顽强地与病魔抗争，对着镜头用一只手摆出胜利的手势。2月20日，他微笑着离开了这个世界，心中的遗憾是办公桌抽屉里的婚礼请柬还未来得及送出……

了解到这里，我不由得再次泪目，甚至是老泪横流。不是老翁爱流泪，是这些人民群众生命健康的守护者可歌可泣的事迹感动了我、感动了中国、感动了世界！沧海横流，方显英雄本色。据统计，这次在一线抗击新冠肺炎疫情的医务人员有1600多人被感染。其中，被国家卫生健康委、人力资源社会保障部追授“全国卫生健康系统新冠肺炎疫情防控工作先进个人”称号的就有34人。他们多是在抗击疫情的阻击战中冲锋在前、舍生忘死、救死扶伤、大爱无疆的“白衣天使”。习近平总书记赞扬他们“是光明的使者、希望的使者，是最美的天使，是真正的英雄”！在这些被追授光荣称号的医务人员中，就有在此次疫情中最早的示警者之一、在抗击新冠肺炎疫情中不幸被感染而去世的武汉市中心医院眼科医生李文亮，去世时年仅34岁；还有用生命守护生命、带病坚持救护患者而不幸献出生命的武汉市武昌医院党委副书记、院长刘智明，去世时年仅51岁……

阳光总在风雨后。抗击新冠肺炎疫情的人民战争，既是人类与自然界冠状病毒的一场殊死搏斗，也是人的精神境界的升华和新时代民族精神的最好凝练。东湖樱花开在武汉疫情防控形势“积极向好”、取得重要阶段性成果的时刻，从而使得姹紫嫣红的樱花，更加无比的壮美与圣洁！

（载2020年3月18日《衡水晚报》副刊和同年第1期《老干部生活》）

武汉新冠肺炎疫情“吹哨人”

谁是武汉新冠状肺炎疫情第一个“吹哨人”？2020年2月4日，武汉市有关部门给予湖北省中西医结合医院呼吸内科主任张继先记大功奖励！表彰通报中说：“张继先同志以超强的专业敏感意识，最早判断并坚持上报新型冠状病毒感染的肺炎疫情，第一个为疫情防控工作拉响警报，是医院救治一线的‘带头人’。”2019年12月26日上午，张继先接诊了两位老人。两位老人发烧、咳嗽，拍出来的胸部CT片，却与其他病毒性肺炎完全不同。他们的儿子没有任何症状，但CT显示肺上也有特殊表现。同日，还有一位华南海鲜市场商户病情相同。张继先给这些病人做了多项流感相关检查，结果全部呈阴性，排除了流感可能。27日，她及时向医院领导汇报，并上报江汉区疾控中心。28日、29日，门诊又陆续收治3位类似患者。医院及时召开多部门会诊，对7个病例逐一讨论，追问到还有两位类似患者，到同济医院、协和医院治疗。他们立即上报省、市卫健部门，为首批7名“不明原因肺炎”患者及时转入武汉金银潭医院，以及采集样本开展病毒检测和病理研究创造了条件。

家国情怀

我的中国梦

党的十九大召开的前一天晚上，我做了一个梦。梦见自己年轻了二十岁，并且因“具有从事简报快报工作的经验”而被召回单位，参加十九大的简报快报工作（我曾参加过第十四、十五、十六次党代表大会的简报快报工作），有幸作为工作人员再次走进庄严的人民大会堂，聆听习近平总书记作的大会报告。

“实现中华民族伟大复兴是近代以来中华民族伟大的梦想。”“今天，我们比历史上任何时期都更接近、更有信心和能力实现中华民族伟大复兴的目标。”听着习总书记那铿锵有力、带有磁性的声音，我不由得心潮澎湃、热血沸腾，激动地鼓起掌来……

醒来后，心脏还激动地在怦怦跳。是的，一百多年来，中华民族的先知先觉者和仁人志士，一直在做着民族复兴的梦。从孙中山先生著名的《建国方略》，到中国共产党一经成立就把实现共产主义写到自己的纲领上；从推翻帝国主义、封建主义、官僚资本主义“三座大山”，到建立人民当家作主的新中国；从实施新民主主义建国纲领，到社会主义基本制度建立……

梦想是历史的，也是现实的。我上小学时的“强国梦”，是党的八大提出的“把我国尽快地从落后的农业国变为先进的工业国”，是“超英赶美”。过去的“东亚病夫”，如今要超过老牌帝国的英国，追赶世界第一强国美国，这目标太激动人心了！尽管现在回头看，这目标提得有些早了，但当时全国沸腾了，就连我们小学生都发动起来，每到农村大集（五天一个），就敲锣打鼓地到集镇上喊口号宣传“鼓足干劲、力争上游、多快好省地建设社会主义”的总路线，还在赶集的路上出题“考”大人们。到了1964年的第三届全国人大会议，周恩来总理代表党中央发出了“在不太长的历史时期内，把我国建设成为一个具有现代农业、现代工业、现代国防和现代科学技术的社会主义强国”的号召。遗憾的是，由于“文化大革命”，实现“四个现代化”的“强国梦”，受到严重干扰，几近夭折……

是党的十一届三中全会，是伟大的改革开放，使几代人实现中华民族复兴的梦想，重新走上了正确轨道。改革开放的总设计师邓小平，高瞻远瞩地为我国设计了分“三步走”、基本实现社会主义现代化的战略。第一步，从1981年到1990年，国民生产总值翻一番，实现温饱；第二步，从1991年到20世纪末，再翻一番，达到小康；第三步，到21世纪中叶再翻两番，达到中等发达国家水平，基本实现现代化。我们是改革开放的亲历者，也是“中国龙”巨变——由站起来、富起来到强起来的见证者。1978年，中国的经济总量在全球只占1.8%，是一个虽地大物博但贫穷落后的大国。今天，我国的经济总量占到了世界的14.8%，是全球第二大经济体，早早超过了老牌帝国英国，而超过美国也是个时间问题了。40年前，我们的人均GDP只有384元，而2015年我们的人均GDP就达到了5.03万元。40年前，谁有自己的楼房、汽车？谁又自费出国旅游，周游过世界？而今天这些都变成了现实。

改革开放是实现“强国梦”的必由之路，但农村改革的起步却是异常艰难的。我还是讲个亲历的具体事例吧。今天，吃腻了大米白面和大鱼大肉的人们，把吃粗粮、野菜当成“吃鲜”，而40年前的1978年，生活的贫穷和物资的紧缺，是现在的年轻人难以理解的。农民缺粮、缺油、缺肉蛋奶，还没有种植自主权。一些地方为了片面追求“上纲要”（粮食亩产400斤）、“过黄河”（亩产500斤），不顾土质、地力、水肥条件差异，强行推广种所谓高产品种——杂交高粱，搞“一刀切”的“红高粱方”。群众气愤地批评说“一个县一个生产队长”。党的十一届三中全会闭幕十天后，我去河北深县（现为深州市）采访（笔者时为《河北日报》记者），在县城听说了一个“耩空耧”的新鲜事儿。

何为“耩空耧”？就是播种时耧斗里不放种子，只做出播种的样子。待应付过上级检查后，再因地制宜地按农民意愿进行种植。我寻踪觅迹找到了故事的发源地——深县郗家池村第十三生产队。经了解事情的原委是这样的：郗家池地处滹沱河故道，土地多为沙白地，水源不足，肥力不够，如按上级分配种植计划种杂交高粱，不仅产量低，而且高粱的品质差，连牲畜和鸡都不爱吃。1978年生产队长李大抓因“耩空耧”挨了批判，但他们因地制宜种植的花生和红薯却获得大丰收，向国家贡献的粮食和油料增多了，农民生活也改善了。我问李大抓有什么感受，他说：“农民会种地，需要自主权！”我听了很兴奋，因为党的十一届三中全会公报指出：“人民公社、生产大队和生产队的所有权和自主权必须受到国家法律的切实保护。”我连夜写了《还生产队种植的自主权》的新闻稿，《河北日报》《衡水日报》都在显著位置加编者按刊出，在社会上引起很大反响。“农民会种地，需要自主权”，成了当时的热门话题，也为冀中平原的农村改革喊出了第一声。

现在回头看，40年前的农村改革，安徽省凤阳县小岗村农民的破冰，是冒着风险按手印搞“分田单干”；而河北省深县郗家池农民的“圆梦”，则是用“耩空楼”抵制种杂交高粱、争取种植的自主权！历史是一面镜子。回顾农村改革的艰难历程，也为今天新的“圆梦”——推进乡村振兴战略提供了借鉴。当前，改革已进入“深水区”，习近平主席在新年贺词中号召：“要以庆祝改革开放40周年为契机，逢山开路，遇水架桥，将改革进行到底！”

中国特色社会主义进入了新时代，跨入了新征程。新时代要有新的梦想。中国梦既是现在年富力强的一代的，也是耄耋之年的老人的。习近平总书记的十九大报告为我们描绘了民族复兴的美好蓝图，并将实现“两个一百年”的中国梦，分两个阶段来安排。我掐指算了一下，到2035年基本实现社会主义现代化的第一阶段时，我是90岁。过去古人说“人活七十古来稀”，现在说“人活九十不稀奇”。那么，这一段时间将是我们这些耄耋老人“老有所为”的大好时光。最近，我结合国家的中国梦，特别是习总书记关于老同志要“继续讲好中国故事、弘扬中国精神、传播好中国声音，积极为实现‘两个一百年’奋斗目标和中华民族伟大复兴的中国梦贡献智慧和力量”的要求，编制了自己的“梦”。并且按照长计划、短安排的精神，盘算了今年圆梦的几件事：首要的是认真学习领会习近平新时代中国特色社会主义思想，这是民族复兴征程上的行动指南。其次是积极学习现代科学技术和其他方面的知识，跟上新科技革命的步伐。再次是发挥在党建研究和写作方面的优势，讲好身边的改革开放故事，传播正能量。最后是继续做好教育下一代的工作，精心培育祖国的花朵。我想这也是为实现中国梦在做贡献！

（载2018年1月17日《衡水晚报》副刊和同年第1期《老干部生活》杂志）

“老来有福”

2019年老同志春节团拜会，机关的摄影师张传侠为我和夫人崔纪敏及双胞胎孙女妍妍、娴娴拍了张合影“老来有福”。“‘莫道桑榆晚，为霞尚满天。’2019年，我要锻炼好身体，享受新生活，增添正能量，拥抱新时代！”照片上的题词句句说到我心坎里去了。热情关心下一代，精心培育祖国的花朵，也是我为实现中国梦做奉献的心愿之一。社会的发展，科技的进步，互联网的普及，网络游戏的诱惑，使儿童教育面临着许多新的挑战。要教育好下一代，就要学习新知识，增长新本领，跟上以互联网为核心的信息时代的步伐，还要学习研究儿童心理学，更新自己的知识储备。重要的一条是要“变换心态”，保持一颗耽于幻想、对外部世界充满好奇的“童心”，与“祖国花朵”们同学习，共成长！

老来有福

冀中农民第一声

——农村改革记忆最深的一件事

冀中农民是组织起来、走集体化道路的先锋。

早在1943年，饶阳县五公村的耿长锁、乔万象、李砚田、卢墨林等4户农民，就在毛主席“组织起来”的号召下，成立了“土地合伙组”，走共同富裕的道路，被誉为“社会主义之花”。

1955年，在农业合作化运动高潮中，毛泽东在《关于农业合作化问题》一文中，高度赞扬了安平县南王庄王玉坤、王小其、王小庞坚持办农业合作社的行动，指出“这三户贫农所表示的方向，就是全国五亿农民的方向”。

党的十一届三中全会吹响了改革的号角。在这一农村改革的大潮中，冀中农民是怎么想的？怎么做的？又是从哪里破冰的？十一届三中全会闭幕十天后（即1979年元月2日），时为《河北日报》记者的我，带着这一系列问题来到冀中腹地的饶阳、安平、深县（现为深州市）调研，想听听农民的呼声。路经深县县城时，在县招待所的饭桌上听到一个“耩空耧”的新鲜事：

何为“耩空耧”？现在播种一般是播种机机播，但40年前，播种用的是有两个耧腿的木耧。前面一个人牵着牲口拉耧，后面一个人摇耧，种子通过耧腿角均匀的播到地里。“耩空耧”就是耧斗里不放种子，只在地里划出两道播种的沟。为什么要费工费力地“耩空耧”？我在县委宣传部有关同志的陪同下，寻踪觅迹找到了故事的发源地——深县郗家池村第十三生产队。

经细致了解，事情的原委是这样的：郗家池距饶阳县五公村不远，这里地处滹沱河故道，土地多为沙白地，水源不足，肥力不够，如按上级分配的种植计划种杂交高粱，不仅产量低，而且高粱的品质差，连牲畜和鸡都不爱吃。但因地制宜种花生和红薯，则可粮油双丰收。之所以“耩空耧”，是为应付种植“一刀切”的检查，待检查过后再按农民意愿种植。1978年郗家池十三生产队队长李大抓，因“耩空耧”挨了批判，但他们种植的花生和红薯却喜获大丰收，向国家贡献的粮食和油料增多了，农民生活也改善了。我问李大抓有什么感受，他有力地挥动着胳膊说：“农民会种地，需要自主权！”我听了很兴奋，因为党的十一届三中全会公报指出：“人民公社、生产大队和生产队的所有权和自主权必须受到国家法律的切实保护。”联想到前些年，在极左路线干扰下，生产队因地制宜种植的自主权被剥夺了。农民缺粮缺菜缺油缺肉蛋奶，生活的贫穷和物资的紧缺是现在的年轻人难以想象的。可一些干部却打着执行国家计划的旗号，片面追求“上纲要”（粮食亩产400斤）、“过黄河”（亩产500斤），不顾土质、地力、水肥条件的差异，强行推广种所谓高产品种——杂交高粱，搞“一刀切”的“红高粱方”，极个别的甚至强行“毁瓜拔苗”。群众气愤地批评说，“一个县一个生产队长”。

我意识到，这就是冀中农民的呼声。于是，连夜赶写新闻稿，鲜明地提出“还生产队因地制宜种植的自主权”，“以粮为纲，还要全面发展”。农民“在完成国家定购任务的前提下，生产队种什么，怎么种，大队、公社、县都不要乱加干涉”！稿子送回报社，报社领导很重视。《河北日报》1979年1月24日在一版显著位置加编者按刊出；《衡水日报》则于同年1月18日在一版头条加编后刊用。稿子在社会上引起很大反响，“农民会种地，需要自主权”，成了当时的热门话题，也为冀中农民喊出了农村改革的第一声。

回眸40年前的农村改革，给我留下最深刻印象的是郗家池的“耩空耧”风波。因为，40年前安徽省凤阳县小岗村农民的破冰，是冒着风险按手印搞“分田单干”；而河北省深县郗家池的农民，则是不怕挨批判用“耩空耧”抵制种杂交高粱、争取种植的自主权！虽然二者的意义不能类比，但都是农民对农村改革的积极探索，是完善中国特色社会主义的一种尝试。历史是一面镜子。回顾农村改革的艰难历程，也为今天推进乡村振兴战略提供了借鉴。当前，改革已进入“深水区”，我们一定要按照习近平总书记的要求，“以庆祝改革开放40周年为契机，逢山开路，遇水架桥，将改革进行到底”！

（载2018年6月21日《衡水晚报》副刊，获中办机关党委庆祝改革开放征文二等奖）

人望幸福树望春

春风送暖，桃李争艳。党的十一届三中全会给广袤的冀中平原带来一派春意盎然的生机。人望幸福树望春。盼望过好日子的庄稼人，在很短的时间内，就在深县115个生产队（占全县生产队总数的42%），建起了2780个联产计酬的作业组。这本应是“冀中农民的第二声”，没想到社会上却吹来一股春天的寒流，说“包产到组是分田到户，是倒退”。在极左思想的影响下，作业组“呼啦啦”垮掉了一半。我赴深县调研后写了一篇《1350个作业组是怎样垮掉的》，提出应肃清“四人帮”极左路线余毒。没想到却引起地县某领导人的质疑，打了“小样”的稿子只好撤掉。1979年8月底，省委开会传达邓小平肯定和支持真理标准问题的讲话，我重提春天被“枪毙”的稿子，得到报社领导的支持。总编辑林放亲自带着我修改的稿子去找地委领导人征求意见，这样《狠批极左才能巩固发展联系产量的作业组》一文，才于同年9月7日《河北日报》一版发表了。回忆这段往事，是想说明：寒流是挡不住春天的脚步的！

《好大嫂》与思想解放

——新闻改革记忆最深的一件事

《好大嫂》一稿，发表于1979年2月3日（农历正月初七）《河北日报》一版二条。中央人民广播电台《对农村广播》节目用时长半小时的完整一集播出后，“在听众中激起了比较强烈的反响”，又应听众要求，于同年4月2日进行了重播。后来，还通过福建前线台，把《好大嫂》介绍给了台湾同胞。一时间，它如“又绿江南岸”的拂面春风，吹遍了神州大地！

《好大嫂》是党的十一届三中全会后，我怀着对祖国的情、对人民的爱，讴歌改革开放以来各条战线新人物的头一炮，是“解放思想，实事求是”的思想路线在人物通讯写作上的新尝试、新探索。没有它，就没有后来陆续写出的《“飞”来的闺女》（被评为全国好新闻）、《农家溢书香》、《芦苇颂》、《白鸽，从大洋彼岸飞回》、《邓六金的故乡情》等一批人物通讯，就没有1989年由河北省委副书记李文珊和河北大学教授吴庚振教授作序的人物通讯选评《十年浪花集》，以及2006年出版的人物通讯集《感悟人物通讯——采写经验50谈》。

说起《好大嫂》的成功，首先应归功于十一届三中全会思想解放的春风。因为在“四人帮”极左思潮的影响下，当时充斥报刊版面的多是“记者不愿写、群众不愿看”的“穿靴戴帽”、任意拔高的“高大全”人物或“反潮流”的典型，语言也多是“帮腔帮调”。但改革开放的春潮已经涌动，人物通讯采写上思想僵化、墨守成规的传统模式已难以为继。可从哪里寻找改革的突破口？

就在我苦苦思索这个问题的时候，1979年1月23日上午，我接到《河北日报》编辑部电话说：省妇联推荐了故城县农村妇女王秀荣尊老爱幼、团结妯娌、勤俭持家的典型，要求衡水记者站派人去采写，最好春节前能交稿，给改革开放后的第一个春节增添节日气氛！

我立即赶往衡水长途汽车站。当时交通设施的落后，是今天难以想象的。衡水到故城，一天只有早、午两班车。不仅没有高速路、快速路，仅有的一条柏油路还要绕道枣强大营镇，且年久失修、坑洼不平。而县城到王秀荣所在的建国公社姜庄村，还有40多里不通汽车的乡村土路。当晚上9点我风尘仆仆赶到位于卫运河西岸的姜庄村时，听到的却是令人沮丧的消息。

村干部介绍说：王秀荣的大家庭共18口人，有奶奶、父亲、5个兄弟、4个妯娌、6个孩子和1个常住的小外甥。全家人只有秀荣的公爹能说会道，可不巧的是老公爹到90里外的清河县为人治病去了，立马往回赶，也得明天下午到。当时大家有些泄气，但反过来一想，秀荣尊老爱幼、勤俭持家的事儿，老公爹知道，其他人也心里清楚，再说秀荣怎么想的，她自己最有发言权。于是我们直接来到王秀荣家，妯娌几个正忙着蒸过年的干粮。坐在老奶奶的炕头上，我家长里短地和老人家拉起了家常。

炕头变成了采访桌。我先请秀荣和丈夫姜玉明谈。从恋爱结婚、尊老爱幼说起，怎么想、怎么做的，就怎么说。然后是老二夫妇、老三夫妇、老四夫妇和小五，每个人提供一两件大嫂令人感动的好事儿。开始还有点紧张，不一会儿就拉开了话匣子。屋子里又说又笑，老奶奶高兴了，也插话补充……

采访持续到晚上11点，搜集到大量的生动素材。我们很兴奋，连夜讨论如何构思搭架子。有人建议："'好大嫂'应好在学习马列上，应突出这条线索。"这话在今天听来，有点好笑，可在当时响亮得很啊！我说，我们采访到的生动事例，是秀荣找对象"不图东西、爱的是人"，以及结婚后尊老爱幼、团结妯娌、勤俭持家的事儿。这些都是中华民族的传统美德，是社会主义团结和睦的新型家庭关系的重要内容。我们不拔高、不"戴帽"，实事求是地写。县里同志有些担心："写这些'针头线脑''家长里短'的琐事，报纸给发表吗？"我说：改革开放的春天来了，报纸也在改革。邓小平号召我们要做"勇于思考、勇于探索、勇于创新的闯将"，我们也应用勇于创新的精神写好《好大嫂》。

思想解放了，激情有了，灵感也来了。如《好大嫂》一文的开头，就是一种新的尝试：

> "咱家多亏了老大家！"80岁的老奶奶伸着拇指说。
>
> "老大家待老人比亲闺女还强！"58岁的父亲深有感慨地说。
>
> "大嫂真好！小兄弟的吃喝穿戴样样给结记着。"15岁的小五说。
>
> "对，真是个好大嫂！"老二、老三、老四三兄弟和三妯娌一齐说。
>
> 这里记叙的是农历戊午年腊月二十六晚上，我们在河北省故城县姜庄村，姜玉明一家的炕头民主会上的所见所闻。
>
> ……

从腊月二十七的0点到晚上8点，在20个小时里，我趴在房东煤油灯下的炕桌上，困了打个盹，醒了继续写，一篇5000多字的人物通讯竟写出来了。当时还没有传真机，穷乡僻壤的发新闻电报也不可能，最有效的办法是我亲自把稿子送回报社。

按农历倒计时，因为戊午年腊月小，腊月二十九即是除夕。所以，明天一早，我必须从姜庄赶回县城，赶上上午故城到衡水的长途汽车，然后才有可能坐上中午衡水到石家庄的火车。

腊月二十八的晚上，当我赶回河北日报社时，编辑部大楼已是漆黑一片。只有报社副总编辑盛荫泉，还坐在办公室里等我。我怀着忐忑不安的心情送上稿子。约半小时后，老盛把手一拍说："稿子写得很好。锡杰同志，你辛苦了！抓紧回衡水过年去吧！"

回首往事，40年改革开放，40年砥砺前行，40年春风化雨。历史巨变从哪里开始？邓小平曾指出："解放思想，开动脑筋，实事求是，团结一致向前看，首先是解放思想。"这话说到根本上了。不仅破除束缚生产力发展的桎梏，进行经济体制改革要解放思想，就是在思想意识领域拨乱反正，推进新闻改革，也需要首先端正思想。从这层意义上讲，《好大嫂》的采写、发表乃至在社会上引起较强烈反响，是一次落实"解放思想，实事求是"思想路线的实践。记得《好大嫂》发表后，河北师范大学中文系曾邀我去给学生们谈采写体会。学生们提出了一个问题：《好大嫂》为什么能一碰就"响"？我觉得，主要是社会需要"好大嫂"式的典型，人们呼唤中华传统美德和团结和睦的社会主义新型家庭关系的回归。今天，虽然像王秀荣家那样的大家庭已经不多，但在中国特色社会主义新时代，仍然需要正确处理恋爱婚姻关系和推崇尊老爱幼、团结妯娌、勤俭持家的"好大嫂"式人物，同时也更加需要新闻工作者"讲好中国故事、弘扬中国精神、传播中国好声音"，热情讴歌那些体现社会主义核心价值观的新人物、新思想，为实现“两个一百年”的奋斗目标和中华民族伟大复兴的中国梦贡献一份力量！

（载2018年8月15日《衡水晚报》副刊）

怀念《对农村广播》节目

40年前的北方农村，不仅没有电视，报纸和收音机也很少。农民靠什么获知党中央的声音？靠“村村通”的高音广播。当时，每个公社都有个广播站，早午晚定时广播。中央人民广播电台《对农村广播》节目则是主要内容。每套节目半小时，内容既有党中央、国务院的政策，也有报纸新闻摘要，还有电台记者或通讯员采访的新闻和人物，丰富多彩，很受农民欢迎。《好大嫂》是改革开放后春风化雨的第一个“农家故事”，电台非常重视，《对农村广播》节目用一整集的长度，由著名播音员林茹播送，在广大农民中引起重大反响。应听众要求，1979年4月2日《对农村广播》节目对《好大嫂》进行了重播。从改革开放到1983年我离开《河北日报》衡水记者站，中央台《对农村广播》节目广播了我采写的许多稿件，包括1981年“拨动广大读者心弦”、被誉为“一曲颂扬精神文明赞歌”的《“飞”来的闺女》一文。所以，我很怀念《对农村广播》节目和具有“慧眼”的编辑韩靖云。

“伟大转折”的记录

40年众志成城，40年砥砺奋进，40年春风化雨。2018年11月29日上午，我怀着无比兴奋的心情，参观了位于中国国家博物馆的“伟大的变革——庆祝改革开放40周年大型展览”。展览分为“伟大的变革”“壮美篇章”“关键抉择”“历史巨变”“大国气象”“面向未来”六个展区。展览通过音像图、声光电等技术手段，以及双面超大曲屏影像长廊、即时识别呈现的语音留言等新鲜设计，多角度、全景式地展示了改革开放以来，全国人民在党的坚强领导下，艰苦奋斗、顽强拼搏，使我国在经济、政治、文化、社会、生态等各个方面都发生了历史性变化，取得了举世瞩目的伟大成就，谱写了国家和民族振兴的壮丽史诗！展览使我的心灵受到极大的震撼，深深地为我们党、国家和人民感到骄傲与自豪！

改革是从农村开始的，“壮美篇章”也是从“希望的田野”翻开的。在展区入口处的墙上，刻着烫金的3句话：“中国要强，农业必须强；中国要美，农村必须美；中国要富，农民必须富。”紧接着，是“十八颗红手印”的雕塑。说明文展现的故事是：党的十一届三中全会吹响了改革的号角，1978年冬，安徽省凤阳县小岗村的18位农民，在包产到户“生死状”上按下了鲜红的手印，分田到户，率先实行农业“大包干”，从此拉开了中国农村改革的序幕，开始了农民怎样走社会主义道路的探索。

“历史巨变”是从解放思想开始的。改革开放带来了农民和农村思想观念、发展方式、经济体制的深刻变革，极大地解放了农业生产力。农作物大幅度增产，乡镇企业异军突起，农民收入大幅度增加。据统计，中国粮食的年产量，从3亿吨跨越到超过6亿吨；肉蛋奶果菜茶和水产品等日益丰收，实现了从吃饭用粮票、缺油缺菜缺肉蛋奶，向生活用品供给充足、种类繁多、“菜篮子”已没有春夏秋冬之分的转变，过上了吃穿用行不用愁的小康日子。并且，从2018年起，亿万农民拥有了自己的专属节日——“中国农民丰收节”。

“关键抉择”展区，重点介绍的是党中央推进改革开放的战略擘画。改革开放40年来，党中央始终以时代要求、国家发展、人民期望为出发点和落脚点，以坚强决心和坚定意志，积极推进理论创新、实践创新、制度创新，发展和完善中国特色社会主义，作出了一系列改革开放的重大战略决策和部署。设立经济特区，可以说是改革开放的总设计师邓小平和老一辈革命家作出的最重要的历史抉择。1984年2月，邓小平曾专门去深圳、珠海和厦门3个经济特区视察，并分别为3个经济特区题词。邓小平为深圳的题词是：“深圳的发展和经验证明，我们建立经济特区的政策是正确的。”1992年2月，年近90岁的邓小平再次风尘仆仆地到深圳视察，并发表了著名的南方谈话，延续那“春天的故事”。同年2月，中共中央将邓小平同志视察南方的谈话要点作为中央文件下发，认为这个谈话对中国的改革和建设，对开好党的十四大具有十分重要的指导意义。资料显示，改革开放40年来，深圳城区面积从最初的3平方公里，扩大到920平方公里，人口从7万发展到1250万，GDP从1979年

1989年作者在深圳特区留影

的1.9亿元，增长到2017年的2.2万亿元。深圳从一个落后的农业小镇，快速崛起为一座充满活力的现代化大都市。可以说，深圳不仅是经济特区的一个缩影，而且是改革开放以来发生巨变的中国的一个缩影。

在中国特色社会主义新时代，引领中国更高水平改革开放进程的不仅有经济特区，还有上海、广东、福建、天津等自贸区和一批自贸试验区，以及被誉为“改革开放新地标”的河北雄安新区。设立河北雄安新区，是千年大计、国家大事。从新区的规划沙盘可看出，未来的雄安新区呈现在世人面前的将是一幅“北城、中苑、南淀”和“一主、五辅、多节点”的美丽画卷。

“大国气象”展区，展出的是蓬勃发展的中国企业，以及成绩斐然的中国制造和突飞猛进的基础设施建设等。给我留下深刻印象的有“嫦娥”探月、飞船上天、“蛟龙”下海、航母制造、高铁技术、特高压输电技术、量子密钥分发、5G技术、C919大型客机、港珠澳大桥等一系列上天入地下海、宏观微观贯通、顶天立地结合的创新成果和大国重器，以及举世瞩目的三峡工程、南水北调等振奋人心的伟大工程。解说员袁旖讲解的两个细节，让我非常振奋：一是在2017年世界企业的500强中，中国企业已占到120席；二是截至2018年6月，中国移动电话用户总数已达到15亿。这不由得使我想起一件往事：1999年7月，我参加市场经济考察团赴英国考察时，全团20多人，只带了一个“大哥大”，并且由于时差，与国内联系，都需一早一晚打。不过，接待方也只有一个“大哥大”，个头比我们的还要大。不到20年，“大哥大”就变成了“全触控”，手机越来越先进，人们的生活也越来越便利。一滴水可以折射出太阳的光辉，一个细节能反映改革开放带来的天翻地覆的巨大变化。

国家博物馆里人头攒动，熙熙攘攘。广播里说截至我参观的那天，参观人数已突破70万。“伟大的变革”大型展览，再次向人们证明了一条颠扑不破的真理：“改革开放是决定当代中国命运的关键一招，也是决定实现‘两个一百年’奋斗目标、实现中华民族伟大复兴的关键一招。”党的十九大清晰地描绘了未来中国发展的蓝图，祖国的明天会更好！中国梦是年轻一代的，也是老年人的。作为40年改革开放的一名亲历者、参与者，我要不忘初心，传播正能量，按照习近平总书记的要求——“改革不停顿，开放不止步”，“逢山开路，遇水架桥，将改革进行到底！”

（载2018年12月7日《衡水日报》晨刊“教科文史”版）

“小岗大道”续新篇

“伟大的变革”的大型展览中，“壮美篇章”是从希望的田野翻开的。中国农村改革的序幕是从安徽省凤阳县小岗村18位农民的“红手印”拉开的。如今，“小岗大道”怎样了？思变的步子没有停。2012年，小岗村成立了“村企一体”的小岗创发公司，负责对村集体资产经营管理和保值增值。2016年，小岗村集体经济股份合作社，探索以品牌作为无形资产和经营性资产联合入股小岗创发公司，实现了分享股权红利。在农业发生深刻改变的同时，还探索开发旅游业的“大IP”，复原当年按红手印的农村住户房屋，打造特色旅游景点。“小岗村”是商标，也是产业园。2014年经安徽省人民政府批准，成立了小岗产业园，主要发展技术含量和集约化程度高、附加值显著的绿色产业。打造三业融合的全域田园综合体，从单纯的种植到产品开发、平台包装。小岗人正走在探索前进的大道上！

一份地契见证农村变革

——写在新中国成立70周年

农业农村农民问题始终是中国革命、建设和改革的根本性问题。毛泽东在《新民主主义论》中曾指出，“中国的革命实质上是农民革命”。解放农民，首先要解决土地问题。新中国成立以来，先后经历了土地改革、农村改革和乡村振兴3次农村大变革。我珍藏着一件传家宝，是见证70年前改天换地的农村土改的地契——“土地房产所有证”。

这份“土地房产所有证”，是父亲张济民在世时精心保存的。他去世后，作为对老人的一份念想，我就留了下来。房产证高38厘米，宽30厘米，是1950年7月25日由枣强县人民政府颁发的“河北省土地房产所有证（字第6633号）”。房产证开宗明义地写道，是“依据中国土地法大纲之规定”，确定了我家的人口、土地、房产，并申明土地房产“有耕种居住典卖转让赠予等完全自由，任何人不得侵犯”。

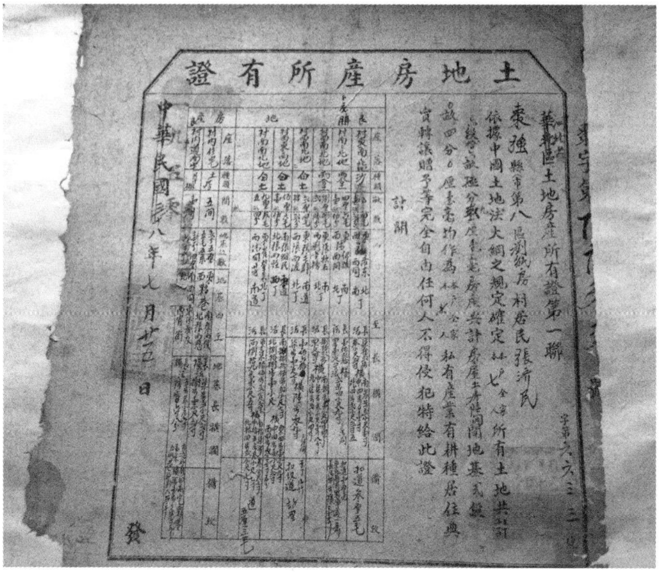
土地房產所有證

作者父亲张济民精心保存的地契

一份地契把我们带回了那轰轰烈烈的年代。家乡的土地改革，是在1947年10月颁布《中国土地法大纲》之后开始的。这场被称为“继军事斗争以后的第二场决战”的大革命，经过发动群众、划分阶级成分、没收地主阶级土地、按人口平均分配土地，做好“填平补齐”工作等阶段，完成了破除几千年的封建土地所有制，实现“耕者有其田”的使命。1950年6月6日，毛泽东在《不要四面出击》一文中指出：“我们已经在北方约有一亿六千万人口的地区完成了土地改革，要肯定这个伟大的成绩。我们的解放战争，主要就是靠这一亿六千万人民打胜的。有了土地改革这个胜利，才有了打倒蒋介石的胜利。”（《建国以来毛泽东文稿》第1册，中央文献出版社1987年版，第397页）

有人说，中国的土地法大纲，犹如美国的解放黑人宣言。曾亲自参加过晋冀鲁豫边区一个村庄的半年土改，并写出《翻身——中国一个村庄的革命纪实》一书的美国作家韩丁的评论，也许更加鞭辟入里。他写道：“对于中国几亿无地和少地的农民来说，这意味着站起来，打碎地主的枷锁，获得土地、牲畜、农具和房屋。但它的意义远不止于此。它还意味着破除迷信，学习科学；意味着扫除文盲，读书识字；意味着不再把妇女视为男人的财产，而建立男女平等关系；意味着废除委派村吏，代之以选举产生的乡村政权机构。总之，它意味着进入一个新世界。”老解放区人民，对土改的胜利欢天喜地、敲锣打鼓地庆祝。我家土改中也分得一块土地，还有“若干浮财”，父亲心中的甜蜜和幸福是说不尽的。所以，他才会那样看重和珍惜这份地契——“土地房产所有证”。

回望历史，是为了说明现在和展望未来。农村发生的第二次大变革，是党的十一届三中全会开启的改革开放。农村改革的序幕，是1978年冬，安徽省凤阳县小岗村的18位农民，冒着风险在包产到户的“生死状”上按下鲜红的手印，分田到户，率先实行农业“大包干”——家庭联产承包责任制。农村改革又一次实现了农民和土地的直接结合。家乡的侄子告诉我，他一家承包了14亩责任田。他可以在责任田里因地制宜种植、自主经营、多产多得，从而克服和纠正了计划经济体制下的“大锅饭”“大呼隆”的平均主义。发展经营方式、经济体制的深刻变革，极大地调动了农民的积极性，解放和发展了农业生产力，解决了农民的温饱问题。据统计，全国农业生产总产值，从1978年的1117.50亿元，增加至2016年的59287.78亿元；粮食年产量，从3亿吨跨越到现在的超过6亿吨；肉蛋奶油菜茶和水产品日益丰裕，品种繁多，实现了从“吃饭用粮票、缺油缺菜缺肉蛋奶”，到生活用品供给充足、琳琅满目，过上了吃穿用行不用愁的小康生活。

当前农村的发展又处在一个新节点上。党的十八大以来，习近平总书记从党和国家事业全局出发，着眼于实现“两个一百年”的奋斗目标，对做好“三农”工作作出了一系列重要论述，对实施乡村振兴战略提出了明确要求。他指出：“一定要看到，农业还是‘四化同步’的短腿，农村还是全面建设小康社会的短板。中国要强，农业必须强；中国要美，农村必须美；中国要富，农民必须富。”乡村振兴的战鼓已经擂响，新的农村大变革正如火如荼地开展。眼下农村改革已取得新突破，农村承包土地的“三权分置”取得重大进展，农村集体产权制度的改革稳步推进，玉米、大豆、棉花等重要农产品收储制度改革取得实质性成效，城乡发展一体化迈出新步伐……可以想象，经过这次农村变革，农村的明天会更美好，全面建成小康社会的成色和农业农村现代化的质量会进一步得到提升，亿万农民的获得感和幸福感会进一步增强，农民可以在希望的田野上描绘更加美好的中国梦！

（载2019年第11期《中华魂》和同年7月17日《衡水晚报》）

增强文物档案保护意识

大约是3年前的一天，我向邻居、曾任中央档案馆副馆长的沈正乐同志请教：我父亲去世前留下一个“文书匣”，里面装满各种地契。他人都去世40年了，怎么处理好？老沈讲了一番道理，让我深受启发。他说：“文物档案包括文字、图片、实物、音像等资料，记录了与文物有关的那个时代的各项重要活动，是文物发掘、考古、保护、研究和利用的重要依据，具有极其重要的研究意义及其历史价值。”比如，我让他看的70年前人民政府颁发的我家“土地房产所有证”，就是70年前轰轰烈烈的农村土地改革的“真凭实据的凭证”，很有研究和历史价值。时值庆祝新中国成立70周年，我据此写出了《一份地契见证农村变革》一文。想起物资紧缺时政府发的粮票、布票、油票、肉票、豆腐票等，其实都是记述和反映那个时代历史的真凭实据，关键是要有文物档案保护意识。

人生没有浪费的经历

之所以想到这个题目，是看了《人民日报·海外版》解析205位党的十八届中央委员特点的一篇文章——《六十五人有知青经历》。文章说："据统计，205名中央委员中，有65人有过知青经历，占这个群体的31.7%。其中，25名中央政治局委员中，有7位是知青一代，占28%；而最高层的政治局常委中，则有4人曾有知青经历，占57.1%。"

这不由得使我想起了当年那场大规模的知青下乡运动。1968年12月，毛泽东发出了"知识青年到农村去，接受贫下中农再教育，很有必要"的指示，于是千百万知识青年似滚滚洪流争先恐后地奔向边疆、奔向农村。当时为了理想的狂热，是现在的青年人无法理解的，也并不是像一些影视剧描写的被逼迫下乡的。相反，许多不到年龄或不符合下乡条件的人，是"走后门"或瞒着父母跑走的。

除了在当地入伍、上学或招工的，大多数知青1978年后才回城。十年间究竟吃了多少苦，受了多少罪，遭受了多少挫折，也是今天的人们想象不到的！我也曾有8年的知青经历，在中国社会的最底层，干过农村最脏最累的活，有时简直到了身体难以忍受的程度！

有人说，磨难是人生的宝贵财富。但知青们回城初期遇到的却是冷遇。没有下乡的同学包括知青们的弟弟妹妹大都已结婚生子，而知青们刚回城时要找工作、做学徒、上夜大和吃家里、住家里，因而家庭和社会都认为他们是负担。还有，随着对“文化大革命”的全盘否定，知青一代成了“文化大革命”的牺牲品、“替罪羊”，被一些人扣上了“荒废的一代”“被耽误的一代”的帽子，就连上了大学、中专的“工农兵学员”，也成了一些人讽刺挖苦的“出气筒”，在社会上抬不起头来。但经过艰苦环境磨砺的知青一代，把这些不公平待遇，看成小菜一碟。农村有句俗语：“出水再看两腿泥！”他们低着头、憋足劲，奋发图强，刻苦学习，埋头苦干，逐渐成了各行各业的佼佼者！

进入十八届中央委员会的65人，只是知青一代的代表，有所作为、为社会做出贡献的还大有人在。除了上面说的政治精英，知青一代在自然科学领域也取得了卓越的成绩。一些当年讽刺挖苦知青一代的人，可能没有想到现在的中科院院长白春礼等著名科学家，最初学历也是“工农兵大学生”！

作为过来人，我无非是想告诫今天的青年人：艰苦环境是磨砺意志的最好磨刀石。孟子说：“故天将降大任于斯人也，必先苦其心志，劳其筋骨，饿其体肤，行拂乱其所为，所以动心忍性，增益其所不能。”孟子是站在唯心主义立场说的，如果站在唯物主义的立场讲，就是你要想担当“大任”，就要自觉“苦其心志，劳其筋骨，饿其体肤”，主动到基层去、到艰苦的环境中去磨炼自己，了解国情、了解社情，培养自己经得起逆境和磨难考验的各种素质，才能真正承担起中华民族伟大复兴的大任，起码也能成为一个对国家和人民有用的人。

（载2013年第4期《学习与研究》杂志）

“草根絮语”序

这是2012年12月2日我写的一篇博文，是读了《人民日报·海外版》解析党的十八届中央委员特点的一篇文章后的有感而发。本是“瓜园老农”（我的网名）的“草根絮语”，没想到要拿去发表的。《学习与研究》杂志总编辑薛宝生知晓后，将电子版索要了去。我本以为他是想了解一下我的“草根情节”，没想到他竟在2013年第4期《学习与研究》上发了出来。《学习与研究》乃中共中央政策研究室主办的刊物，应属“大雅之堂”。“草根絮语”登上“大雅之堂”，“瓜园老农”诚惶诚恐，但也反映了在以习近平同志为核心的党中央领导下，亲民之风如春风拂面，吹得老百姓心里暖洋洋的。兴奋之余，将《学习与研究》刊发的原文与我的所思所想一并贴在这里，也算是“草根絮语”共赏吧！

寻找当年那份真情

“找一个理由，和同学见一面，不为别的，只想一起怀念过去的岁月，一口老酒，一声同学，热泪盈眶……”这是著名作家王蒙的《同学赋》中动人心弦的佳句。

2017年2月，李景才、张景和我等几位要好的同学因读了《同学赋》，引发共鸣，而萌发了寻找分别45年的大学同学的愿望与激情。虽然寻找的道路充满荆棘和困难，但大家怀着对老同学的一腔赤诚和难解的情结，砥砺前行，矢志不移，历经艰难曲折，终于基本上找全了近半个世纪前的同窗。包括找到了“孔雀东南飞”的张秀英（浙江温州），“嫁”到三秦大地的温雅芝、张鲜朵，“西出阳关”的杨珍（新疆克拉玛依）。并且借助互联网，建立了“同学情”微信群，实现了45年后的网上再聚首！同学史荣华动情地说：“我做梦也没想到分别近半个世纪的大学同学，在一瞬间竟然联系上了。”

我们是河北大学中文系的首届工农兵学员，1972年12月毕业。人世间45年只是一瞬，但对于一个人来说，是生命的大半儿。岁月

45年后作者（后排左四）与河北大学的老同学们重回母校

的风霜，跋涉的艰辛，使毕业时一个个朝气蓬勃的帅哥靓姐，如今变成了白发苍苍的老翁老妪，走在街上碰个对面，也是“相见不相识”了。更何况毕业时绝大多数同学都响应国家号召，自愿到最基层的乡镇（当时叫公社）工作，有些还是山高崖陡的深山区。交通的不便，通讯的落后，阻断了联系的渠道，再加上各自忙自己的工作，同在一个市县的都断了联系，今天要寻找到他们谈何容易？

每一位同学的寻找，都有一段动人故事和美妙佳话；每寻找到一位同学，大家就欢呼雀跃，赋诗填词，尽情放歌。70岁左右的老翁老妪高兴得仿佛回到了少男少女的岁月。有个同学叫梁淑芬，据说毕业后曾在保定一所学校工作。同在保定的姬德同学奉命找她，跑了3所学校，未果。后又去有关学校查退休工资表，查派出所户籍资料，始终没寻到踪影。最后不得不采用最原始的方法，坐公交车去梁淑芬的出生地——安新县大东庄村打探，终于在其亲戚处获得了信息。一联系，两人住的小区竟相隔不远，真是“踏破铁鞋无觅处，得来全不费工夫”。还有一个同学叫张福珍，天津静海人，毕业后一直杳无音讯。同在天津的同学汪占琪费尽“洪荒之力”，甚至把静海名字叫张福珍的都查了个遍，也没寻找到。是不是嫁往外地了？后来占琪转换思路，从周边地区找，果不其然，在滨海新区的大港顺利找到了。汪占琪网名“水上游客”，张福珍网名“会飞的鱼”。同学们戏言：“‘会飞的鱼’跑得再远，还是被‘水上游客’‘钓’上来了！”

同学情是一种荡涤了污垢、洗尽了铅华的人间真情。我们是在那个特殊年代走进大学校门的，但人与人的关系并不复杂。那时我们是那么年轻纯真、朝气蓬勃，同学间的感情是那样真挚、情同手足。当时提倡开门办学，即走出去、请进来。于是乎，请来了文艺界的老前辈、报社的编辑记者，包括白洋淀渔民诗人李永红等，登台为我们授课。还组织我们深入邯郸市的企业、保定市的农村体验生活，到白洋淀千里堤农场学农锻炼。最令人难以忘怀的是军训式的“野营拉练”。那是1971年1月，三九严寒，朔风刺骨，我们背上行李和小米（拉练路上的口粮），从所在的邢台唐庄校区出发，直奔巍巍太行山。一路上，红旗引路，歌声震天，晓行夜宿，腰酸腿肿，脚上起泡，带病行军，不下火线。记得夜宿一个村子，当时条件很艰苦，教师也分到各小班，和学生同吃同住。二班男同学和赵原平老师同睡老乡的一个大炕。值班同学烧了一盆热水，供大家先洗脸、后泡脚。同学们让赵老师先泡脚，赵老师说什么也不肯。最后无奈只好一个同学和赵老师一起泡脚。赵老师乐呵呵地说：“这样好，师生脚碰脚，心连心。”俗语说，疾风知劲草，患难见真情。特殊的年代和不平凡的经历，凝结出了真挚纯洁的同学情、师生情。正像一首歌唱的那样：老同学是一段难忘的岁月，老同学是一个难解的情结，老同学是一坛陈年的老酒，老同学是一本共同的作业。回味人生，冷暖重叠，才明白同学的真情最纯洁！

寻找老同学，重叙同学情，还增添了大家学习新知识、新本领的信心和动力。我们首届工农兵学员，到现在大多都退休十来年了，“退了休，上了岸，人生旅途又一站”。再加受消极“养生经”的影响，一些人落后于时代发展，特别是落后于以互联网为核心的信息时代。“同学情”微信群的建立，极大地增强了同学们学习互联网和信息技术的积极性。大家纷纷购买智能手机，跟着儿女或孙子学习使用微信。有个同学叫傅国君，患有严重的风湿性关节炎，走不了路，外出需要坐轮椅。当我致电向他介绍，加入“同学情”微信群后，可以通过微信发图片、文字，还可通过视频聊天，不出门也能知天下事。他动了心，很想加入。但他用的是“老人机”，只能接听电话。他儿子、孙子有智能手机，于是由孙子帮忙来了个“先入群，后学微信”。令人没想到的是，头一天他入群时，那么多同学欢迎他，他不会发一个字，连用语音说句话也不会。可是只过了两天，他就学会发微信了，简直像是神话。虽然微信只有一句话：“大家好，我是傅国君，谢谢同学们的关心！”但却让同学们高兴地纷纷点赞！

50 年前作者与老同学董桂云（前排左一）、周福枝（前排右一）一同读书

其实，何止是傅国君！据统计，加入“同学情”微信群的同学，半数以上入群前用的都是只能接听电话的老手机，入群后才换的智能手机。大家“从战争中学习战争”，边学边用，互帮互学，由不了解、不熟悉智能手机和微信，到能较熟练地掌握和使用。如

今一个个成了网络聊天的高手、制作音乐相册和美篇的“巧手”！富有想象力的“才女”马玉芬，把“同学情”形象地描绘成“万木葱茏，秀水明山，鸟语蝉鸣，百花吐艳”的“同学情庄园”。迎来生命中又一个黄金期的老翁老妪们，在这里尽情地欢娱聊天，忆往昔峥嵘岁月，聊今天的幸福生活，展望夕阳红的灿烂美好。正如焦占芙同学的诗写的那样：“聊祖国的繁荣昌盛，聊祖国的锦绣河山。聊我党的英明领导，聊人民的生活甘甜。聊难忘的青春岁月，聊现在的幸福晚年……”有人评论说，这一进步可能会超过创立“同学情”本身的意义，我们这些老翁老妪们，振作了精神，焕发了青春，跟上了互联网时代信息革命的步伐，豪迈地跨入了新时代！被同学们称为“时代号角”的“诗人”李玉亮放歌道：“岁月不知双鬓老，乾坤幸喜众身留。群聊圆却古稀梦，唤得夕阳东转头。”“唤得夕阳东转头”，道出了所有同学的心声！

寻找老同学，还使我们寻找到了新时代的历史担当。同学“瓜园老农”在《圆梦》一文中写道：“新时代要有新的梦想。中国梦既是现在年富力强的一代的，也是我们这些耄耋之年的老人的。”大家结合中国梦，特别是习近平总书记关于老同志要“继续讲好中国故事、弘扬中国精神、传播好中国声音，积极为实现‘两个一百年’奋斗目标和中华民族伟大复兴的中国梦贡献智慧和力量”的要求，纷纷编制自己的“梦”，做到老有所学，老有所乐，老有所为。针对社会上一些别有用心的人，在网上造谣、传谣，攻击党和政府的政策，妄图破坏安定和谐大好形势的苗头倾向，京津组的同学主动在“同学情”发出倡议书，并得到了全群的热烈响应。倡议书开宗明义地写道：“想当年我们是首届工农兵学员，历史留下了闪光的一页；今天我们是‘党执政兴国的重要资源，是推进中国特色社会主义伟大事业的重要力量’。我们要珍惜历史、坚守信念，自觉坚持社会主义核心价值观，崇尚真善美，鞭笞假丑恶，弘扬主旋律，传播正能量。在关乎民生和国家核心利益的大问题上，要明辨是非、经受考验，擦亮眼睛、抵制流言，在微信阵地上做自觉维护信息安全的中流砥柱和模范践行者。”

（载2018年3月8日《衡水晚报》副刊和2019年第1期《老干部生活》）

二班同学45年后返母校再相聚

2017年9月17日，天朗气清，和风吹拂。河北大学中文系1972届二班的同学，相约回母校再聚首。20世纪90年代，中文系分开并升格为文学院和新闻传播学院。上午9点15分，代表“母系”的新闻传播学院乔云霞教授、杨秀国教授和文学院的李致副教授已在河北大学新校区南门等候。最先到达的是在保定的高荣娥、梁淑芬和原五班的姬德同学，随后从邯郸、邢台、石家庄坐车赶来的王晓梅、王凤荣、吴梅贞，从文安打的赶来的李振华也先后赶到。张锡杰为筹办聚会，头天就赶到了母校。“四十五年梦中愿，夙念一朝得实现。喜泪屡拭终还流，呜咽难诉肺腑言。”同学们相聚展臂拥抱，热泪喜泪飞扬……李致老师用镜头记录下了当时感人的情景。师生共叙旧情，共同在校门口和“实事求是、笃学诚行”的建校96年的纪念牌前合影。随后，老师做导游，带领大家在新校区重走校园路……班长王晓梅即兴赋诗：“同学相约，母校聚首，感慨万千，小调一筹：阔别四十五，新校共聚首。校园真气派，不见旧时楼。母校展双臂，盛迎旧学友。师生共畅谈，情长谊贞笃。”事后，“巧手”于秀兰同学还将“二班同学回母校”制作成精美的音乐美篇，让我们留下了美好记忆。

我与《衡水日报》的难忘情怀

我是《衡水日报》的一名老读者、老通讯员。从1962年创刊的《衡水群众报》，到1968年复刊的《衡水报》，再到《衡水日报》和《衡水晚报》，可以说我是伴随着报纸半个世纪的发展壮大而成长成熟的。我也从报社通讯员，大学毕业后走进省报当了记者，再后来调到北京红墙里当了一名文稿起草人员。有一首歌这样唱道：“乡愁是一碗水，乡愁是一杯酒，乡愁是一朵云，乡愁是一生情……”我要说，家乡的报纸凝聚着我一生的情。这些年，客居京城，常为不能及时看到家乡的报纸而苦恼。有时在日报或晚报上发了稿子，还需麻烦报社编辑或亲友帮助寄报纸来。

2020年元月2日，收到家乡的一条微信：“家乡的亲人们，免费注册《衡水日报》APP，扫描二维码下载……”我喜上心头，立即按照程序一步步操作，虽不像青年人那样熟练，但很快成功下载了。这些天，有暇时常翻翻看看，非常方便，非常惬意，想看日报看日报，想看晚报看晚报。栏目有时政、社会、党建、生态、三农、教育、文化、财经、专题、法治、健康、天下等，还有特别推荐和视频、视觉等，真是音像图文并茂，应有尽有，“一报”（《衡水日报》）在手，吃喝拉撒、衣食住行，样样不用愁。APP为报纸插上了翅膀！《衡水日报》客户端的上线，是《衡水日报》发展史上的一个里程碑，是党报从平面媒体向融媒体的一大跨越，是新闻媒体的一场革命！

当今社会已进入信息社会。以互联网为核心的信息技术的迅速发展和普及，正在日益改变人们的学习、工作和生活，媒体生态、媒体格局、传播方式正在发生深刻变化。但是，万变不离其宗，党报姓党的传统不能变。所以，面临风云变幻的复杂形势和百年未有之大变局，一定要坚持以习近平新时代中国特色社会主义思想武装头脑，坚持正确的舆论导向，用“接地气”的群众语言，讲好中国故事，立体全面地展现家乡改革开放的巨大成就和崭新的面貌，提高新闻舆论的传播力、引导力、影响力、公信力。我非常羡慕年轻的党报融媒体记者们，你们赶上了好时代。新时代要有新的梦想。中国梦既是年富力强一代人的，也是我们这些耄耋之年老人的。我愿和你们一起，只争朝夕，不负韶华，在为实现“两个一百年”的奋斗目标和中华民族伟大复兴的中国梦中放飞梦想，谱写新时代人生新的壮丽篇章！

（载2020年1月20日《衡水日报》《衡水晚报》）

与时代同行的家乡报

1962年，一张名叫《衡水群众报》的报纸，诞生于衡水安济桥（俗称老石桥）东路北的一座3层小楼上。它就是新建立的衡水地区行署的机关报。我的名字第一次上报纸，是1965年春天。衡水县（现桃城区）小辛集村是地委书记赵曙光第一批“四清”的点。报社派来袁振宇、魏立环两名记者采写“四清”运动后的新气象。我是配合记者采访的工作队员，按照记者的要求，不辞辛苦地去各生产队搜集感人的好人好事。稿子写好后，记者还盛情地给署上“本报通讯员”，从此我与家乡的报纸结下了不解之缘，从冀南的“沙窝窝”，到后来走进中南海，我这通讯员也当了近60年。2022年是《衡水日报》创刊60周年。虽然老一辈报人不少已经作古，但优良传统在一代代相传。写下这些，不仅是为回顾《衡水日报》与时代同行的历程、品味收获，更是为了祝福家乡的报纸在瞩望中传承、在奋进中前行！

十年辛苦不寻常

——写在《衡水晚报》创刊十周年

记得2007年清明节回家乡，在阅报栏看到耳目一新、生动活泼的《衡水晚报》，欣喜之余心里也有些疑惑。传统的晚报，顾名思义是在下午或傍晚发行、供人们晚饭前后阅读的报纸，其主要读者对象为城市市民。中国晚报界的巨擘赵超构在谈到《新民晚报》的特点时，强调了三点：一是时间性。“既然是晚报，自然地要把日报出来以后的当天的消息赶快地发表出来。如果不这样，读者看过日报，为什么还要看晚报？”二是浓厚的文娱性。“晚报是晚上读的，不同于日报。劳动人民一天紧张工作下来，需要休息，需要愉快地度过业余时间，也就需要一张报纸帮助他们过好业余生活。”三是强烈的地方性。若按照赵老定义的晚报，衡水市“头（市区）小体（农村）大”，下午出报肯定送不到衡水各市县。如果晚报早出，新闻界的大佬们可能会质疑：“那还叫晚报吗？”

白驹过隙，春夏秋冬，不觉中《衡水晚报》已走过十个年头。

十年来，在市场经济的大潮和报业激烈竞争的漩涡中，《衡水晚报》始终秉持“关注民生、服务民众、面向寻常百姓、引导社会舆论”的初衷，勇于实践，开拓创新，比较好地解决了晚报的内涵和外延问题，探索出了一条晚报早出，但不同于日报、不同于晨报的新路。比如，《衡水晚报》既保持了传统晚报注重社会新闻和体育新闻，重视知识性、文娱性、趣味性和群众性的长处，又嫁接了党报重视政治性、新闻性的优势，进而实现了两者（A版和B版）的有机融合，使晚报成为一张全方位报道本地和外埠新闻的新闻纸，让人感到一报在手，大事小事全有。再如，晚报还学习借鉴都市报的一些特点和做法，以平民意识和平民视角，观察报道与市民衣食住行相关的住房改革、金融、物价、柴米油盐和菜篮子等群众关心的热点问题，增加了报纸的可读性、实用性，使《衡水晚报》成为深受群众喜爱的、具有都市报特色的一份新型报纸。

重视和精心办好副刊，既是传统晚报的基本特征之一，也是《衡水晚报》的一大亮点。翻开每天的晚报，不论是新风扑面的“季风”，观点新颖的“视点”，内容广泛的“阅读”，还是和百姓日常生活关系密切、努力倡导健康时尚的生活理念和消费方式的“家教园地”“为您服务”“证券金页”，抑或是“健康咨询”“人文衡水”等，新人物、新观点、新知识、新服务，似群星璀璨，如珍珠落盘，让人目不暇接，美不胜收。我与《衡水晚报》的结缘，是这样开始的。

那是2011年7月，我的一篇散文《甜水井的故事》在《衡水晚报》发表后，副刊部主任葛春玲主动和我联系，除赞扬文章立意高，视野开阔，融几十年变化于一瞬，还诚恳地邀我为副刊多写点东西。这下勾起了我的家乡情结，《衡水湖寻踪》《家乡的红薯》《枣树情》《绒花树的记忆》等篇章，都是随后写出来的。由于我在中南海先后工作了20多年，所以我还写了一些涉及红墙里生活的散文如《三谒菊香书屋》《十年击水在南海》等；再后来，我走到哪里写到哪里，稿子都是首先发给《衡水晚报》。如2012年春天去台湾，回来写了《走进太鲁阁》《阿里山的红桧》《日月潭边的“国宝”》；2013年秋天去北欧，回来写了《挪威的峡湾》《漫步维格兰人体雕塑公园》《在“小美人鱼”的故乡》等篇章，向家乡的人民介绍了域外风光和风土人情。不仅如此，副刊还催生了我的散文集《红枫集》（江西人民出版社2014年版）的出版。

回首往事，我十分感谢报纸的编辑们特别是副刊的编辑们，是他们十年如一日地殚精竭虑、呕心沥血，甘为他人做嫁衣裳，向读者奉献了一个个生动活泼、贴近生活和富有可读性的好版面。有一件事让我感动：2016年中秋节前，我写了一篇《老屋也是乡愁》，抒发了我的思乡之情。责编韩雪编辑此文时，颇具匠心地摄了一幅老屋的照片配发，不仅使版面图文并茂，也增强了文章的感染力。一滴水能反映出太阳的光辉，一件小事反映出了编辑的敬业和辛劳。今天，在走向新一个十年的时候，我衷心祝愿《衡水晚报》百尺竿头，更进一步！

（载2017年1月1日《衡水晚报》创刊10周年特刊）

追逐梦想永远在路上

为纪念《衡水晚报》创刊十周年，2016年12月30日上午，晚报全体编辑记者以5公里“健步行”比赛来迎接新征程：“追逐梦想，永远在路上！”作为报社的“资深”通讯员，我应邀写作了《十年辛苦不寻常》一文，回忆了我与晚报的相知相伴、深情厚谊。一张报纸，是一段历史的见证，是岁月永远的定格。那些人、那些事，如同影片或视频，流动的画面在脑海里一一回放……回首过去，是为了展望和迎接更加美好的明天。十年前的那个1月1日渐行渐远，所有的辛劳都已化为积淀的历史，而新的梦想已扬帆远航，催促“追梦人”再次出发！不忘初心，砥砺前行。新时代、新使命呼唤新作为，祝愿《衡水晚报》迎着新的朝阳，向着实现伟大的中国梦的目标，奔跑！

老屋也是乡愁

1978年春天父亲辞世后，家中的老屋我没有遗弃，也没有卖掉，反而于1979年和2011年进行了两次投资：一次修缮屋脊——石灰捶顶，一次室内装修——铺上了瓷砖。有的乡亲不解：“老人不在了，还留着老屋干啥？三年两头还得往里贴钱。”

可发小们理解我的心思。记得好友长茂当年就曾说：“老屋也是乡愁。常年出门在外的游子，老屋有锡杰对故乡山水、庭院、炊烟的寄托，有对生他养他的这块土地和爹娘的思念和牵挂。”

这话说到我心里去了。老爹老妈健在是乡愁，没有老爹老妈了，老屋也是乡愁。这些年来，我从衡水调到石家庄，再从石家庄调到北京，离家乡越来越远，但无论身处山南海北，也不管多长时间没回老家，只要一回到故乡，一走进老屋，爹娘的身影和音容笑貌，还有昔日的往事，以及童年对家乡的美好记忆，等等，就会像画卷和录像一样浮现在脑海里，仿佛就发生在昨天。

老屋是1974年建造的。那年春天，父亲、二哥和我，在乡亲们的帮助下，把爷爷传下来的老宅拆掉，利用原来的房梁和檩条建造了这处房子，掐指算来也42年了。父亲、二哥以及帮助建房子的不少乡亲，而今已经作古，可绿树掩映下的青砖老屋，以及装在老屋的亲情故事，却依然发着陈酒般的馨香。

我幼年丧母，1953年1月娘去世时，我只有6岁。父亲带着我和3岁的妹妹度日，过着“既当爹又当娘”的日子，所以在爹身上，也寄托着我对娘的情感和依恋。记得父亲健在时，逢年过节，不管工作多忙，我也要往老家赶，因为那里有我的亲情，有我的乡愁。有一首歌道出了我的心声：“乡愁是一碗水，乡愁是一杯酒，乡愁是一朵云，乡愁是一生情……”

春节是一年最大的节日，俗称“过年”。按照老家的风俗，游子除夕上午必定要赶回家，因为爹娘准备的团圆饭，还等着儿子吃呢！除夕中午的主菜是白馒头和猪肉炖粉条。我结婚后，父亲听说儿媳妇不喜欢吃肥猪肉，就改为炖牛肉。20世纪70年代，生活物资还比较紧缺，父亲每年都早早去集市上割牛肉。父亲早年曾赴安阳学徒，练就了做饭的本领，对于炖肉，颇有一手。他头天晚上就在煤火炉子上把肉炖上，再配以蘑菇、木耳、黄花菜、冻豆腐等。他炖出的牛肉，有一种别样的味道，这些年进京下卫（天津），吃过不少有名的饭店，感觉都没有父亲炖的牛肉味道好。

那会儿还没有春节假。除夕上午我和妻子的自行车一进院门，父亲的双眼就笑得眯成了一条缝，而锅里炖的牛肉的香味，也从门缝里微微地散发出来。兄嫂和侄子侄女还有发小，也闻讯赶来问寒问暖，有的还提着过年杀的猪肉、端着刚出锅的年糕。浓浓的年味，真挚的亲情，使我想起了陆游的农家诗：“莫笑农家腊酒浑，丰年留客足鸡豚。山重水复疑无路，柳暗花明又一村。箫鼓追随春社近，衣冠简朴古风存。从今若许闲乘月，拄杖无时夜叩门。”老屋给了我无限的遐想和永久的牵挂。

对老屋的感情深，还因为在最危险、最困难的时候，它曾庇护过我。那是1976年7月下旬，唐山大地震发生时我正在冀南平原的枣强县肖张镇采访。虽然这里距唐山有上千里地，但震感估计也有五级。地震时，我被从床上晃醒，随着惊慌的人们跑到院子里躲避。经历过1966年邢台地震的乡亲们，预感到一场大灾难降临了。由于地震前天气异常闷热，晚上睡不好，白天任务重，再加上地震引起的恐慌，就在地震的当天早上，我的左侧偏头疼（西医叫血管神经性头疼）的老毛病犯了。这是一种病因尚不明确又没有特效药的急性头痛，剧烈时患者面色苍白、眩晕、恶心呕吐、出汗、心悸，有时会持续数小时，且周期性发作。为防止余震伤及人民生命财产，医院不收我住院，机关也搬到临时搭的窝棚里办公，同志们忙于抗震防震，顾不上照顾病号。危难时刻领导说："你还是回老家治病休养吧。"

回到家乡，我有一种亲切感。因为住在老屋里，能看日出日落，听得见鸡鸣狗叫。那段日子，头疼间歇发作时，我或去镇卫生院抓中药、扎针灸，或沿着田间小路去父亲管理的果园散步，帮着做些轻微农活。那时，老家虽还没有电灯、电视，但夏日的夜晚，玉盘似的月亮，挂在如洗的夜空，是那样的美妙幽静。躺在树荫下，任凉风吹拂，听蝉鸣虫叫，也是一种精神享受。环境优美，心情放松，病情也日渐好转。那是我在老屋住的最长的一次，也是印象最深的一次，有一个多月。

"望得见山，看得见水，记得住乡愁"，这是对故乡山水的寄托和对中华文化的传承。这种寄托和传承，不仅是物质的，更是精神的，是融入血液的，是沁人心脾的。一碗水，一杯酒，一朵云，一首歌，一棵树……故乡的事物无论大小，都可以成为这样的寄托，而老屋就是我安放乡愁的处所。

（载2016年9月8日《衡水晚报》副刊和2017年第1期《桑榆文苑》）

乡愁是条回不去的单行道

“家乡”在哪里？有人说，“家”是父辈们长期居住的地方，是我们孩提时代每天生活、嬉闹、玩耍的地方。穷也罢，苦也好，在孩子的记忆里都是斑斓的时光。长大了，别离后，才成了“家乡”“老家”或“故乡”，成了剪不断、理还乱、内心深处那割舍不掉的情感。这话不无道理。近现代以来，中国社会一直处在变革之中，家乡也一直处在变化之中。即使有些人未曾迁徙，但时过境迁，物是人非，眼前的故乡也不再是旧模样了。比如小时候，四更、五更时，雄鸡就叫得沸反盈天。“三更灯火五更鸡，正是男儿读书时。”不但是少年，农村人都闻鸡起舞，早早开始张罗家务和农事了。再如乡村地里有野荠菜、苜蓿芽、马齿苋、马兰头等野菜，有的亦菜亦草。1976年唐山大地震时，我在家养病时拉肚子，吃消炎药不见效，结果蒸马齿苋吃好了……如今这些野菜难寻踪影，留给游子心田的些许眷恋，挥之不去。所以，乡愁是条回不去的单行道，它更多地活在人们的记忆中。

黄鹤楼之约

白衣执甲，英雄凯旋。从2020年3月17日开始，首批完成援鄂救援任务的各地医疗队陆续踏上了返程路。有一首诗这样写道：“来时迅速又安静，离别时有序而从容。虽不知你们的名字，也看不清你们的面孔。但你们义无反顾、以命搏命，保护着这座城市和生灵……”武汉人民怀着依依惜别、难舍难分的心情送别“亲人”，为每支返程医疗队举行了简短的欢送仪式。交警则以“最高礼遇、最深敬意、最佳形象”为这些“为武汉拼过命”的白衣天使们护航返程……

在凯旋的白衣战士的行囊中，不仅有国家为每个援鄂医务人员精心制作的一枚金色纪念章，背面刻着他们的名字——这是他们参与抗击新冠肺炎这场没有硝烟战争的见证；还有一张满载着武汉和湖北人民深情厚谊的全家终生免费游湖北的旅游卡。望着这旅游卡，北京清华长庚医院重症医学科护理长刘淑珍，心里甜得就像吃了蜜——因为它遂了白衣妈妈对4岁女儿“黄鹤楼之约”的心愿！

刘淑珍驰援武汉时，唯一瞒着的是4岁女儿：“因为她还太小，很多事儿还不懂。”不久前，懵懂的女儿从外公外婆口中得知，这么久没见到妈妈，是因为一个叫“新型冠状病毒”的坏蛋，在欺负人、残害人，妈妈打“坏蛋”去了。视频连线时，女儿自豪地背诵了爸爸新教她的唐诗《送孟浩然之广陵》：“故人西辞黄鹤楼，烟花三月下扬州……”

“妈妈，黄鹤楼在哪儿？”女儿天真地问。

“黄鹤楼就在妈妈此刻奋战的城市啊！虽然它距妈妈支援的医院才10公里，但妈妈还没时间去看它呢！”刘淑珍说。

“妈妈，等你回来了，能带我去武汉看看它吗？”

“好啊，我不但带你去看黄鹤楼，还会给你讲黄鹤楼的传说故事呢……”

如同刘淑珍一样，许多白衣天使是头一次来武汉。他们驰援武汉，逆行出征，到达疫区后，与时间赛跑，与病魔较量，舍生忘死地冲锋在疫情的第一线。不要说没有心思去参观游览蜚声海内外的黄鹤楼、秀丽的东湖风景区、热闹繁华的汉正街等名胜古迹，就是驻地附近的街区风光也没顾上多看两眼。道理很简单：“投身危难关头，心中如火，救人大于天啊！”

所以，在疫情得到基本控制，白衣天使陆续凯旋时，满怀感恩之心的武汉和湖北人民诚挚地发出了“黄鹤楼之约”。应当说，“黄鹤楼之约”不仅是约请驰援武汉和荆楚大地的4万多名白衣天使的，也是约请全国各地那些放弃休假、日夜加班生产口罩、防护服、消毒液等防护医疗用品的工人兄弟的，以及保证供应武汉和湖北人民日常生活与各种蔬菜水果的农民兄弟的，还有冒着传染风险、日夜兼程运送医疗物资和生活用品的司机们的……再往大里讲，“黄鹤楼之约”也是对国内外所有关心关注武汉疫情，积极为武汉人民捐款捐物、献上一份爱心的志愿者和朋友们的约请！

武汉的一位老朋友，因感念疫情期间我感同身受的牵挂问候，也再次发出“黄鹤楼之约”。这不由得使我想起31年前的“黄鹤楼之约”。那是1989年1月，全国首届民意研讨会在广州召开。散会时，热心的《长江日报》总编室副主任朱南利，邀请《沈阳日报》的林勇和当时供职于《河北日报》的我，返程时在武汉一停。那是我人生头一次到九省通衢的“大武汉”。古城三镇的优美风光，见证辛亥革命的历史记忆，深厚的荆楚文化积淀，以及地标性建筑的武汉长江大桥，都给我留下了深刻记忆。当然，最令我难以忘怀的是享有“江南第一楼”美誉的黄鹤楼，还有黄鹤楼的美妙传说。当年，旅游没这么火，再加时值严冬，参观的人并不多，我们游得很惬意。令我高兴的是在游览时买到一本《黄鹤楼的传说》（长江文艺出版社1985年版）。回忆这些往事，权且为刘淑珍那样的白衣天使妈妈，给儿子女儿讲黄鹤楼故事时提供一点素材吧！

1989年作者（左一）与友人们的“黄鹤楼之约”

传说古时候，蛇山临江的石壁非常陡峭，被称为黄鹤矶。附近的一位农妇，看到登黄鹤矶观赏江水潮落、彩云飘飞的人很多，就在矶上开了一家“辛氏酒店”，生意十分兴隆。一天，一位衣衫褴褛的道士走进酒店，点了好酒好菜，却说身无分文。善良好客的老板娘，笑脸相迎地答应了。第二天，道士又来了，照样点酒点菜，吃后连个招呼也不打，扬长而去。不知不觉过了一个多月，道士突然对老板娘说：“我要去远方云游了。感谢你这些日子的热心照料。”边说边四处打量，见桌子上有块橘子皮，就捡起贴到迎门的粉墙上，又抹又画，不一会儿就画成了一只仙鹤。它单足独立，昂首展翅，像活的一般。道士对老板娘说：“我把它送给你了！以后它会按你的吩咐跳舞唱歌、招引顾客。”接着，又朝屋后的水井一指：“井水也会变成酒！”

老板娘半信半疑，道士突然不见了。可墙上的黄鹤还在，老板娘试着招了招手，黄鹤点点头、眨眨眼，轻飘飘地飞下来。再去看屋后的井，果然酒香扑鼻。出了这样的新鲜事，谁不想来看看黄鹤、尝尝美酒？从此，不论早晚，黄鹤矶上人山人海，热闹非凡，老板娘也很快成了富翁。突然有一天，道士又来了。问老板娘还有什么要求？老板娘想了想说：“可惜井里只出酒，不出酒糟，不然我还可养猪多赚些钱。”道士听了，脸不由一沉，然后哈哈一笑，骑上黄鹤飞走了，屋后的水井也没酒香味了。垂头丧气的老板娘，回到店里，看到黄鹤飞走的墙上，出现了四行字：“行善为图报，贪心比天高。得寸又进尺，有酒还要糟。”老板娘幡然醒悟，又羞又愧，决心超越自我，造福众人。于是倾其家产，在黄鹤矶头修建了一座高楼，供游人登楼远眺，也纪念那位神仙和黄鹤。唐代诗人崔颢的“昔人已乘黄鹤去，此地空余黄鹤楼”记述的就是这段美妙传说。

重温黄鹤楼的故事，能给我们许多新的认知和启示。抗击新冠肺炎疫情的阻击战，既是人类与自然界病毒的一场殊死搏斗，也是人的精神境界的升华和新时代民族精神的最好凝练。面对突如其来的疫情，武汉人民众志成城、守望相助、共克时艰的顽强斗志，全国各地数万名白衣天使赴鄂救死扶伤、用生命拯救生命甚至舍生取义的可歌可泣壮举，以及成千上万志愿者们舍小家、为国家、没有任何功利掺杂的付出与奉献，不就是新时代在武汉和荆楚这个

“大舞台”上上演的超越自我的“人间神话”吗？黄鹤有知当“复返”，古城明天更美好！

（载2020年4月20日《衡水晚报》副刊）

雷神山喜迎故人——白衣战士

农历辛丑年“二月二”是春耕节，江城武汉春光烂漫，樱花盛开。首日开放的雷神山医院，迎来了500多“故人”——抗击新冠肺炎疫情期间曾在这里战斗的白衣战士。曾在这里战斗了48天的上海杨浦区中心医院副院长郑鹏翔，说到一个细节：“去年大家都戴着口罩，认不出各自的脸，只记得那双眼睛。再度回武汉，摘下口罩，才彼此相认，特别激动！”新冠肺炎康复者石长江，当天也特意赶来感激恩人：“能够在这阳光明媚的春天陪你们赏樱花，是我的幸福！”四川大学华西医院与山东齐鲁医院的白衣战士们，特有缘分，2020年来时一同降落天河机场，又一起分到湖北省人民医院救死扶伤。2021年他们相约共赴武汉，完成“赏樱之约”。据悉2021年3月13日和14日两天，共有1万多名援鄂抗疫英雄，在东湖珞珈山上的樱花树下相逢。

一个古村名承载的历史

我出生在黑龙港流域枣强县的一个小村子里，村名叫“刘家纸房”。18岁前我没有对村名产生过狐疑。1963年家乡遭遇500年一遇的洪水。洪水不是从村东的索泸河溃堤，而是从村西的平地里横流漫灌而来，老人们说从小也没见过这样大的洪水。人们在村干部的组织下，发疯似的挖土、拆墙、挡护村埝。埝长一寸，水也长一寸，人和水就像百米赛跑一样激烈竞争着。饭顾不上做，啃口干粮继续干！天黑了，人们不敢喘息，还在打着灯笼加固堤埝……

大约是洪峰过后的第3天下午，水势已渐趋平稳。一群有迷信思想的老太太嚷着“关老爷能保佑全村人平安”，领头刨出了关帝庙中土改时埋入地下的关公石像。我时任第二生产队会计，闻讯赶到现场时，见人们已把“关老爷”石像刨出来了。不知是谁首先发现“关老爷”背后有字。当时在场的“文化人”有大队会计张长林、二队保管员张长茂和我。凑过去看那文字，碑文记述了石像雕刻于明万历年间，当时的村名叫“西纸坊”（而不是“西纸房”），属梅章管，以及清嘉庆年间重修关帝庙的捐资人名单。

时至这时，我才知“纸房”的村名是错别字。小时候就听老人们传说，是先有“造纸作坊”，后有几个“纸房”的村名。“关老爷”石像的出土，使传说得到了证实。据县志记载，明朝前就有“屈家纸房”，只不过当时叫“甄家纸房”。那么，造纸作坊的历史则更长。据史载，明永乐六年（1408），“漳河横注”，平地行船，洪水曾漫到衡水县城宝云塔的二层（1963年的洪水，也曾淹到宝云塔的二层，中央新闻纪录电影制片厂拍的新闻简报《人定胜天》，记录下了人民抗御这500年一遇洪水的历史）。历史上，洪水曾“淹桃县七年”（衡水古称桃县），永乐十三年（1415），县城才搬迁到地势高的“范家疃”村（今衡水市区老桥东）。同时，洪灾还造成冀南平原瘟疫横行，人畜大量死亡，土地荒芜，“千村薜荔人遗矢”。了解了这一背景，就会明白明朝初年为什么会从山西等地大量向黑龙港流域移民。“东李纸房”“刘家纸房”“梁家纸房”等村庄，就是在这一时期先后移民来的。因此地有造纸的作坊，所以村庄的名字就叫某某“纸房”了。

“五个纸房”，建村最晚的是“西李纸房”。据考证，“西李纸房”村的土地，原来都是“东李纸房”李氏宗族的。由于索泸河常发洪水，来河西耕种很不方便，所以就在“西李纸房”现在的地方，盖了一些场院屋供人住和喂牲口。李氏宗族的一些大户，还雇了一些长工帮助种地。“西李纸房”的张姓人家，大多是当年来此打工的佃户。枣强学者马金江先生考证说，清嘉庆九年（1804）县志的《保甲村名录》上，“尚没有西李纸房或小李纸房的名字，故推测：西李纸房建村应在清嘉庆年之后，至今不超过200年”。

众所周知，造纸不仅要有就地取材的原料，还要有充足的水源。五个“纸房”地处冀南平原，盛产麦谷，造纸用的麦秸和谷草可就地取材，且资源丰裕；索泸河从五个“纸房”中间穿过，一般来说水源充足持久，是造纸作坊选址的优选地点。索泸河发源于太行山东麓的冲积扇与黄河故道交接处的洼地，古称“天下九泽之一的大陆泽”。范围包括现今邯郸市和邢台市东部的馆陶、大名、平乡、威县、隆尧、巨鹿、广宗、临西、清河、南宫等地势低洼县市。历史上这里曾群泉珠涌，水面辽阔，一望无际，为漳北、泜南诸水所汇之地，清凉江、索泸河皆发源于此。1970年秋天，在极左路线的影响下，河北大学从天津仓促迁出。总校迁往保定，文科分校临时迁往邢台市东北隆尧县的一个劳改农场。此地即处于“九泽之一的大陆泽”。水面离地面很近，水井只有五尺深，弯腰就能用脸盆打井水洗漱。当地百姓说叫“跑马泉”，传说王莽赶刘秀时，刘秀的兵马藏在芦苇地里，马用蹄子就能刨出水来。此是后话，暂且不提。

除此之外，造纸作坊之所以要在这里选址，还因为索泸河在从枣强进入桃城区的地方转了一个弯，在五个“纸房”中间形成了“嘟噜”似的洼淀。风沙在河两岸堆积起高高的沙丘。上游洪水或下雨的沥水，就常年滞蓄在“嘟噜”似的洼淀里，水深的地方可达五六米。1963年发洪水，河西去河东的几个村庄都需坐船。可以想象，在历史上洪水泛滥、“漳河横流”的年代，这里的洼淀是常年蓄水的。记得20世纪50年代，每到冬天，我还曾跟着大人们去河里的冰上砸“窟窿”逮鱼。只是到了20世纪70年代，在毛泽东“一定要根治海河”的号召下，疏浚开挖索泸河，才变成了今天的地貌。

“纸坊”何时变成的“纸房”？目前尚未看到文献资料。但可能与以下因素有关：一是大环境和气候的演变，导致造纸作坊关闭。清凉江、索泸河皆发源于古代天下九泽之一的大陆泽，史志上说其“广袤百里，众水所汇，波澜壮阔”。说得再远些，汉朝大儒董仲舒，广川人。《词源》对“广川”的注释是“郡内有大川”，“大川”即指清凉江。可以想象，当时的清凉江是条宽阔的“波浪翻滚”的大河。但自然环境与气候的演变，使九泽之一的大陆泽逐渐枯竭，发源于此的清凉江、索泸河等河流，也随着大陆泽的消亡逐渐变成了季节性的间断性河流，再后来水也断流了。“皮之不存，毛将焉附？”只靠沥水滞蓄的“嘟噜”似的洼淀，也就无法长期支撑造纸作坊的用水了。二是枣强学者马金江先生考证说的“房、坊在过去词意区分不严格，常常通（混）用的原因”。三是粗心的史志人员望文生义所致。造纸作坊的关闭，大约在明末清初。不知在此后的某年某月，某个喝过墨水的人望文生义，顺手把“纸坊”改成了“纸房”。

那么，造纸作坊的遗址在哪里？我自小在家乡长大，1964年至1970年曾在公社当过“借调干部”和半脱产的通讯报道员，围着五个“纸房”做过多次考察，发现在刘纸坊村东北索泸河边上有一处遗址，地里砖瓦碎片很多，至今还可找到，是过去村落或建筑的残留遗迹，很可能是当年造纸作坊的遗址。

古村名、古村落是中国传统文化的重要载体，蕴藏着特定历史时期丰富的文化内涵。如何研究、保护和传承它们，对于促进当地经济发展、建设美丽乡村有着重要现实意义。为此，国家住房和城乡建设部及国家文物局，专门公布过多批中国历史文化名镇名村名单，提出要保护、传承和发展古村落传统文化。比如，河南省汝州市有个纸坊乡，史载明初山西韩氏一支，迁居汝州并创办造纸作坊，现为“汝州最美地名”；山东省滨州市黄河边有个西纸坊村，修复了仿古柴窑，被誉为“黄河古村落”。当然，最有名的是北京西城区广安门南滨河路有个白纸坊，不仅建有白纸坊桥，还有条街叫白纸坊西街，以及白纸坊街道等，都是因历史上有造纸作坊而得名。综上所述，我再次呼吁有关部门对五个“纸房”的村名给予考证与勘误，还700年历史的“纸坊”古村名。

（载2020年5月28日《衡水晚报》副刊和同年第2期《桑榆文苑》）

望文生义要不得

一个古村名写错了上百年，说明古人也有望文生义的问题。从地下发掘出的“关老爷”（关羽石像）证明，两百年前的清嘉庆年间，村名叫“纸坊”，说明当时造纸作坊还存在。什么时候变为“纸房”的？首先是由于气候的演变和客观环境的变化——“九泽之一的大陆泽”逐渐枯竭，发源于此的清凉江、索泸河也逐渐变成了季节性的间断性河流，直至消亡。造纸作坊没有了，某个喝过些许墨水的人，便望文生义地把“纸坊”写成了“纸房”，从此以讹传讹。前几年，枣强一个所谓的“名人”考证县里古村落的来历，曾想当然地写道，“五个纸坊，历史上可能是造纸专业村”云云，是打着“考证”的旗号“演绎”历史。试想，一个造纸厂能容纳多少人？五个纸坊有数千人，都去造纸可能吗？何况当年的造纸只是个小作坊。所以说，什么“造纸专业村”是今天的望文生义！古人的望文生义要不得，今人的望文生义更要不得，会贻害后代的！

东西南北说“衡水”

翻阅旧书刊时，找到一本1988年的《衡水市新闻选编》。编者说，“它既不是单纯的好新闻选编，又不是简单的建市以来各条战线工作成绩的汇报”，而是为了迎接“中国城市科学研究会小城市委员会第一届全委会在衡水市召开”而编辑的书。需要说明的是，文中提到的“衡水市”，不是如今的衡水市，而是“小衡水市”——桃城区。

该书收入的第一篇文章《今日桃城——衡水市》，是我和徐春林合作为衡水县撤县改市而写的一篇散文体的新闻，发表在1982年4月27日的《河北日报》上。文章开头我们充满深情地写道：“我省新设的衡水市，位于石德铁路和京开公路的交叉处，像一颗闪闪发光的宝石，镶嵌在黑龙港流域的大地上。”

新闻稿文字不长，但却囊括了自隋开皇十六年（596）设置衡水县以来1300多年的历史沿革、经济发展、人文风貌、名胜古迹及文教卫生等情况。春林虽是天津人，但对衡水的感情很深，我也觉得言犹未尽，于是不久我俩又合作写了一篇《桃城夜市》，满腔热情地讴歌了春意盎然的衡水的个体经济。文中还引用了一家经营羊肉杂面条小店墙上挂的李白的《客中行》：“兰陵美酒郁金香，玉碗盛来琥珀光。但使主人能醉客，不知何处是他乡。”

至于“衡水”二字的来历，文章依据的是历史上漳河迁徙无常，洪水泛滥，“漳河横注”“漳水横流”的记载。据史载，西汉末年以前，漳河属于黄河水系，以后因黄河南徙，才纳入海河水系。今天，重读这篇39年前写的新闻，并结合这些年的思考与实地考察，特做些补充与补正，以解“衡水”之名由来之惑，从某种意义上说，也是一种正本清源吧！

商务印书馆出版的《古代汉语字典》和《古代汉语词典》，对“横”的释义，排第一位的是“横向，东西为横，南北为纵”。尽管两书都注明“横”通“衡”，还引用了典出《诗经·齐风·南山》的诗句：“艺麻如之何？衡从（横纵）其亩。”意思是“农家怎样种好麻？纵横耕耘有办法”。既然《尚书·禹贡》有“衡，横也，言漳水横流也”的记载，那为什么不直接叫“横水”呢？其实我心中早就有个问号，只不过是猜疑而已。

2010年5月，我去河南参观红旗渠，路经一小县城似的大村子，名字叫“横水”。我吃惊地瞪大了眼睛，原来当年县名叫“衡水”，不叫“横水”，缘由之一可能与林州（原林县）也有个叫“横水”的千年古镇有关。林县，隶属安阳市，自汉代以来，漳洹流域一直是河北大行政区的一部分。只不过700多年前的明朝初年，安阳（当时叫彰德府）发生了历史沿革上的一次大变动——由河北大行政区划归河南布政司管辖。而发源于太行山南麓山西、河北、河南三省交界处的漳河，下游也从此成为河北、河南的界河了。顺便说一句，战国时西门豹治邺修建的“西门引水渠”，地点就在漳河河北临漳县段；而20世纪60年代建设的“人工天河”河南林县红旗渠，引的也是漳河水。

事有凑巧。就在我准备离开安阳市的2010年5月19日，《安阳日报》副刊“邺风”刊登了一篇《横水赋》，文前简介说：“横水镇位于林州市东10公里处，面积144平方公里，辖50个行政村、67个自然村，总人口8.3万，耕地6.4万亩。”

《横水赋》写道：“古镇横水，林州东门，豫北之名镇，洹河穿境，道路纵横，物流之枢纽。古今桥梁雄秀，风景柔美宜人。东通齐鲁，西达秦晋，路上车水马龙，境内商贾云集。向为交通之咽喉，豫晋之通衢。……遥想往古，秦为邯郸郡，汉属河内郡，三国朝哥郡，明清改林县。慈源寺历史悠久，儒、道、佛三教一体……祝福横水，与日升腾，再谱华章，造福黎民。”

掩卷沉思，首先感到，地名是中国传统文化的重要载体，蕴藏着特定历史时期丰富的文化内涵。从《横水赋》中得知，早在秦朝时就有个“横水镇”，早于“衡水县”置县的历史。为了区别“横水”与“衡水”，所以，古人特别注明“古代‘横’与‘衡’通用，所以叫衡水”，是包含着丰富的历史文化内涵的。

其次感到，走万里路与读万卷书是密切相连、相辅相成的，对林州横水镇的认识与考证，就说明了这一点。尽管如今已进入互联网时代，不出门便知天下事，但有些事，要想绝知需躬行。所以应继续发扬调查研究的优良作风，深入实际，了解群众。因为人民群众的社会实践，是获得正确认识的不竭源泉。

（载2021年9月8日《衡水晚报》副刊）

宝云塔的见证

1963年8月，衡水遭遇500年一遇的特大洪水，黑龙港流域一片汪洋，平地可以行船，水曾淹到衡水旧城宝云塔的二层。中央新闻纪录电影制片厂拍摄的新闻简报《人定胜天》，记录下了这段历史。据史载，明永乐六年（1408），漳河泛滥，洪水横流，淹没了衡水县城，水势也曾达到宝云塔的二层。宝云塔位于衡水市区西南的旧城村东，塔高36.6米，呈九层八面棱锥体，雄浑古朴，气势磅礴。该塔原在宝云寺内，因此称宝云塔。历史上洪水曾“淹桃县七年”（衡水古称桃县），直到永乐十三年（1415），衡水县城和宝云寺搬迁到地势较高的“范家疃”（今衡水市区老桥东）。从此，宝云塔便空留此处“空悠悠”了。它见证了“漳河横注”“漳水横流”的历史，也见证了水患造成冀南平原瘟疫横行，人畜大量死亡，土地荒芜，“千村薜荔人遗矢”的历史悲剧。新中国成立后，宝云塔见证“换了人间”的家乡人民站起来、富起来、强起来的历史巨变。可以说，如今在绿树掩映中巍然高耸的千年古塔，是见证衡水由衰败到复兴的一份活档案。

绿色发展

银杏树的报告

我爱银杏树，倒不是读了郭沫若的散文《银杏》后的一时冲动，而是因为在改革开放前，农业种植搞“一刀切”，农民种地没有自主权，种树也不注重多样性。作为省报的记者，整天走南闯北地采访，偌大个黑龙港流域，没见过一棵具有植物“活化石”之称的银杏树。

初识银杏树，是在30年前的那个春天。1991年5月，我沿着当年毛泽东和中央机关从“石门”进京的路线，怀着“赶考”的忐忑心情来到了北京的红墙里。借调我工作的调研室，办公用房是50年代初建起的一座砖混结构的筒子楼，按排序叫“丙楼”。丙楼对面的楼叫“丁楼”，两楼都是东西向。在两楼东头的地方，种着几棵银杏树，不知盖楼时就有此树，还是盖好楼后栽的，粗得需要两人才能合围。

晨练和饭后散步，我总要围着银杏树转上几圈。我爱它高大挺拔，树干光洁，枝干笔直，就连丫枝也一律向上，直指蓝天，简直可以和茅盾先生《白杨礼赞》中傲然耸立的哨兵似的白杨树相媲美。银杏树姿优美，树冠硕大，暑天能为树下乘凉的人们搭起云冠，带来清凉。它的叶子也很有特点，像把小折扇，典雅精巧，楚楚可人，采几片夹在书里还可以作书签呢。

当然，银杏最美的是秋天。碧绿的树叶，慢慢地变为浅黄，而后金黄。一树黄澄澄的金叶，是那样的绚烂与丰盈，让人美的心醉。微风吹过，不时有几片黄叶缓缓飘下，那般温柔，那般安静，那般轻盈，仿佛在守护着一个季节的梦。不等迅猛的秋风到来，银杏叶就瑟瑟飘落了。有人说，银杏是最会“养生”的树种之一，春天它发芽晚，秋天它落叶早，不像杨柳的叶子青青地被冻干在树枝上，让人感到凄凉。

从郭老《银杏》一文中，我不仅了解到银杏是我们的国树，世界上“只有中国才有”，而且也了解到旧中国的积弱积贫以及人类生态环境意识的滞后。1942年5月郭老写作此文时，“陪都（重庆）”就很少看到银杏的影子。所以，他才愤愤不平地写了此文。据史载，银杏最早出现在3.45亿年前的石炭纪，曾广泛分布于北半球的欧、亚、美洲，中生代侏罗纪时很繁盛，白垩纪晚期开始衰退。大约50万年前，地球发生了第四纪冰川运动，气候突然变冷，绝大多数银杏类植物濒于绝种。欧洲、北美洲和亚洲绝大部分地区灭绝了，只有中国某些地区自然条件优越，奇迹般地保存了下来。现在，虽然日本、韩国、加拿大、美国、俄罗斯等国家也有银杏树，但那都是“华侨”，是随着中华文化的传播和迁徙而带去的。所以，科学家们称它为“活化石”“植物界的熊猫”……

不知从什么时候或什么年代开始，中国人似乎忘记了这“植物界的熊猫”，“而且忘记得很久远，似乎是从古以来”。所以郭沫若才大声疾呼地为银杏鸣不平，他用拟人的手法写道：“你这东方的圣者，你这中国人文有生命的纪念塔，你是只有中国才有呀”，“梧桐虽有你的端直而没有你的坚牢；白杨虽有你的葱茏而没有你的庄重”，可“我在中国的经典中找不出你的名字，我很少看到中国的诗人咏赞你的诗，也很少看到中国的画家描写你的画……你是随中国文化以俱来的亘古的证人，你不也是以为奇怪吗？”

郭老用拟人的手法，深情地赞美了银杏的蓬勃葱茏和“美、真、善”的高贵品质，同时也对漠视、轻视乃至遗忘“国宝”的行为进行了鞭辟入里的批判。

改革开放是思想的大解放，也带来了人类生态环境意识的觉醒和增强。随着1992年联合国环境与发展大会的召开以及我国建设生态文明战略的提出，我们迎来了银杏树大发展、大开发的新纪元。“绿水青山就是金山银山！”“保护植物的多样性就是保护人类自身的生态安全！”目前，银杏不仅同松、柏、槐一起被列为我国的四大长寿观赏树种，而且还因为它适应性强，对气候土壤要求宽泛，无病虫害，没有杨花柳絮般的飞絮，不污染环境，且树姿优美，春夏翠绿，深秋金黄，已被有关部门确定为理想的园林绿化和行道树种。30年前，银杏还是珍稀树种，如今随着移栽技术的成熟，已成为城市道路两侧行道树和小区园林绿化的当家树种。就说我住的小区吧，1997年我搬来时，移栽来的银杏树有十多年树龄，如今已长成了高大挺拔的大树，一个人伸开双手都抱不过来呢！京城平安大道因路两旁遍植银杏树，被称为“银杏大道”，是京城秋天的一道亮丽风景线，堪与香山红叶交相辉映呢。而我住的小区也因秋天树上黄叶争艳、树下“蝴蝶”飞舞，被送绰号“黄叶庄”！社区的自娱自乐演唱队也取名叫“银杏合唱团”……

银杏的核皮纯白如银，所以人们俗称它“白果树”。过去只知道白果仁富有营养，“白果炖鸡”是道美味佳肴。如今随着科学技术的进步，不仅银杏果和其坚实木质的开发利用，有了长足的发展，就连过去作“引火燃料”的银杏叶，如今也提纯出了能改善脑部及周围血流循环的银杏叶提取物注射液——“金纳多”，口服药则有“银杏叶酊”。说明书上说，“金纳多”注射液，可和天麻素配合使用，治疗“突发性耳聋、血管性神经性头疼等症”。听说郭老晚年有些“耳背”，如果时空能够跨越，“金纳多”等药物能够早开发50年，郭老的“耳背”，岂不早变成“耳聪目明”啦！文学泰斗如有知，银杏“复兴”正当时！谨以此文向郭老的在天之灵报告！

（载2020年11月25日《衡水晚报》副刊）

天下银杏第一树

野生状态的银杏树，在我国许多地区有残存。据说，世界最长寿银杏树在贵州福泉，树龄有5000—6000年。2007年我到山东省日照市调研时，在莒县浮来山定林寺前院见到一株大银杏树。该树高大挺拔，气势雄伟，树干虬曲，枝繁叶茂。树高估计有30多米，胸径要10多个人才能合围，是我见到的最大的银杏树，据说有4000多年的历史了。寺内有一小房子，传说当年刘勰写《文心雕龙》，曾在这里潜心著述。当代书法家王丙龙先生为此树题写了“天下银杏第一树”。

海南绿橙

海南绿橙，是一种纯天然无公害水果，产自海南省五指山下、万泉河畔的琼中黎族苗族自治县，所以又名“琼中绿橙”。它“秀外慧中”，貌不惊人，个儿不大（单果重约4两），皮为绿色，看似尚未成熟，但剥开薄皮，肉红汁多，酸甜适中，与其他品种的橙子相比，其纤维更纤细，口感也更好。我之所以对绿橙印象深刻，是因它不仅让我一饱口福，还让我领悟到了做人的道理。

那是2011年春夏之交，我随单位的老同志到“海之南”的宝岛参观调研。十天时间走了海口、澄迈、文昌、定安、琼海、万宁、五指山、保亭、三亚等九个市县。在饱览宝岛蓝天白云、绿草茵茵、碧波粼粼的旖旎风光的同时，还品尝了芒果、椰子、荔枝、香蕉、杨桃、菠萝、木瓜等热带水果。对于绿橙，开始并无多少印象，因为它太平凡、太普通了，普通得像大海的一滴水、沙滩的一粒沙。之所以引起我的关注，是从阿倩和她的故事开始的。

我们的队伍中，大多是离退休的老翁老妪，年龄最大的王彦琴已79岁，患有糖尿病，步履缓慢。可每天出发，王彦琴的行李都捆得整整齐齐，提前放到了楼下，比我们这些“老男子汉”还迅速麻利。参观学习，王彦琴精神饱满，一步不落，没有掉队“拖后腿”。其中的奥秘，是有一位手疾眼快的“好助手”，把“王阿姨”照顾得很周到。每逢爬坡、上台阶或遇难行路段，“好助手”都全程搀扶“王阿姨”；小憩时还给她捶背捏腿，舒服得王彦琴乐口常开。开始，我还以为是王彦琴带来的保姆，后来才听说是海南省委办公厅的工作人员，人们亲切地喊她“阿倩”。

阿倩，大名黄晓倩，四十来岁，个子不高，不施粉黛，也不穿金戴银，给人一种朴素的感觉。女同胞们赞扬阿倩是“活雷锋”，说她为大家做的好事数不清。一会儿帮这个捆行李，一会儿帮那个背挎包；到了驻地，给王阿姨送开水，帮陈阿姨找药；临睡前，还要帮助大夫给老同志测测血压高不高……更难能可贵的是，阿倩做人很低调，埋头做好事，不善言辞。王彦琴感动地夸奖阿倩：“比亲女儿照顾得还周到！”阿倩有些不好意思，害羞地低头嫣然一笑，喃喃地说：“应当的。”手里还照样忙着自己的活计，只是干得更认真、更仔细了。

望着阿倩局促不安的样子，我不知怎么联想起了貌不惊人的绿橙。绿橙，名不见经传，模样儿也很普通。在热带水果种类繁多、琳琅满目的海南，它却能够在特产水果中占有一席之地，被评为海南优质农产品，并获得了农业部无公害农产品认证和国家绿色产品认证。其中的奥秘，不是靠华丽的外形和张扬的“个性”，而是皮薄汁多、酸甜适中、化渣率高的内在品质。这使我想到，无论在生物界还是在人世间，“适者生存”“优者兴盛”的道理同样适用。外在美终久抵不了内在美，就像枳子，虽有橘子的漂亮外表，但没有橘子的内在品质，终究难登大雅之堂。而像阿倩一样千千万万的海南人，做人很低调，做事很认真，奉献不声张，不正是这种“绿橙精神”在人世间的传承吗?

时光荏苒，一晃五年了。就在我对绿橙的记忆渐渐模糊的时候，从海南传来一个令人兴奋的消息：阿倩在北京上大学的女儿“女承母志”，于2016年1月自愿回到五指山下去延续那绿橙的故事了。阿倩的女儿叫蒙璐，原在北京一所知名大学读书。姑娘秀外慧中，不仅人长得秀气，而且学习很优秀，毕业时“国考”得了A级，英语考过了六级。她是学信息安全的，按条件不仅有进入中央国家机关当公务员的可能，而且蓬勃发展的互联网产业对信息安全专业的毕业生也很青睐。可姑娘把个人梦想和中国梦结合起来，不恋大城市，也不当“网红”，悄无声息地回到五指山下的屯昌县，脚踏实地当了一名基层的机要人员，要用学到的知识为改变家乡面貌做贡献。这让我很有感慨：身处时代的漩涡，少男少女们追求当影视明星、“超女”、“网红”，是可以理解的，然而真正成功的毕竟只是少数，作为社会主流的还是像阿倩那样“做人很低调，做事很认真，奉献不声张”的普通人、平凡人。因为他们才是实现民族振兴中国梦的脊梁！

（载2016年6月16日《北京旅游报》和同年6月23日《衡水晚报》副刊）

琼中寄语

《党报人》是河北日报报业集团主办的一份内刊，是集团员工包括离退休干部职工学习和思想交流的一个平台。2021年3月18日的一期，刊登了一篇《琼中养老真不赖》的文章，介绍报社老同志牛年春节在海南过年的情况。这使我记起了五指山下、万泉河畔的琼中黎族苗族自治县，以及热爱家乡海南、甘愿为这块圣土奉献青春和智慧的学生——蒙璐。她曾在北京我任职的大学学习信息安全，本来她有可能留京当公务员或进入人们青睐的互联网产业，但她把个人理想和实现中国梦结合起来，自愿回到与琼中相邻的山区县屯昌，脚踏实地的当了一名基层的机要人员，用学到的知识为改变家乡面貌做奉献……一晃你毕业五年了，学习和工作都好吗？琼中、屯昌过去属于交通不发达地区，这些年变化很大吧？相信你在基层磨炼得一定很棒！盼望听到你从海南传来好消息！

“小红柳”的故事

认识依利米努尔·艾麦尔江，是在央视综合频道一个经典诗词咏唱的节目里。模样俊俏的小姑娘，来自新疆维吾尔自治区且末县的大山“那一边”——塔克拉玛干沙漠的东南缘、阿尔金山的北麓。

且末县的历史悠久，西汉张骞出使西域时，第一次将且末古国的情况带回内地；唐玄奘自印度取经回来，也曾经过这里，《大唐西域记》里对且末有记载……

依利米努尔朗诵的是诗人王家新著名的新诗《在山的那边》。她用动听的童声，诠释了一个耽于幻想、对外面世界充满好奇心的少年的美好愿望：

小时候，我常伏在窗口痴想：
山那边是什么呢？
妈妈给我说过：海。
哦，山那边是海吗？

于是，怀着一种隐秘的想望，
有一天我终于爬上了那个山顶。
可是，我却几乎是哭着回来了：
在山的那边，依然是山，
山那边的山啊，铁青着脸，
给我的幻想打了一个零分！
妈妈，那个海呢？

主持人好奇地询问依利米努尔，你为什么自称“小红柳”呢？小姑娘忽闪着大眼睛说：“红柳树能在极度干旱、没有水的沙漠里生长，生命力很强，所以在沙漠里长大的孩子，‘有一个共同的名字’——‘小红柳’。”小姑娘还说，她之所以能从且末走到乌鲁木齐，又从乌鲁木齐走到北京中央电视台，是因为有好老师李桂枝的培养支持。李老师2000年从河北保定师范毕业，来且末支教，就像一株红柳树一样，扎根在这塔克拉玛干沙漠了……

“小红柳”挥了一下拳头：“我这次虽然没有能‘晋级’，但我会继续努力的，就像《在山的那边》的诗里讲的：‘在山的那边，是海！是用信念凝成的海……’”

“小红柳”的故事让我感动、心情久久不能平静，并且它还引发起我对寻找红柳树的深刻记忆。20世纪90年代，我从报纸上看到关于红柳树的报道，知道它是一种不寻常的树，是沙漠和高原上最美的树。于是对红柳产生了一种崇拜、热爱的冲动，盼望有一天能亲眼看一看、摸一摸这“伟大”的红柳树。

第一次机会出现在2003年夏天。那次虽然到了新疆石河子、吐鲁番，但没有寻找到红柳。听当地人讲，塔里木盆地周边的沙漠地，到处都有红柳树。由于任务紧急，只好怏怏而归。人常说，愈是找不到、看不到的东西，就愈想找到它、看到它。我从资料上了解到：红柳树，又名桑树柳，是一种灌木，最高能长到两米多。它的茎秆为枣红色，墨绿色的叶子非常瘦小，属于鳞片叶，一般在春夏之交开花，花为粉红色。它能在高原、盐碱地、戈壁荒滩等贫瘠的土壤里生长，能顶风冒雪、防风固沙，具有很强的生命力……

2007年9月，我有幸再次赴新疆出差，这次到了塔克拉玛干沙漠的西缘。据当地人说，塔克拉玛干的意思是“进得去出不来”。9月21日上午，我们从古丝绸之路上的璀璨明珠喀什出发，去地处沙漠边缘的岳普湖县，在路经疏勒县时遇到大片红柳树。我强烈要求司机在路边停车。

难道这就是我朝思暮想的“绚烂、红艳、茂盛、如熊熊燃烧烈火般的红柳树吗？”其实，它就像家乡根治海河前盐碱洼地里的灌木“红荆”一般，一人多高，开着粉红色的花。只不过红柳的茎秆韧性更强，细的可以用来编筐，粗的可以当筐框，还可做农民平整土地的耙子……

回到乌鲁木齐，曾在中央党校一起学习的同学刘钢来看望。我兴奋地向他报告：“在疏勒和岳普湖县我看到红柳了！”没想到他哈哈大笑，那笑声中似乎有一种“少见多怪”的意思，让我有些不解。细谈起来，才了解到，原来他祖籍安徽，父亲随一野部队进疆，离休前曾任新疆建设兵团副政委。刘钢是建设兵团的第二代，1951年出生在乌鲁木齐。20世纪七八十年代，他亲自经历了建设兵团建设“两圈一线”的战天斗地、可歌可泣的战斗历程。

所谓“两圈”，是指围绕塔里木盆地和准格尔盆地靠近沙漠的两个“大圈”周边，大力种植能够在戈壁荒漠残酷环境生长并能防风固沙的红柳。而“一线”则指的是守卫边疆、建设边疆、扎根边境。刘钢还说，我去的疏勒县和岳普湖县，是建设兵团的农三师的驻防地，是当年他们种植红柳的地方。红柳虽没有松柏的伟岸，但它以特有的能忍耐、能吃苦、能抗争、能奉献的品格，在戈壁荒漠中顽强地成长，像军垦战士一样守护着祖国的边疆。

一席话说得我茅塞顿开。望着刘钢黑黝黝的面孔，我不由得肃然起敬：红色是最美的颜色，红柳是最神圣的树。而刘钢不也是一株红柳吗？只不过这当年的“小红柳”，随着岁月的消磨和生活的跋涉磨炼成了“老红柳”——一名德才兼备的兵团中层干部。然而，红柳精神却在代代相传！

（载2020年12月30日《衡水晚报》副刊）

塔克拉玛干沙漠最早的“居民”——胡杨

在塔克拉玛干沙漠西南缘的岳普湖县，我还见到了令人钦敬、挺身直立阻挡风沙的胡杨林。生活在塔里木河的人们，流传着一个传说：胡杨树生时千年不死，死后千年不倒，倒后千年不朽。据考古文献记载，塔克拉玛干沙漠最早的“居民”是胡杨，也是人类最早开发的生存地之一。张骞通西域时，西域诸国还是绿荫覆盖的乐园。后来，受地球气候变化以及河流改道的影响，罗布泊水资源萎缩，生存环境日益恶劣，昔日的伊甸园逐步被严重干旱和沙漠所吞噬。先是楼兰民众迫于严重干旱，弃城逐渐南移，后来连丝绸之路南道上的于阗国、精绝国、且末国等也被淹没在沙海中……胡杨是跨越风尘流年的载体，是感受人类文明遗留信息的标志。在没有文字记载甚至史前文明的年代里，胡杨就是记载历史的一部大书。

家乡的甜杏

2018年5月下旬的一天，侄孙女小红发来微信：“三爷爷，老家的甜杏熟了，快回来吃杏儿！”一席话勾起了我对故乡的思念，杏儿的香味仿佛也随南风飘到了京城。于是，和侄儿振水商量，回老家一趟，给心灵放个假。

我的故乡在冀南平原，从太行山蜿蜒流向东北的索泸河就流过村东边，而近年新修的大广高速公路，从村南不远的地方跨越索泸河，为回乡提供了方便。过去五六个小时的路程，现在两个小时就到家。交通的便利，使家乡变近了，地球变小了。

我从小在农村长大，喜欢宁静的乡野和泥土的芬芳，喜欢田园的绿叶、红花和青果，喜欢嗅着青草与庄稼的气味感悟田园生活的美好。这些年，虽客居京城，但我觉得自己是属于乡村与田园的。侄子的车开到了120迈，望着路旁向身后“飞奔”的白杨树，我的记忆也回到了60年前……

记得当年村东索泸河岸边有两个大沙丘，乡亲们叫南岗子和北岗子。沙丘西面是一马平川的沙白地，适合种植果树。但我小时候，乡亲们还没解决吃饭问题，舍不得在好地里种果树。我对杏树和甜杏的记忆，是从大娘家地里的杏树开始的。听父亲说，“老伙里”时，村东的地里有两棵老杏树，兄弟仨分家时土地分给了大娘，“土木相连”，杏树也归了大娘。

那是两棵高达十几米的老杏树，树龄少说也有四五十岁。一棵是被誉为“杏王”的香白杏，一棵是黄里透红的大峪杏。每到杏熟季节，树上就挂满了一串串个大而又美丽的杏儿。望着杏儿一天天由黄变红，杏儿的香味也随风飘来，孩子们馋的口水都流下来了。

那是一个物资极度匮乏的年代。杏树作为“铁杆庄稼”，是一个家庭的重要经济收入。杏熟时节正值麦收，打场的收下小麦来换杏，两斤杏能换一斤小麦。大娘是个深明大义的人，记着树是“老伙里”时种的，所以每年杏儿熟了，总是先让堂嫂给二大娘家和我家送一饭盆杏尝鲜儿。

父亲是个严厉的人，给我立“规矩”说：“大娘靠着杏树换口粮呢，不许去和大娘要杏吃。”为了“避嫌”，我砍草也不走大娘的地边。记得有一次，我砍草回家，路过大娘看护的杏树地，大娘远远地就招手、喊我的名字，我颤巍巍地来到大娘的杏树下。大娘把我拉在怀里，指着地上一小堆杏儿，疼爱地说：“不要听你爹的‘规矩’，这杏是风刮下来的，熟透了，快吃了！”我掰开黄里透红的杏儿，香味扑鼻而来，咬上一口，甜得沁人心脾，我放开肚皮，吃了个够……

斗转星移，旧貌换新颜。改革开放以来，家乡的面貌日新月异，乡亲们在村东的责任田里种了许多杏树、桃树、梨树、苹果树、葡萄藤等，这里成了三里五村有名的“花果园”，为此，还曾被誉为县里的“最美乡村之一”。如今，条件好了，到了村东的果园，可以一边欣赏杏肥含羞压枝头的美景，一边品尝香白杏和大峪杏味道的不同。不管是谁家的杏园，甜杏儿都可以随便摘、随便吃呢。

大侄子振兴家的杏儿熟的有些过头了，吃着很可口，但不易携带。邻家的弟弟西敏说："杰哥，去我家的树上摘！香白杏、大峪杏我都有。"他的果园是西敏、西国兄弟俩的，比大侄子的果园大多了，单杏树就有几十棵。并且，适应时下旅游采摘的需要，专业化生产程度在不断提高，摘杏的梯子、竹篮，还有印有"大甜杏"字样的纸箱，一应俱全。西敏陪着我围着他的杏园转了一圈，让我边欣赏杏园的美景，边感受田园风光的美好。每发现在树上熟透了的杏儿，他就登着梯子摘下来让我品尝。他介绍说："这样的杏儿，口感最佳，最美味！"我赞扬说："不仅美味，还有仙味呢！"于是杏园里响起了爽朗的笑声。

不一会儿，我的肚子就吃饱了。我笑着说："小时候听老人说，'桃养人，杏伤人'。哥哥年纪大了，不能再吃了。"西敏站在梯子上，边摘杏边赞同地说："中医认为杏肉虽然营养丰富，含有人体所需的多种维生素，能润肺、化痰、生津、止咳，但味酸、性热，吃多了上火。所以再好吃，一次也不可多吃。"我赞叹道："真看不出，你还是半个中医大夫呢！"此刻，一缕金色的晚霞照过来，反射到西敏闪着亮光的脸庞上，瞧他那眼神里，充满的是满足和幸福。仿佛他采摘的不是甜杏，而是对未来美好生活的期盼。相信随着乡村振兴战略的实施，家乡的明天会更好！

本来说好摘两箱，我和二侄子每人一箱，但西敏坚持给摘了4箱，还笑着说："自家树上的甜杏儿，和你在北京买的不是一样的味儿。"

田园风光的靓丽美好，民风民俗的淳朴可爱，使我想起了陆游的田园诗《游山西村》："莫笑农家腊酒浑，丰年留客足鸡豚。山重水复疑无路，柳暗花明又一村。箫鼓追随春社近，衣冠简朴古风存。从今若许闲乘月，拄杖无时夜叩门。"在此，套用两句权作结尾吧："莫道甜杏非上品，待客送礼情谊淳，从此若许闲乘月，愿做杏仙夜叩门。"

（载2018年9月5日《衡水晚报》副刊和2019年第3期《老干部生活》）

杏干的营养和药用价值

杏干味甜、质软，色泽美观，酸甜可口，色、香、味俱全，保持了鲜杏的天然色泽和营养成分，并具生津止渴，去冷热毒之功效。杏干含有丰富的维生素A，具有防止视力减退和夜盲症的功效；含有大量的膳食纤维素，能增强胃肠蠕动，有防止便秘的作用；还含有一定的钾元素，有调节血压的作用。杏干甘酸而温，入大肠、肺经，具有润肺、止咳、定喘、生津止渴的功效，能治疗肺阴不足，咳嗽咳喘，口渴咽干等症。特别是新疆和田杏干，借助特有气候天然晾晒，不含任何人造的成分，由纯天然的新疆特产的甜度极大的杏晾晒而成，口味独特，老少皆宜，口感舒适，是居家零食、招待客人、馈赠亲朋好友之理想佳品。据史料记载，和田、库尔勒、阿克苏等地，清代就有生产杏干的历史。

岭南的荔枝

2021年春节期间，《北京晚报》推出一组大运河上的“历史活剧”，讲述历史上发生在大运河上的真实故事。其中有一篇《荔枝桶中栽，船载进京来》，说的是自雍正年开始，南方朝臣向皇帝进献贡品时，将荔枝树移种在木桶里，装上船经大运河北上，两三个月后抵达北京，树上的荔枝正好成熟。比如，雍正年间任苏州织造的李煦，进献给皇上的贡品里，就有“两桶荔枝”。据清史档案记载，乾隆四十七年（1782），一次运来荔枝树6桶，挂果473颗，七月初二荔枝成熟，皇帝自食4颗，其余赏给皇妃、皇子、王公大臣，除裕皇贵妃得两颗外，其余每人只得到1颗。说明当时新鲜荔枝是多么稀罕和珍贵。

这使我想起唐代诗人杜牧的绝句《过华清宫》：“长安回望绣成堆，山顶千门次第开。一骑红尘妃子笑，无人知是荔枝来。”唐朝时，大运河还没这般南北贯通，再说运到一个地方，再转送长安，路途遥远，虽有快骑驿站，但要在几天内，把新鲜荔枝送到京城，不知要经过多少艰难险阻，运输和保鲜有什么绝招妙法儿，仍然是个谜！

荔枝原产于中国，种植地域主要分布于北纬18—29度范围内，大体从广西东部至广东东部以及福建、湖南、江西等省交界处。广东栽培最多，福建和广西次之，所以说荔枝是岭南有名的佳果。荔枝不仅味道甜美，果肉中还含有丰富的糖分、蛋白质和多种维生素等，享有“岭南果王”和“果中珍品”的美誉。但荔枝也有个缺点，果实离树之后，过3天就会“色香味尽去矣”。不要说在交通不便的古代，就是在30年前的北京，新鲜荔枝也是很少见的稀罕物儿，一般吃不到的。不像现在南方荔枝成熟后，很快就出现在北京的市场上这般快捷便利。

广东东莞是岭南荔枝的重要产地，也是我原单位的调研联系点。1991年6月初，东莞来京办事同志提来两箱早晨新采摘的荔枝，上午坐飞机，下午到京后，荔枝叶子还带着露珠。单位领导心系群众，吩咐分给大家都尝尝。当时，我跟着组长老于在出差回京的路上，组里也特意留了几颗，装在信封里，放在冰箱里保鲜。那是我第一次吃到新鲜荔枝，而且是口感品质优良的岭南荔枝。紫红色的果实夹在绿色叶子中，让人不由得想起“翡翠丛中，万点星球小”的佳句。荔枝果肉白色，多汁，形似葡萄，但味道甜美，“休比葡萄，尽压江瑶倒”。

与东莞相邻的惠州，原是“蛮夷之地”，鲜为人知，但因为苏轼被贬惠州时写下的《惠州一绝》，而名扬天下，此诗成为惠州的一张名片。人们只要一提起惠州，自然会想到苏轼这首诗，自然会想到岭南这随处可见的水果——荔枝。说起来，这首诗写得极有趣味和意境：“罗浮山下四时春，卢橘杨梅次第新。日啖荔枝三百颗，不辞长作岭南人。”

诗中既有对当地风景细腻的描写，也表现了作者对四季如春的岭南的喜爱。诗的第一二句写得很唯美，也很有意境；第三四句写得极为传神，在这么“蛮荒”的地方生活，如果每天能吃到三百颗的荔枝，那么即使是做一个岭南人，也是让人感到幸福的一件事情。诗句对荔枝乃至惠州的喜爱表现得淋漓尽致，每次读后内心都激动不已，对苏轼在惠州兴修水利、发展教育，带领当地人们种植荔枝致富的业绩赞叹不已。

2007年秋天，我去深圳开会，途经东莞，时值深秋，但路边的荔枝树依然翠绿欲滴。在大朗镇见到多年未见的好友景辉，忆起十多年前第一次吃荔枝的甜蜜感受，不由得想流口水。但好友面露忧愁和惋惜之情。原来企业的拓展与生态环境保护“顶头”了，有人建议刨掉荔枝树林扩建厂房。我着急地说：“那不是自毁名牌吗？能否走绿色发展、产业升级之路？”老友面露难色，因为他虽有建议权，但这样的决策需上面拍板……一晃十多年过去了。在学习“十四五”规划和2035年远景目标纲要时，我不由得又想起了岭南的荔枝。在“推动绿色发展，促进人与自然和谐共生”的大环境下，岭南的荔枝，你还好吗？

（载2021年4月7日《衡水晚报》副刊和同日的《衡水日报》“滏阳花”客户端）

何为“岭南”

“岭南”字面意为五岭之南。这里说的“五岭”，是指越城岭、都庞岭（一说揭阳岭）、萌渚岭、骑田岭、大庾岭等五座山岭。这些大体分布在广西东部至广东东部和湖南、江西等省交界处的横向构造山脉，是长江和珠江流域的分水岭。长期以来，这道天然屏障，阻断了岭南地区与中原的交通与经济联系。据记载，唐朝宰相张九龄，在大庾岭开凿了梅岭古道，岭南地区才得以逐步开发与发展。岭南地区栽培荔枝始于秦汉，盛于唐宋，栽培面积达一千多万亩，居世界首位。荔枝品系有100多种，以广东、广西、福建、四川、台湾、云南等地栽培最多。

碧峰峡的熊猫缘

2021年5月20日22点的央视《晚间新闻》节目，播出了一条令人兴奋的消息：陕西秦岭大熊猫繁育中心将于5月28日正式对外开放，被誉为“国宝中的美人”的秦岭大熊猫将“隆重登台，靓丽现身”！

“秦岭大熊猫种群珍贵，科学保护至关重要。”科技人员介绍说。秦岭大熊猫脸型像猫，身材丰腴，用时髦的话说是“特别萌”。截至目前，秦岭大熊猫种群已达345只。并且罕见的棕色大熊猫“七仔”也生活在这里。饲养员介绍说，大熊猫的发情期特别短，只有一两天，但科技人员和饲养员科学准确地把握大熊猫的发情期，在科学的助力下，秦岭的大熊猫繁育有了“新生代”。这不由得使我想起大熊猫那双大而圆、黑白分明、燃着青春火焰的眼睛，想起四川雅安的碧峰峡……

那是2016年早春的3月2日，我去四川调研，在朋友何大清的帮助下，有幸参观了中国保护大熊猫研究中心雅安碧峰峡基地。碧峰峡位于雅安市北16千米，景区面积20平方千米，森林面积2万余亩。景区为两条峡谷，左峡长7千米，右峡长2.5千米，呈“V”字形。海拔700—1971米，峡壁相对高度100—200米。峡内林木葱郁，苍翠欲滴，峰峦叠嶂，崖壑峥嵘。鉴于碧峰峡极其优良的自然生态环境，中国保护大熊猫研究中心把基地设置在碧峰峡风景区内，2003年12月28日建成并正式对外开放，基地占地1000余亩。

没来雅安时，只晓得大熊猫是法国传教士、著名的欧洲生物学家阿尔芒·戴维（1826—1900）1869年在四川宝兴发现，并于1871年作为新物种介绍给世界的。到了熊猫故乡，听曾创作《大熊猫传奇》的姚枫老先生说，早在上古时代，熊猫就以威武勇士的形象出现了。不过，当时的名字叫“貔貅”。传说中的“炎黄大战”，轩辕黄帝带领训练有素的虎、豹、熊、貔貅等猛兽冲锋陷阵，打败了炎帝部落。《史记·五帝本纪》曾记载：“轩辕乃修德振兵……教熊、罴、貔貅、虎，以与炎帝战于阪泉之野，三战，然后得其志。”所以在古代的典籍和神话传说里，貔貅成为威武勇士的象征，被画在军旗上，以象征常胜之师。就连《现代汉语词典》对“貔貅”一词的解释也是：“古书上的一种猛兽”，“比喻勇猛的军队”。尽管如此，我们还是应当感谢和铭记献身科学、热爱中国、发现熊猫的生物学家戴维神甫，是他让熊猫走向了世界，使人类认识到保护这一珍稀物种就是保护世界物种的多样性。1961年，世界野生生物基金会（WWF）成立，以大熊猫图案作为该会的会旗和会徽。

古书上记载的是大熊猫“威武英勇”的一面，确实它发起怒来，豺狼虎豹也奈何它不得。但它平时性情温和，多吃素竹和舔食废旧铜铁什物，所以历史上曾称其为“义兽”。基地的工作人员，饶有兴味地为我们讲述了大熊猫拒绝“包办婚姻”的一段故事——那是在冷战时期发生在几个国家之间的熊猫故事。话说1958年5月，奥地利商人海默·德勒从肯尼亚内罗毕运入中国3头长颈鹿、2头犀牛、2头河马和2头斑马，从北京动物园换得1只大熊猫，就是有名的“姬姬”。鲜为人知的是海默先生在换得大熊猫前，就与美国一家动物园草签了协议，一旦熊猫到手，就以25000美金售出。没想到事情有变，冷战时期，美国严禁与中国做任何生意，就连深受美国人民喜爱的大熊猫也禁止入境。乐极生悲的海默先生，只好带着姬姬在欧洲巡展，最后在一家大公司的赞助下，姬姬被留在了伦敦动物园。1960年，姬姬开始发情，动物园慌忙筹划姬姬的婚嫁。按照约定，北京动物园婉拒了伦敦的请求，而莫斯科动物园的雄熊猫“安安”正值壮年。虽说冷战多年，但为了熊猫，一场马拉松式的谈判开始了。尽管谈了3年，最后还是谈成了。这在冷战时期，简直是个了不起的“和平之旅”。然而，姬姬却拒绝“包办婚姻”，一见面就冷酷地盯着“新郎”，龇牙咧嘴，最后大打出手。为了让姬姬适应新郎和新环境，英方同意让姬姬留在莫斯科，等待下一次发情。到了秋天，再次让两个熊猫合笼，一个夜晚，安安再次发起进攻，甚至已爬到姬姬背上，但姬姬却用又肥又厚的尾巴护住了阴部，让安安功败垂成。1968年9月，载着安安的专机回访伦敦，动物学家甚至给姬姬注射了催情素，让安安一直待到第二年5月，可最终也没“捆绑成夫妻”。1974年夏天，14岁的姬姬不幸去世，3个月后安安也溘然长逝，说起来是个悲剧。但令人欣慰的是世界野生生物基金会的主席、英国的斯科特亲王，在姬姬生前曾一睹其“芳容”，而WWF的会旗和会徽，就是根据姬姬的形象设计的。

我游览碧峰峡时，基地的熊猫数量不是很多，我们只看到十多只，有的走动觅食，有的抓着铁栏打秋千，有的在睡篮里爬上爬下，憨态可掬，可爱极了。2008年5月12日汶川大地震后，卧龙保护基地的部分大熊猫搬迁到碧峰峡，使碧峰峡基地圈养大熊猫达到80余只，成为全球圈养大熊猫最多的地方。碧峰峡气候湿润，蓝天白云，丛林蓊郁，有溪流瀑布、高山峡谷。上千亩的人间仙境，是熊猫无忧无虑生活的乐园。听人说游览熊猫基地，运气好的话还可以与熊猫近距离接触、合影。这是我平生第一次见到这么多大熊猫，并且是近距离里地观察接触，感到已经够幸运了。没听清饲养员喊了句什么话，爬在树尖上的一只熊猫，就一溜烟似的爬下来站在绿茵茵的草坪上。那黑白分明的毛色，那双大而圆的眼睛，在璀璨的阳光里，是那样的耀眼炫目。熊猫手拿一个胡萝卜，温柔地任我和朋友拍照，太幸福和美妙了！想起“熊猫姐姐”（方敏）为写作《熊猫史诗》，在12年时间里，20多次深入四川、陕西等省的十几个大熊猫保护区采访，直到1996年才走进大熊猫“遥远”，并和她悠闲地合影，而我只是到碧峰峡“一瞥”，熊猫就这样亲切地“接见”我，真是太有缘分了！

大熊猫已经成为和平和吉祥的象征。1984年美国洛杉矶奥运会和1990年北京亚运会，都把熊猫作为吉祥物，使大熊猫享誉了世界，永驻在人类特别是儿童的心里。据报载，目前我国与18个国家的22个动物园正在开展科研合作，涉及我国61只大熊猫。随着大熊猫生态廊道的建设和大熊猫栖息地面积的增加，相信熊猫研究和熊猫文化会在世界上走得更远、走得更好！

（载2021年5月24日《衡水晚报》副刊）

生态文学作家方敏与《熊猫史诗》

著名生态文学作家方敏女士的《熊猫史诗》，是一部以文学形式讲述人类与熊猫关系史的巨作，由重庆出版社出版。她在12年时间里，多次深入四川、甘肃等省的十几个大熊猫保护区，采访了100多位和大熊猫有关的人物，与“遥远”“庆庆”“戴丽”等多只大熊猫亲密接触，讲述了100多个有关大熊猫命运的故事，披露了许多不为人知的大熊猫与人类之间生死相关的惊人内幕。该书运用了多种文学表达手段，讲述了大熊猫物种300万年的演化史，力图寻找到天地万物和谐的本真。该书得到了世界野生生物基金会（WWF）和中国科学家学会的资助。

苜蓿·乡愁

在对家乡的美好记忆里，苜蓿芽有着深刻的不可替代的一席之地，它是我最爱的野菜之一。

苜蓿，是一种多年生草本植物，叶子为三片小叶组成的复叶。小叶长圆形，开蝶形花，结荚果。苜蓿的种类很多，北方常见的是紫花苜蓿。

我爱苜蓿，主要是每年莺飞草长之时，苜蓿就会从地下钻出嫩芽，绿油油的，分外喜人，长到四五厘米时，采摘下来，用水焯一下，适量放些油，加点姜、盐，清炒、煮羹，都是不错的开胃菜。不过，我小时候，家里穷，采摘的苜蓿芽，洗净后拌上些玉米面（这些年条件好了是拌面粉），上笼蒸熟吃。当地群众叫“蒸菜”。在经济困难时期，群众缺粮缺菜，再说那会儿，还没有“大棚菜”，一冬天的蔬菜主要是萝卜、白菜，而苜蓿芽是最先下来的新鲜蔬菜，且营养丰富，含有大量的铁、钙、钾、蛋白质和维生素，是我国最古老的蔬菜之一。所以能吃顿苜蓿芽蒸菜，感到是“吃鲜”，其味道胜过如今的山珍海味呢！如同“乡音”难改一样，小时候的嗜好，终生难以改变。如今已到古稀之年，还常常思念苜蓿芽蒸菜的美味。每年清明回衡水，只要饭店有苜蓿芽蒸菜，我都会点双份儿！

苜蓿“亦菜亦草”，嫩茎叶是“菜”，长高了就成了“牧草”。它的这个优势，使它显现出极强的传播繁衍能力。据资料记载，苜蓿是西汉时引进中国的，两千多年来，传遍了大江南北、神州各地。记得小时候，家家户户都种苜蓿。因为农民犁田、播种、拉车都需要牲口，养不起骡子马的，起码会养头牛或毛驴。《现代汉语词典》对苜蓿用途的定义是“一种重要的牧草和绿肥作物”。种地就需要养牲口，而苜蓿是牲口最爱吃的饲草。就是合作社、人民公社时期，生产队的牲口集体喂养，也需要种苜蓿。记得小时候，学校组织去踏青，空旷的田野里，除了绿油油的麦苗，就是一望无际的苜蓿。在清丽春阳的沐浴下，紫色的苜蓿花光彩照人，一阵清风吹过，还能隐隐约约地嗅到苜蓿的花香呢！

此外，苜蓿还有两大用途：一是“养人”，二是“养地”。“养人”，主要是指苜蓿的药用价值。李时珍在《本草纲目》中说，经常食用苜蓿菜，可以“安中利人”，能够“利五脏，轻身健人，洗去脾胃间邪热气，通小肠诸恶热毒”。中医使用苜蓿治疗肠胃道功能失调已历数百年之久。苜蓿可全草入药，具有健脾补虚，利尿退黄，舒筋活络之功效，可用于治疗脾虚腹胀、消化不良、水肿、黄疸、风湿痹痛。“养地”则主要是指，苜蓿还是优质的绿肥。苜蓿的根部，能结类似豆类的根瘤，而瘤菌具固氮之功效，贫瘠的土地，种几年苜蓿，就变肥沃了。所以农谚说：“一年苜蓿三年田，再种三年劲不完。”

过去只知苜蓿是平民百姓的宠物，爱苜蓿，吃苜蓿。最近看到一则资料，说在唐朝时不仅老百姓吃苜蓿，就连皇宫里也吃苜蓿。我这样说，有人可能会质疑：“何以见得？”现有唐开元年间东宫太子李亨的老师薛令之的《自悼》诗为证。

诗曰："朝日上团团，照见先生盘。盘中何所有？苜蓿长阑干。饭涩匙难绾，羹稀箸易宽。只可谋朝夕，何由保岁寒？"此诗被收入《全唐诗》，流传千古，当确凿无疑。"苜蓿长阑干"，说明薛令之餐桌上的苜蓿，已不是鲜嫩的苜蓿菜，而是牧草了。即便叶子还能吃，但已无苜蓿菜的新鲜味道了。

我查阅了有关史料。薛令之（683—756），唐开元中期，曾任左补阙兼太子侍讲。此时的唐玄宗李隆基，重用奸佞。宰相李林甫，专权误国。朝野怨声载道。而太子李亨与李林甫不和，东宫官吏也遭受排挤。薛令之对李林甫的所作所为十分愤慨，因而在墙上题诗谴责。没想到，唐玄宗偶入东宫（我猜想是李林甫的安排），看到薛令之的诗大为不满，认为是在讥讽皇帝，于是在诗旁题了四句反唇相讥："啄木嘴距长，凤凰羽毛短。若嫌松桂寒，任逐桑榆暖。"还复题四字"听自安者"。薛令之看到诗惹了大祸，怕给太子添麻烦，赶紧托病辞职回乡了。薛令之清正廉洁，为官30多年，不仅没有积下万贯家财，甚至连回乡的车马费也付不起，只好"徒步回乡"。说起来令人唏嘘不已，但却把清廉的声名留在了京城。

安史之乱使盛唐走向衰败。太子李亨当了皇帝后，想起当年恩师受的冤屈，派人急诏薛令之，准备委以重任，没料想老师已逝世几个月了。听说老师去世时，家徒四壁，一贫如洗。李亨感念恩师的清廉，特敕封薛令之所居住的村庄——建安郡长溪西乡石矶津（今福建省福安市溪谭镇廉村）为"廉村"，溪为"廉溪"，岭为"廉岭"，以表彰他的一生清廉。因一句"苜蓿长阑干"，使薛令之廉臣的声名和故事成为流传千古的佳话，这恐怕是薛令之生前所没有想到的。

乡愁是一条回不去的单行道。苜蓿的衰落和种植面积的减少，是伴随着农业机械化的普及和推广出现的新问题，但却不是必然的结果。试想，当年的富贵人家看不上眼的荠菜、马齿苋等野菜，如今都成了城市餐桌上的"佳肴"，而在漫长的中国历史上，长期被推崇而生长繁衍的苜蓿，就不能绝地重生吗？我觉得，问题的关键是苜蓿也要随着时代的发展而“与时俱进”。比如，苜蓿芽可否深加工，解决保鲜问题，或制成罐头，或打入高档饭店，成为一道美食佳肴呢？我衷心地盼望家乡的苜蓿能在乡村振兴中，延续那千古的佳话！

（载2019年3月29日《衡水晚报》副刊）

牧草引来“绿富美”

2021年4月11日，中央电视台综合频道《焦点访谈》节目，播出了湖南常德西洲牧草小镇种饲草、养奶牛致富的新闻，为农村苜蓿的振兴带来希望的曙光。常德地处洞庭湖流域，在传统农业时代，是名副其实的鱼米之乡。但晚稻生长期短、品质差，在营养型、享受性食品比重日益增加的情况下，人们不喜欢吃粳米，农民有谷卖不上价。农民转换思路养奶牛，但奶牛需要优质饲草。于是他们想到了“饲草之王”——紫花苜蓿。科学工作者还帮助他们培育出适合南方高温湿润环境下生长的苜蓿，这种苜蓿品质好、产量高。过去种稻谷，一亩地只收入两三百元，现在种苜蓿，一亩地收入上千元。深加工的苜蓿，还可做成禽类的饲料，大量的牛粪又是绝好的有机肥料，而苜蓿开花时也是一道亮丽的风景线。常德依托苜蓿走出了一条农牧业互相依赖、平衡发展的路子。当地农民高兴地说：一根牧草引来了“绿富美”。

蝴蝶泉边“绕三灵”

长春电影制片厂1959年拍摄的《五朵金花》，是一部情节撩人的爱情电影。故事梗概是：白族帅小伙阿鹏与如花似玉的姑娘金花在一年一度的大理“三月街”相遇时一见钟情，次年“三月街”时阿鹏如约走遍苍山洱海去会金花，但当地叫“金花”的姑娘太多了，经过一次次啼笑皆非的误会之后，才找到了意中人——副社长金花……而阿鹏和金花第一次相遇的地方就是大理有名的景点蝴蝶泉。

2005年秋天，我曾游过大理，到过蝴蝶泉。那是一个融自然奇观与民间传说于一体的人间仙境。来到蝴蝶泉边，只见四周古木参天，遮天蔽日。泉边一株硕大的合欢树（北方又称绒花树），覆盖在蝴蝶泉上，虬枝苍须。每年春天花开时节，粉红色的绒花，像一把把随风飘逸的折扇，又仿佛缀满枝头的千万只蝴蝶。花香十里，引来各种蝴蝶，或翩翩起舞，或追逐嬉闹，或“足勾足”结串成带，栖息于枝头，倒影于水面，让人难辨“蛱蝶”与真蝶。当年徐霞客游蝴蝶泉，曾这样记载：“泉上大树，当四月初，即发花如蛱蝶，须翅栩然，与生蝶无疑；又有真蝶千万，连须钩足，自树颠倒悬而下，及于泉面，缤纷络绎，五色焕然。游人俱从此月游……”

所谓“游人俱从此月游”，指的是白族人民的传统节日——“绕三灵”。“绕三灵”，又称“绕山林”，是白族人民利用农闲和春游祈雨时节的狂欢活动，也是爱神降临青年男女之间的绝妙机遇，据说已有一千多年历史了。“绕三灵”的时间从农历的四月二十三至二十五。届时，苍山洱海周边地区白族村寨的老少男女，就会身着色彩绚丽的民族服装，载歌载舞地从四面八方涌来，齐聚蝴蝶泉边，游泉赏蝶，对歌、跳舞、舞霸王鞭。年轻人追逐坚贞缠绵的爱情，是人之常情。花前月下，谈情说爱，山盟海誓，是青年人的专利，也是文学作品永恒的主题。然而，五六十岁的“过来者”，也成双结对，来到蝴蝶泉边回味昔日旧情，却是头一遭听说。尽管导游言之凿凿，但我还是有些狐疑。因为，“过来者”大多已结婚生子，有的还有了第三代。他们到蝴蝶泉边去会见当年的“初恋者”，周围人会怎么看？其家人又会怎么想？

好客的主人也许猜透了我们的疑惑，帮我们在大理下关艺术剧场买了一场《蝴蝶之梦》的歌舞票。这部由东方歌舞团和中国歌舞团编导的大型歌舞剧，用艺术的形式再现了白族的民族风情。其中《蝴蝶泉边》一节，展现的就是一对50多岁的“过来者”，借“绕三灵”的盛会，来到蝴蝶泉边回味旧情的场景。故事梗概是：20世纪60年代，一对青梅竹马的恋人，在“以阶级斗争为纲”的年代，却因女方家庭成分不好，而棒打鸳鸯两分离。男主人公多年有个心结：女主人公为什么突然不辞而别、远嫁他方？多年后“绕三灵”时再会，女主人公如泣如诉地倾诉，当年正是因为爱得深、爱得诚，怕因自己家庭成分影响时任民兵连长的他的前程……男方的心结终于解开，最后两人高歌感谢党的好政策，感谢改革开放新时代。今生虽不能做“比翼鸟”，但愿来生能结“连理枝”。剧情跌宕起伏，用真情实感诠释了“友情是天长日久的，友谊是纯洁高尚的，与忠贞不渝的爱情是并行不悖的”人生哲理。我至此始信这天方夜谭，在风花雪月的大理确有故事的原型。同时，这舞剧也帮助我们从更深层次上了解了大理，了解了白族人民的文明与文化风俗。

据说，《五朵金花》先后在46个国家公映，创下当时中国电影在国外发行的纪录。该片还曾获得2000年中国电影百年十佳评选第一名。自从《五朵金花》的故事被拍成电影后，金花与阿鹏美妙的爱情故事和蝴蝶泉的迷人风光，便征服了中外游客的心。地处五大洲的不同肤色、讲不同语言的人们，漂洋过海、千里迢迢来到大理，来到蝴蝶泉边，游魅力大理，圆蝴蝶之梦。千千万万的“金花”与“阿鹏”相聚在一起，咏唱起亘古不变的爱情主题歌。

苍山如黛，洱海漾波。大理地处东亚温带和亚热带季风区、南亚热带季风区和青藏高原区几大板块交汇处，是汉地、吐蕃、南亚和东南亚文化的汇聚地。世居这里的白族人民，不仅曾建立起南诏和大理国，而且还创造了悠久灿烂的文化和独特的民族风俗。白族人民豁达豪迈、开放包容、热情爽朗、和谐友善、能歌善舞、向往美好的生活，无论是生产活动、节日庆典或谈情说爱，总喜欢用动听的歌声和优美的舞姿来表达感情。凡是到过大理的人，无不对这块魅力十足的土地和善良的人民留下美好的印象。1962年，郭沫若路经大理，与蝴蝶盛会擦身而过，感到非常惋惜。留诗叹曰：“奇哉此景天下孤，奇哉此事堪作赋；低头自息来太迟，期以明春不再误。”

（载2019年5月20日《衡水晚报》副刊）

苍山洱海

苍山洱海已成为大理的标牌。到大理不爬苍山、不游洱海，就仿佛到北京没去过王府井。苍山，是云岭山脉南端的主峰，由十九座山峰自北而南组成，北起洱源邓川，南至下关天生桥。苍山十九峰，每峰海拔都在3500米以上，最高的马龙峰达4122米，所以要登苍山，不是件容易事儿。苍山景色以雪、云、泉著称。经夏不消的苍山雪，是素负盛名的大理“风花雪月”四景之最。洱海是一个风光明媚的高原湖泊，呈狭长形，为云南省第二大淡水湖，北起洱源县江尾乡，南止大理下关，海拔1972米，长约42.58公里，东西最大宽度9公里，湖面面积256.5平方公里。洱海是大理“风花雪月”四景之一“洱海月”之所在。据说其因形似人耳而取名为洱海。洱海水质优良，水产资源丰富，是一个有着旖旎风光的旅游风景区。

师情厚谊

我与恩师吴庚振教授

在第33个教师节前夕，我怀着感恩的心情看望了大学恩师吴庚振教授。吴老师是河北大学新闻传播系原系主任、新闻评论家，在河北大学从事教学工作达45年，著作颇丰，德艺双馨，可谓桃李满天下。而我与吴老师的师生情，跨越了近半个世纪的时空，是人世间不是父兄而胜似父兄的一种纯洁真挚的情谊。提起我们相识相知相交的佳话，则需溯源于47年前的那个冬天。

作者与恩师吴庚振教授（左）

那是1970年冬天，尽

管国家还处在“十年内乱”之中，但在毛泽东“大学还是要办的”指示下，我作为河北大学中文系首届工农兵学员，怀着美好的大学梦走进了校园。吴老师是在翻阅新生档案时认识我的。他在为《十年浪花集》写的序言中写道：“其中发现一位叫张锡杰的，枣强县人，入学前是公社通讯员，曾在省、地报纸上发表过几十篇新闻作品；材料上还说他自幼酷爱写作，勤奋好学，朴实、刻苦，云云。我是教写作课的，自然对这个学生发生了兴趣。”

我对吴老师的熟悉则是因为野营拉练。入学后不久，按照上级的要求，学校要对新生进行军训式野营拉练。时值三九严寒，朔风刺骨，我们背上行李和小米（拉练路上的口粮），从所在的河北大学邢台唐庄校区出发，直奔巍巍太行山。一路上，红旗引路，歌声震天，“下定决心，不怕牺牲”的口号此起彼伏。当时条件很艰苦，老师分到各班（当时仿效部队叫法），和同学同吃一锅饭，同睡老乡大炕，晚上还一起站岗守夜。吴庚振等老师就分在我当时在的二班。吴老师身体不算太好，背着大行李包（除了被褥，还有大衣和脸盆碗筷），累得腰酸腿肿，脚上起泡，但坚持不上收容车。为了搞好拉练途中的宣传，系里办了一份油印的《野营战报》，写作教研组的几位老师承担起了编辑任务。所以每到驻地，吴老师和张瑞安、谢国捷老师，脸顾不上洗、饭顾不上吃，立即坐到老乡的大炕上开始编辑稿子。谢国捷老师字写得好，就带上老花镜刻蜡版。作为学生代表，我的任务是积极组织稿件、帮助印刷和发行战报，几乎每次都是干到深夜。看到老师们的敬业和精益求精的精神，我深受感动，暗暗下定决心：要像老师们那样，心中“有颗红亮的心”！

人生没有浪费的经历。一个月军训结下的真挚、纯洁的师生情，不仅让我终生受益，也影响了我的人生。吴老师在回忆野营拉练的一篇文章中这样写道：“到了宿营地，我们‘编辑部’开始工作了，张锡杰总是不失时机把他采写的一篇篇稿子送到我们手里，而这些稿子又大多很合用。当时我们想，张锡杰有较强的新闻敏感，笔头又快，并对宣传报道工作十分喜爱，也许将来会成为一名出色的记者呢。”没想到，真被老师们说中了。毕业不久，我就被调到《河北日报》当了记者，不谦虚地说，后来还“小有名气”了，写出了被评为全国好新闻的《“飞”来的闺女》及《好大嫂》等一批人物通讯，1983年曾获得河北省优秀新闻工作者称号。此是后话，暂且不提。

回到学校，我感到要读的书和学习的东西太多，不知从何入手。吴老师根据我理论基础不够扎实的问题，启发我说：“要当一名出色的记者，恐怕需要两个基础，一个是生活基础，一个是马克思主义基础。”尔后，我就按照老师的教导，一边学好各门功课，一边利用课余时间，一本接一本地读马列和毛主席的著作：《共产党宣言》《国家与革命》《法兰西内战》《哥达纲领批判》《毛泽东选集》……为了加深理解，我还把学习体会写成文章，而吴老师每次都是认真地批改，让我受益匪浅。我们上学时，受“四人帮”干扰，学习环境并不好，但因为有一批像吴老师一样的好老师，尽职尽责地为我们传道、授业、解惑，帮我们“遮风挡雨”，排除种种干扰，终于使我们在非常困难的环境下完成了学业。

毕业后，我与吴老师的师生情不仅没有中断，反而像陈年的老酒，随着岁月的增长而更加浓郁。时间到了1989年。有人建议我把改革开放以来写的人物通讯收本集子。我整理了一下，感觉能拿得出手的有39篇。由于河北新闻界人才济济，而我还“比较嫩”，怕人说是妄自尊大，心里忐忑不安。于是利用星期日，我带着这些作品，到母校求教。吴老师热情地把我领回家，师母杨老师准备了丰盛的饭菜，让我有种回家的感觉。吴老师看完我带去的材料，高兴地说“完全站得住脚”。他不仅答应为该书写序言，而且还邀请杨秀国老师一起为每篇通讯配评介。整整一个暑假，他为写评介没有休息。此情此恩，怎不让学生感动万分！这年10月，由吴庚振、杨秀国老师编辑的《十年浪花集——主任记者张锡杰人物通讯选评》，由中国新闻出版社出版后，在河北省新闻界乃至全国引起较大反响。曾做过新闻工作的河北省委原副书记李文珊，中国人民大学新闻系教授蓝鸿文，《河北日报》老总编辑、中国社会科学院原秘书长杜敬等新闻界前辈，都对该书给予了充分肯定。

1991年，我离开眷恋的新闻行业，来到北京的红墙里，当一名文稿起草人员。由于工作的性质，这段时间与吴老师见面少了，但仍心心相印，经常通信息。21世纪初，吴老师退出工作岗位后，也随儿子搬到了京城。我听说后，非常高兴，有空就去看看他。这本是人之常情，比起老师的恩情实在是沧海一粟。没想到吴老师却上心了，他在《小记张锡杰》的博文中写道："我对他的赞佩不因他的升迁，而因他而今虽是年逾花甲之人，且也已退休，但几十年来一直没有忘记我这个老师——一个既无钱又无权的普普通通的知识分子。每到节日，他总是来信或来电话问候。他出了新书或发表了他比较中意的文章，也总是给我寄来让我过目。2007年春节期间，他来给我拜年，抱着一个鲜花盆栽，那花盆足有五六十斤重，当他抱着花盆气喘吁吁走进我的房间时，我的心颤抖了，竟连一个'谢'字也说不出来了。"

2014年11月，凝聚着我几十年心血的散文随笔集《红枫集》出版了。我第一时间送给吴老师指正。因为此前，吴老师看到我发在博客上的一些散文后"很兴奋"，曾发短信鼓励说："过去我较多地关注你的新闻通讯，其实，你还很擅长写散文尤其是游记散文呢！""语言很有味道，散文特有的那么一种味道。"正是在吴老师的鼓励下，我才把散文结集出版的。令我没想到的是，拿到书后，吴老师不顾年老体弱和身患感冒，戴上老花镜，日夜突击阅读。半个月后，近80岁的人，写出了长达5000多字的评介文章：《峥嵘人生谱华章——张锡杰与他的新著〈红枫集〉》，为我这个40多年前的学生撑腰张目。当吴老师的评介文章在《文艺报》《河北日报》《组织人事报》《衡水晚报》等报刊发表时，我的心震撼了，眼睛湿润了，感激之情，怎是一个“谢”字能表达的？！

（载2017年9月7日《衡水晚报》和同年9月15日《河北日报》副刊）

前马场的“第一课”

应当说，我的大学“第一课”是在前马场上的。前马场，是当时河北省邢台县太行山区的一个小山村，是1970年冬我上大学后野营拉练的第一个宿营地。到达宿营地时太阳已经落山。在一家农民的炕头上，《野营战报》编辑部开始办公，我的第一节新闻写作课也开课了。写作教研室的谢国捷、吴庚振、张瑞安老师脸顾不上洗，立即坐在炕头上审看编辑稿子。我是《野营战报》的通讯员，稿子是收集师生们行军中的好人好事，其中就有我写的傅国君等同学和赵原平老师同睡老乡大炕、同在一个脸盆泡脚的小通讯《师生脚碰脚心连心》。谢老师字写得好，戴上老花镜刻蜡版。我则在张老师的指导下油印战报，然后分发到各班组……那实际是我上大学的第一课，老师的言传身教，让我深受教育和感动，所以至今记忆犹新。

暨大两恩师

十月的岭南大地，金风送爽，丹桂飘香。2018年10月24日下午，正在广东考察工作的习近平总书记，兴致勃勃地莅临百年名校暨南大学视察的消息播出后，在海内外暨南校友和广大师生中引起了强烈反响。改革开放之初，暨大在广州复办，开学典礼时，时任广东省委第二书记的习仲勋曾来视贺并讲话勉励。40年后，习近平总书记亲来视察并同港澳台和海外侨胞同学交流，鼓励他们“好好学习，将来为社会作贡献”。两代人的“暨大情结”，反映了党和国家对这所华侨学校的关爱和重视。这使我想起了“第二母校”——暨南大学，以及我攻读硕士学位时新闻系（现为新闻与传播学院）的两位恩师——程天敏和梁洪浩教授。

说起我与程天敏教授的相识，还有点传奇色彩。那是1987年夏天，时任《河北日报》记者部副主任的我，突然收到寄自广州的挂号印刷品，打开看是一本广东高等教育出版社新出版的《新闻写作学》，由暨南大学新闻系教授程天敏编著。我奇怪了，素不相识，为什么千里迢迢给我寄书？细翻《新闻写作学》发现，在该书的下编“怎样写通讯”中，有一节“人物通讯”，把我和李晓岚1981年写的《“飞”来的闺女》（又名《千里认母记》）一文，作为人物通讯的范文全文收入，并赞扬该文“主题好，触及时事，干预生活，富于社会性和群众性”，是“一曲颂扬精神文明的赞歌”。读了程天敏教授的评介，我脑洞大开，很受启发。作为记者，我每天像只蜜蜂那样，忙于去各地“采集花蜜”，然而却很少像程天敏教授那样从理论的高度来思考和剖析稿子成功的原因。毛泽东曾说：“感觉到了的东西，我们不能立刻理解它，只有理解了的东西才更深刻地感觉它。”于是，我开始系统地学习《新闻写作学》，感到这是一本很有特色的好教材。它积累了作者30多年的新闻实践和教学之经验，仿佛先生讲课，娓娓道来，没有空泛地阐述写作理论，也没有简单地收录新闻作品，而是立足于新闻实践，理论联系实际，力求从理论和实际的结合上研究和说明问题……我把自己的学习心得汇报给程天敏，得到他的首肯和鼓励，从此书信往来，成了忘年交。

1989年1月，我去广州开会，程天敏听说后特意赶到我的驻地，盛邀我去学校做客。这是我第一次走进位于广州石牌的暨南大学校园。大门为漂亮的彩虹形，“暨南大学”四个大字是1978年暨大在广州复办时叶剑英所题。古色古香的教学楼，静谧的林荫道，校园里星罗棋布的大小湖泊，仿佛是一幅秀丽的岭南风景画。那天，师母特意准备了丰盛的晚餐，但程教授渊博的知识和优雅的谈吐比晚餐更“美味”！记忆最深的有三点：一是暨大历史悠久，1906年创办于南京，兴盛于上海，发展壮大于广东。二是暨大有着光荣的传统，在民国初年军阀混战和遭受外辱的日子里，暨大命运多舛，但自强不息，三起三落，五次搬迁，筚路蓝缕，风雨传薪。三是暨大延揽人才，名师荟萃。程天敏原供职于中国人民大学新闻系，为了事业，南下来到羊城。暨大的悠久历史和光荣传统令我崇敬，暨大“忠信笃敬”的校训和优美的学习环境令我神往。

没想到“千里认母”的传奇，引发了我“千里拜师”的欲望。1991年5月，我从石家庄来到北京的红墙里，从抛头露面的记者变为幕后起草文稿的工作人员。新的单位，机构不大，人员不多，但服务的层次很高，是中央领导的参谋助手。新的岗位对我的知识和能力提出了更高的要求，而且这里的学习氛围很好，不少同事都在职攻读硕士和博士学位。1994年1月我正式向暨南大学提出申请，经程天敏力荐，并经新闻系和学校研究生院批准，我成了暨大的在职硕士研究生，如愿成了一名“暨南人”。

如果说，我与程天敏的相识有些传奇，那与梁洪浩教授的相识，则出于偶然，但也是必然，因为人生总会遇到几位好老师。说是偶然，是暨大新闻系出于种种考虑，为我选定的导师不是程天敏，而是梁洪浩，这是我始料不及的。对于梁洪浩教授，我最先听到的故事是：1984年，时在郑州大学工作的李彬（现为清华大学新闻与传播学院教授），来到暨南大学作访问学者，跟随梁洪浩研修世界新闻史。梁洪浩为他开出了100多本书的书单，李彬面露难

作者与恩师梁洪浩教授（右）

色，觉得压力太大。梁洪浩对他说："做学问就要下苦功夫，你的培养方案我是按社科院研究生的标准制定的。"所以，我面见梁洪浩教授前的心情可以说是战战兢兢、忐忑不安。没想到，见到梁教授的第一印象却是一见如故。他长我20多岁，就像父辈关爱孩子那样，对我关怀备至。

梁洪浩1924年生于广州，是个老报人，曾任过香港《大公报》的翻译和记者，也是暨南大学新闻系的创建者和开拓者之一。他1978年参与翻译的名作《光荣与梦想——1932—1972年美国实录》一书，影响了一代新闻人，至今仍是清华大学新闻与传播学院向学生们推荐的书目之一。我深深感到，由这样一位德高望重的老教授做我的导师，是暨南大学新闻系对我的重视，也是我今生的幸运和福分！

不过话说回来，当年导师也为我开列了长长的必读书单，只是没有100多本而已。在此后的两年时间里，我在完成本职工作的前提下，夙兴夜寐，发愤读书，刻苦钻研，并在导师的指导下，按照学校规定的时间和要求，完成了5门学位课程论文，并参与了政治课和日语的闭卷考试，拿够了毕业所需的学分。我的硕士学位论文《试论热点问题及其宣传艺术》，受到专家学者的一致好评，称赞该文"从理论与实践的结合上进行论述，既有理论意义，又有实用价值"，具有"一定的独见性和创造性"。此论文在《河南社会科学》1998年第2期摘要发表后，还被中国人民大学《复印报刊资料——新闻学》1998年第3期转载。

两年岭南谊，一生师生情。梁洪浩教授对我的谆谆教诲和帮助，更多地体现在我毕业后。在读期间，我忙于读书作论文，很少问及老师的人生经历和遭受的磨难。后来师生情深意浓，成了推心置腹的挚友。他每次来京开评审会或出差，我都去看望，梁教授也开始断断续续谈起他不平凡的人生之路。比如，少年时遇上兵荒马乱，如何逃亡；抗日战争后期，正在大学读书的他如何投笔从戎；

1950年10月，抗美援朝战争爆发，时任《大公报》记者的他，如何第二次投笔从戎，赴朝做战地记者，荣获两枚军功章；1962年如何和夫人陈斐（曾在新华社广东分社工作）一起来到暨大创建新闻系；“文化大革命”期间暨大停办，他如何到干校劳动改造赶牛犁田，1978年暨南大学复办才又回学校……

2014年是他90岁寿辰。这年的1月19日，他满怀深情地寄来一信，并附有近照一张，请我“惠存”。他在信中把自己的九十年人生概括成了四句话：“少年流亡路，一生两从戎。忝列专家网，九秩何倥偬！”

他还在诗旁加注：“专家网”是指被收入了《广东高级专家大辞典》和香港出版的《当代中国高校教授大典》。但他用“忝列”一词，意思是心中有愧。老先生的为人和谦恭由此可见一斑！读此信，我心情久久不能平静，深感恩师就是我做人的楷模，于是和了四句：“暨大遇名师，后学何荣幸。丹心沃中华，箴言是明镜！”

（载2018年11月21日《衡水晚报》副刊）

誉满寰宇的暨南大学

暨南大学简称“暨大”，1906年创立于南京薛家港，后相继迁址上海真如、福建建阳、广州石牌，屡遭危难，几次停办，历经沧桑。它是新中国第一所由国家创办的华侨高等学府，国家“211工程”“985平台”重点建设高校。学校本部在广州石牌，截至2020年11月，学校在广州、深圳、珠海建立了5个校区，设有37个学院和研究生院、本科生院，26所附属医院，其中三甲医院11所，是一所拥有国家“双一流”建设学科、国家二级重点学科和“世界一流学科建设”的高校。1978年10月16日，暨大复办后的首次开学典礼，中共广东省委第二书记习仲勋出席了开学典礼并作重要讲话。

我的“师傅”——杨殿通

“师傅”，一般是对掌握或传授技艺人的尊称。比如工厂的徒工、饭店的学徒、戏剧行业中的学员，都对向自己传授技艺的人尊称师傅。我的“师傅”杨殿通，曾是《河北日报》的名记者、河北《共产党员》杂志社社长，我之所以称他为师傅，是因为他是向我传授写作知识和写作技巧的人。这在学校里称老师，但报社没称老师的习惯，年轻的直呼其名，年长的称“老×”，从总编辑到部主任无一例外。我虽然口头上也称他“老杨”，但在心目中一直尊他为师傅。

初次见“师傅”的面，是在1968年春天衡水地区通讯报道会的前台上。他戴副眼镜，白白净净，文质彬彬的。他当时是《河北日报》驻衡水记者站的记者。听人说，全国劳动模范、著名的饶阳县五公村“老社长”耿长锁关于倾听群众意见的“八个堵头”，全国劳动模范、临西县东留善固村党支部书记吕玉兰的《十个为什么》等轰动一时的文章，都是他代笔写的；还听说，河北省委宣传部曾发通知号召全省新闻系统向他学习……总之，在我眼中，他是个头上笼罩着许多光环的神秘人物。用今天的话说，我是他的“铁杆粉丝”，对他佩服得五体投地。

那是一个特殊的年代，也是农村知青充满幻想的岁月。初次见“师傅”，虽然手没能握一下、话没能说上一句，然而，他却成了我心中的偶像、下决心追逐的一颗星。在此后的日子里，我白天下地干农活，晚上就在小煤油灯下写稿子。凭着初生牛犊不怕虎的勇气和家乡山水给予的灵气，居然还写出了点名堂，特别是1969年春天“枣强县肖张公社贫下中农评论组”建立后，我执笔写作的小评论，先后登上了《衡水日报》《河北日报》《人民日报》和中央人民广播电台的《工农兵论坛》，成了小有名气的“土记者”。尽管如此，由于种种原因，1970年我上大学前，一直没机会向心中崇拜的“师傅”当面求教。

头一次走进“师傅”的办公室，是在1973年的春夏之交。那时，我已从河北大学中文系毕业，分配到衡水地区师范工作。一天，衡水地委报道组组长马士庄悄悄告诉我：“听说《河北日报》驻衡水记者站要添人了，你抓紧去找找杨殿通。”“师傅”此时已升任衡水记者站站长。我怀着忐忑不安的心情，推开了“师傅”的门，羞羞答答地说：“我是张锡杰，听说记者站要添人……”一句话没说完，“师傅”就亲切地拉住我的手，把我让到椅子上。他笑嘻嘻地说：“张锡杰，我早认识你，也了解你，虽然我们没细谈过，但你写的那些小评论和文章我看过。士庄同志推荐你了，记者站就需要你这样既当过通讯员，又上过大学的年轻人！”一席话说得我悬着的心落了地。真没想到头上笼罩着那么多光环的“师傅”，竟是这般平易近人和善解人意！

就这样，在“师傅”和老报人们的提携帮助下，我实现了当记者的梦想。这是我人生转折的重要节点之一。当时衡水记者站共有4个人，除了“师傅”和我，还有副组长高庆海和周铁圈。高庆海也是个有名的老记者。周铁圈长我六七岁，是报社老通讯员，又是地委的干部，笔头又快，虽然也刚调到记者站，可也是我的“师傅”。3个“师傅”，1个徒弟，从此我改口一律尊称他们为“老杨、老高、老周”。从遥遥相望的心中偶像，到朝夕相处的师长；从苦苦追逐的“星”，到零距离观察和求教的先生，我的喜悦、兴奋的心情，就像雨后的禾苗那般幸福和美妙！

由于我是新手，所以老杨经常带我下乡采访。那时记者下乡，经常是一竿子插到底——直接到乡里或村里同老乡同吃同住同劳动。我们白天同村干部或老乡座谈，晚上同睡老乡的一条大炕。朝夕相处，耳濡目染，使我对老杨的人品和文品有了更深入的了解。在20世纪80年代中期开展的整党工作中，我们俩又先后被抽调到省委整党办公室工作。杨殿通任宣传组组长（此时他已调《共产党员》杂志社），我是他的助手。说起来我们特有缘分，三年整党工作，不仅锻炼了我们的党性观念，也进一步增进了我们的友谊。由于他时任《共产党员》杂志社社长，也使我和《共产党员》杂志结下了不解之缘。我学习运用他的采写经验写的一些人物通讯，也送给《共产党员》发表。如省委表彰的廉洁奉公、“一身浩气正党风”的河北省总工会温塘疗养院党委书记张国忠的通讯（载《共产党员》1985年23、24期合刊），省委发文号召全省学习的唐山刘庄煤矿领导班子密切联系群众的事迹——《“三把柴”同烧“一团火”》（载《共产党员》1990年第4期）等。这些采写经验以及优秀篇章，今天翻看和回忆，仍感到很有现实意义。他的理想追求、采访作风以及丰富的采写经验，都使我深受教育，深受启发，乃至影响了我以后的人生道路。就是走进北京的红墙里以后，我还经常想起他的教诲。

一是孜孜不倦的求索精神。杨殿通出生在河北省东光县一个农民家庭，幼年丧父，饱受颠沛流离之苦。他的最初学历是高小，但他勤奋好学，博览群书，刻苦钻研，孜孜不倦地求索。工作之余，他还练习写杂文，向报社投稿，并起了个很响亮的笔名——“徐家常”（谐音叙家常）。由于他植根于百姓之中，稿子说的是喜闻乐见的庄稼话，讲的是富有哲理的实在理儿，所以很受群众欢迎，

《河北日报》和《人民日报》也常刊登他写的文章。他也靠着一支笔，从村走到乡、从乡走到县，从县走到省当上了省报记者，而且后来还成了全省乃至全国出名的新闻工作者，享受国务院特殊津贴。老杨具有很强的新闻敏感（新闻界称“新闻鼻”），用今天的话说，是具有政治意识和大局意识。比如他为耿长锁代笔的《什么常堵塞自己的耳朵》（载1965年10月25日《人民日报》），就是他敏锐地捕捉到一些基层干部，在听取群众意见方面的现实问题（即“堵头”），如“不面向群众，不眼睛向下”“带着框框，未说先知”“满足多数、忽略少数”等，巧妙地通过为民主作风好的老社长耿长锁“代言”的形式，深入浅出地讲述了虚心倾听群众意见的重要性，以及如何破除倾听群众意见“堵头”的方法，在河北乃至全国引起很大反响，受到中央和省委领导同志的表扬，可以说是拨动了社会的脉搏。

二是接地气的采访作风。杨殿通经常深入田间地头同干部群众谈心、交心、以心碰心。他不怕吃苦，不满足吃别人嚼过的馍，不愿意走“生动事例不够，华丽形容词凑”的捷径。他调《共产党员》杂志后，把这种“接地气”的采访作风也带到了杂志社。记得1986年春天，河北省委书记邢崇智在听取汇报时，口头表扬了临城县西洞村农民张牛子为改变荒山面貌、移种红豆草的事迹。有的新闻单位据此发了新闻和通讯。老杨不赞成这种“脚脖子软”的作风，要求我和杂志社实习生河北大学的冯芒洲要沉到底，“用眼用脚用辛劳去写”。西洞村地处太行山东麓的丘陵区。在这个荒土岗上，滴水贵如油，自打老辈就是靠村中的土坑积存的雨水给人吃马喝。积水没有了，只好大人孩子去山下七八里外的村庄担水。生活的艰难超出预想：比如，劳动一天总要洗把脸，全家一盆水，客人洗了家里人洗，然后是轮着洗脚，最后是用来给牲口饮用。正因为同吃同住同劳动，我们不仅探寻到了张牛子“西天取经”、移种红豆草的原动力，还发现了原来报道的一些失实：如有的把张牛子写成“张牛的”；年龄40岁，写成35岁；还有不远千里赴甘肃购买草种的不止张牛子，还有张孟国、张明国；并且也不是一上甘肃申家山，而是四上申家山……我们“接地气”的采访，受到了河北省委副秘书长张建新的表扬，及时把我们的调研成果写进了邢崇智的署名文章《发扬张牛子精神》。我们采写的人物通讯《太行山上红豆草》（载《共产党员》1986年第7期），也受到了河北省委整党办公室和邢台地委的表扬，《邢台日报》还全文转载了党刊的这篇通讯。此是后话。

三是提携后学的高尚风格。老杨对人热情，待人诚恳，满腔热忱地扶植年轻同志，提携后学。我们在一起，他发现了好题目，有了好点子，常常推荐我去写。比如，我曾为景县高堡公社党委书记张朝纲写过一篇代笔文章——《“共产党的‘官’就是要‘打’送礼的”》，用张朝纲的亲身感受，对旧时官僚“官不打送礼的”处世格言进行了鞭笞，对社会上请客送礼的腐败之风进行了批判。《河北日报》1975年4月12日在一版头条加编者按刊出，在社会上引起很大反响，也是我在邓小平提出“全面整顿”的大背景下，向请客送礼的腐败之风投枪！当时，衡水地委曾专门发文件转发《河北日报》文章，号召学习张朝纲同志廉洁奉公，抵制请客送礼腐败之风和糖衣炮弹袭击的坚强党性。文章后来还被石家庄市收入中学课本作为范文。然而人们不知道的是，这篇文章的线索是老杨发现的。我去采写前，他还和我讨论研究，怎样深入采访、努力发掘，还嘱咐我要注意记录张朝纲的个性语言，等等。当文章在社会上叫响后，老杨却像“报春不争春”的梅花，从不提他对此稿的贡献，高风亮节可见一斑！

我之所以忆起这些往事，是因为我对“师傅”杨殿通，对《共产党员》杂志的编辑记者们，始终怀着一颗感恩的心。1979年，正是杨殿通、李凤池、耿明、韩秀章、王渭林、张花香等一批老编辑、老同志，乘着改革开放的春风，历经艰难曲折，终于把“文化大革命”中停刊的《共产党员》复刊重生并壮大繁荣；也是他们为热爱党、热爱党刊的广大通讯员，搭建起了学习交流和展示才能的舞台。在《共产党员》创刊六十周年的时候，虽然这些老编辑、老同志有的退休了，有的调离了，有的不幸作古了。然而，我觉得他们的理想追求、开创精神、“接地气”的采访作风和提携后学的高尚风格，不仅是《共产党员》百尺竿头、更进一步的宝贵财富，也是我们在中国特色社会主义新时代需要认真传承和大力弘扬的！

（载2018年第5期河北《共产党员》杂志和同年4月2日《衡水晚报》）

另一类的“师傅”——毛凤恩

1973年9月，我当记者的头一个月，组长带我去衡水镇采访，写了一篇反映全镇面貌的综合性稿子。我送到《河北日报》编辑部，碰到“对稿不对人”“批评直出直入”的农村部副主任毛凤恩。他不看老组长是“名记者”的面子，劈头盖脸一顿批评，我委屈得泪都要流出来了。我夜里辗转反侧，幡然醒悟，按新的思路修改稿子。第二天老毛看后，喜笑颜开地说“改得好”！当晚就安排在二版显著位置刊发了。《衡水镇上话今昔》，让我一炮打响！回想起来，至今仍感激他这位另一类型的“师傅”。因为那次他使我明白了许多东西，特别是正确认识了自己——当时我大学毕业不久，自认为当过通讯员，又读了大学中文系，不免有些飘飘然！挨了他“劈头盖脸”的批评后，我才意识到虽然当了记者，但距一个合格的记者还差得远！一个人能走多远，关键是能否在批评中前进。此后，老毛也成了我的“师傅”和挚友，我写了稿子往往先送他听“批评意见”，从反思中前进，在实践中不断完善自己，终于成为了一名出色的记者。

记忆中的“老叶”

2017年国庆节期间，新华社播发了党的十九大代表名单及党和国家领导人当选十九大代表的纪实。激动兴奋之余，不由得想起了党的十三大，因为那是我第一次赴京采访十三大代表。同时，也想起了不幸于8月28日逝世的《河北日报》原总编辑叶榛（以下简称老叶），我与他的深交也始于十三大的报道。

那是1987年10月28日下午，老叶把我和吴永华召到办公室，神情焦急地说：“十三大开了4天了，《河北日报》没有一点自己的东西，怎么成？你俩明天一早去北京，设法找河北团去采访！”当时，各代表团都不允许带随团记者，河北团代表热烈讨论十三大报告的盛况、代表们积极踊跃的发言，以及提了什么好的建议，等等，全省人民翘首以待，而省报却不能满足人民的精神需求，老叶作为总编辑，急着等“米”下锅的心情可以理解。

但是，这任务却让我和吴永华蒙了头。因为，河北团住什么地方都不知道，去了又找谁联系？代表团警戒那么严，去了不让见人怎么办？当年，我任总编室副主任。老叶的决定不容置疑，他对我说："听说代表团的副秘书长是张建新，你跟着他搞了3年整党工作，想办法去找他帮助。"

10月29日一早，我们怀着忐忑不安的心情匆匆赶往北京。好在我从河北省委办公厅打听到河北团住总政招待所，所以一下车就坐地铁赶往西直门。设法找到张建新副秘书长后，我汇报了总编辑老叶焦急的心情和想法，获得了他的理解和支持。他除了介绍有关会议情况之外，还破例为我们借出了代表团讨论的发言记录。我和吴永华就在秘书组边学习、边摘录，一直干到晚上。赶到下榻的河北宾馆后，我们连夜整理出一篇《理解初级阶段理论，坚持党的基本路线——我省出席党的十三大代表发言摘录》。第二天上午，我俩带上稿子去送审。张秘书长审阅稿子后很高兴，并立即向河北省委书记邢崇智作了汇报。这时已是30日上午11点。当时通讯条件还相当落后，没有传真机，发新闻电报费时又费钱。为确保稿子次日见报，我俩商议由吴永华坐火车赶回石家庄，我留下继续采访。

下午和晚上，我采访了十几位十三大代表。赤诚的情感，激动人心的话语，特别是当年只有29岁的铁凝，连珠炮似的谈着感想，令我热血沸腾。就在这时，又一件激动人心的消息传到了河北团驻地：保定市玻璃总厂寿国权，看了十三大开幕的实况转播，心潮翻滚，夜不能寐，于30日上午把自己家珍藏近百年的古画《长治久安图》，送到保定市委，要求敬献给十三大和邓小平同志表达祝愿。30日晚上10点钟，我见到了辗转送到代表团驻地的《长治久安图》。画面左上角有一对美丽的长雉鸟，右下方画着九只欢蹦乱跳的鹌鹑。一对长雉，九只鹌鹑，谐音正好是"长治久安"。但寿国权的古画是怎么传下来的？献古画还有什么背景？所以31日一早，我先赶到保定，采访了寿国权，然后才赶回石家庄。11月1日，《河北日报》在一版刊出了我省十三大代表团的纪事《心潮逐浪高》和寿国权献古画的特写《人民的心愿》。

11月1日上午，老叶又把我和吴永华召到办公室，喜笑颜开地说："你们俩3天抓回3篇稿子，虽然很疲劳，但还必须再赶回北京！"我们说："十三大今天闭幕，回去干什么？"老叶胸有成竹："一是给代表团送报纸，二是采写十三大代表离京消息。"这样，我俩又二次赴京采访。这次，除采写了我省十三大代表离京返回岗位的消息和《脚踏实地向未来》的纪实文章，我还用"120照相机"，拍下了十三大代表、河北大学校长于单瑞和全国优秀农民企业家闫建章结"对子"的照片。由于没有闪光灯，光线虽然暗一些，但却是《河北日报》刊登的我省十三大代表的唯一照片。

这次经历，使我对老叶有了新的认识。过去我觉得他是兢兢业业、呕心沥血办报的好编辑，是平易近人、没有官架子的好领导。通过指挥、组织十三大的报道，我看到他是从政治上考虑问题，是从广大读者角度想问题，是从有利于促进全省工作做决策，也就是我们今天讲的具有政治意识、大局意识。从而使我对毛泽东关于"政治家办报"的论述，有了新的感悟。对于我自己，最大的启迪是"报纸要有自己特色的东西"。这一点，对我的采访写作乃至人生道路，都发生了深刻影响。

此后，老叶不断派我外出执行采访任务。而每次回来后，他感兴趣的不是各新闻媒体"共有"的主件，而是我带回了什么"人无我有，人有我优"的特色新闻。1988年6月中旬，中央政治局常委、国务院总理李鹏来河北调研。按照规定，中央领导同志到地方视察工作，只允许新华社和《河北日报》发一条消息。但总理的调研很深入，冒着高温酷暑，先后深入到石家庄、邯郸、衡水的一些工厂、农村、乡镇企业，同工人、农民、基层干部、科研人员直接交谈，场面非常感人。我于是萌发了写一组总理同人民心连心的特写的想法，而这想法得到了总理秘书姜云宝同志的支持。当我赶回编辑部，老叶看到由总理秘书签批的特写，大喜过望，亲自安排版面，一篇特写配一张摄影记者续铁标拍的照片。从6月19日至25日，报纸在一版陆续刊出了5篇《李鹏总理在河北》的特写，在社会上引起很大反响，多家媒体转载。同时它也为地方报纸怎样更好地报道中央领导的视察，进行了有益的探索。

陪听汇报是件很枯燥的事儿，但老叶说：陪听汇报也能写出好稿才是本事。1988年5月，岳岐峰当选河北省省长后，决定听取省直62个厅局部门学习借鉴山东经验的汇报，要求报社派人参加。由于汇报内容涉及工农商学文等各个方面，老叶让我从头听到尾。这是省政府新班子的一项重要举措，汇报断断续续地持续了一个多月。这期间，我经常思考的问题是：如何把汇报会上讨论研究的情况及时报道出来，促进全省的工作？老叶帮我出点子：能不能把你的见闻和观感写出来？我试写了3篇汇报会侧记《走自我发展的路子》《协力发挥优势上轻纺》《一个钱变两个钱用》。送给老叶后，他非常重视，亲自编辑，安排在一版套花边刊出。侧记在社会上引起很大反响，省长赞扬，各厅局组织学习，有力地促进了工作。《河北日报》从8月3日至8月26日，一共刊发了8篇《省直部门学山东汇报会侧记》。

老叶为人低调，平易近人，当了总编辑后人们还亲切地称他“老叶”。他对我仅有的一次“批评”，此时也如散落的珠子又串了起来。1990年11月3日晚，我在一版值夜班。负责时事版的老唐拿着一条电讯走过来，说：“锡杰，你们的论文获奖了！”我一愣，定睛一看，是新华社发的一条电讯：“《中国记者》新闻论文有奖征文揭晓”。其中叶榛、韩仲昆合写的《我们的党报观》获一等奖，我写的《社会热点问题报道四忌》获三等奖。那是我的论文第一次在全国获奖，心里不免有点沾沾自喜。一天，我见到老叶，兴奋地谈起这事儿，老叶不动声色地说：“获奖就要获一等奖！”我哑口无言。俗话说“响鼓不用重锤敲”，我意识到了自己的差距与不足，决心以老报人为榜样，更加努力地学习和登攀。此后几年，我不仅有多篇论文发表在《新闻战线》和《中国记者》上，而且在《人民日报》和《科技日报》等报刊发表的文章，有的被《新华文摘》转载或人大书报复印资料中心收录，有的获得全国征文一等奖，此是后话。

记得是2002年冬天，杨殿通、崔纪敏合著的《杨凤鸣传奇》出版，杨殿通送了一本请老叶指正。老叶看了我为该书写的《芦苇颂》序言后，专门打来电话，他拉着宝坻腔的长音，言语间充满了喜悦与赞许："锡杰，你为《杨凤鸣传奇》一书写的序言我看了，看来你到北京后长本事了！"没说出口的意思是在《河北日报》时写不出这样的文章……老叶表扬人也有他的风格！

斯人已去，精神犹存。记下这些，也许对后来者有所裨益。

（载2017年10月23日《衡水晚报》副刊和2018年1月19日《河北日报·党报人》）

莫忘"做嫁衣"的老黄牛

《河北日报》有一批默默笔耕、甘做"嫁衣"的老黄牛。比如刘山，1926年生，任丘鄚州人，是从《河北日报》前身《冀中导报》走来的老报人，参与过《冀中导报史》的编写。他曾任工业部副主任、记者部和总编室主任，1966年就是副总编，1973年我调《河北日报》当记者时，他是报社二把手。他几十年艰难创业、不懈进取、艰苦奋斗、任劳任怨、无私奉献，把党报人可贵的敬业精神熔铸进了灵魂。他任记者部主任时，指挥和组织记者采写了大量在全省乃至全国引起巨大反响的报道，比如全国农业劳动模范、饶阳县五公社社长耿长锁的文章《什么常堵塞自己的耳朵》（杨殿通整理），《河北日报》1965年8月31日发表后，《人民日报》同年10月25日转载。又如景县高堡公社党委书记张朝纲的文章《"共产党的'官'就是要打送礼的"》（张锡杰整理），《河北日报》1975年4月12日一版头条加编者按刊出，在读者中引起强烈反响，并被收入石家庄市中学试用课本《语文》（初中二年级上册）……然而，直到去世，刘山和叶榛一样，却没有出版过一本专著，也没有将新闻作品汇集成册，为后人留下值得记忆和借鉴，不能不说是一种遗憾！

亦师亦友赵辉林

说起赵辉林，需从《“飞”来的闺女》说起。1981年夏天，我和《衡水日报》记者李晓岚，冒着酷暑，远赴鲁南沂河流域的苍山县采访一件“千里认母”的奇事。同年9月15日，经过编辑的精编细校，《河北日报》以《千里认母记》为题发表，此后《人民日报》以《“飞”来的闺女》为题转载，在全国引起强烈反响。报社和姑娘家收到1500多封读者来信，可以说通讯“拨动了广大读者的心弦”，诠释了“人活着应该使别人活得更幸福”的主题思想，后来此稿还被评为全国好新闻。不过。当时我并不知道幕后“做嫁衣”的编辑是赵辉林。

20世纪80年代初，我曾为一个因法院错判而“十年流浪”的弱女子路俊英鸣不平。文章的开头我这样写道：“这不是小说，而是一份申诉材料——记者采写的一个弱女子的辛酸经历。”不久，河北省委负责同志就在刊载这份申诉材料的第46期河北日报《内部参考》上作了重要批示，并责成省高院、省妇联牵头进行调查。然而，真正的斗争才刚刚开始。县法院为维护“路案无大错”的结论，对上级的批示顶着不办，还有人攻击记者是“狗咬耗子多管闲事”，扬言要追查记者所写内参与事实“大有出入”的责任。在最困难的时候，赵辉林鼓励我敢于替群众说话、为民做主，指出：“这桩婚姻案的实质是要求婚姻自由。县法院某些人有法不守法，执法不依法”，致使“一些事情闹得是非颠倒，黑白混淆”。省地联合调查组经过详细了解当事人、知情人和查阅原审卷宗，肯定记者的内参“所反映的情况基本属实”，并认定路俊英一案是个错案。

在这桩轰动一时的婚姻案得到圆满解决，“有情人终成眷属”后，赵辉林来到衡水，指导和帮助我对这桩值得深思的婚姻案，从维护《婚姻法》的严肃性和拨乱反正的角度，进行再采访、再认识，最后我们合作完成了通讯《“流浪女”安家记》，1981年《中国妇女》第1期作为重点稿件刊发，为如何加强农村的依法治国提供了一份鲜活的佐证。

一前一后两件事，使我对赵辉林的人格和品德有了新的认识。在《“飞”来的闺女》轰动全国时，老赵没有出来争功，说此稿是他编辑的；而我为“流浪女”鸣不平时，是他鼓励我做敢于为群众说话的正直新闻人。这使我深深感到，老赵不仅是一个甘为他人“作嫁衣”的好编辑，还是一位温良谦恭、诲人不倦的好老师。

1983年末，我从衡水记者站调回编辑部。《河北日报》有一批像赵辉林一样从解放区走来的老编辑、老记者。老赵运用自己丰富的办报经验，经常对我言传身教、悉心指导。因一个偶然的机会，我听说老赵不是党员，让我很吃惊。一个1940年参加革命，1949年春就到《冀南日报》工作的老报人，怎么会不是共产党员呢？知情人支支吾吾地说是“历史问题”。在亲如父兄的朝夕相处中，一次老赵向我敞开了心扉，说他是河南省内乡人，从上中学时就向往革命，靠拢组织，16岁就秘密参加了党的地下组织。但由于当时基层组织不健全，以及地委个别领导人主观武断，导致他的党组织关系“悬空”了。后虽多次向组织反映，但在以阶级斗争为纲的年代，上诉信如石沉大海。对老赵的遭遇，我感同身受，深表同情，但在那种情况下也无能为力。人生的道路虽然坎坷曲折，但老赵相信党、相信组织，坚信总有一天他的问题会得到甄别与解决。

党的十一届三中全会如春风化雨，荡涤和改正了其他时期造成的一些冤假错案。1985年的一天，老赵激动地告诉我：他反映的党关系组织案解决了。为此，河南省委组织部专门发了豫组〔1985〕60号文，并致函河北日报社党组织说："据查，你处赵辉林的党籍是李军泗（时任县长）同志解决的。李军泗在1947年恢复和发展的党员符合组织原则，应予承认。"因种种原因"悬空"了40多年的党籍问题终于实事求是地解决了！40多年的蒙冤，40多年的等待，40多年对党组织的坚信不疑！正像老赵在《生命的歌》一诗中写的那样："望着远方——越过荆棘，跨过荒冢，透过暗夜，穿过冬天，太阳站在东山巅的松树枝上，微笑着，向我伸出了炽热的手！"

2016年岁末，92岁的赵辉林推出了浓缩一生经历的自选集《脚印》。时间跨度70年，内容涵盖了他的诗歌、散文、杂文及书法作品等。第一篇是1946年发表于河南南阳的进步报刊《前锋报》上的《光之母——灯》。作者用拟人的手法抒发了一个进步青年对革命的向往和追求。他写道：

她——灯，
这光之母，
姗姗地走了来，
用柔嫩光辉的手，
从密密匝匝的字堆中
给我指示道——
年轻的朋友，
这是路，
来，朝这儿走！

读了他这70多年前的处女作，我第一感觉是老赵是个诗人的料，可惜多舛的命运捉弄了他，把这“小荷才露尖尖角”的萌芽摧残了。2017年初，他在给我寄书的同时，附了一封满怀深情的信，称我“是能够同甘苦、共患难的好朋友”。谢谢老赵的抬举与多年的帮助教育。他有句座右铭“不与人争，不与世争，要与自己争。做一个有骨气的人，做一个甘愿俯首做孺子牛的人”。权作本文的结尾，以及日后学习的榜样和方向吧！

（载2021年1月14日《衡水日报》“老年天地”版）

与书为友伴终生

赵辉林在《脚印》中说，他从记事起，就跟着村里的书法家秦子纯老师学书法。抗战时为躲避日本鬼子逃到深山里，也坚持临柳公权字帖。上高中时每天上课前，先写一篇大字。时间长了，书法慢慢融入了“血液中、灵魂中”，成了“生命的一部分”，“三天不动笔，就好像缺了什么东西”。老赵的书法可用“逸笔凌云”来形容。草书笔墨脱俗，逸笔草草，如行云流水。如他书的张继《枫桥夜泊》的条幅，似天马行空，是一般书法家望尘莫及的。他的隶书则笔道沉稳，刚柔相济，如他临的刘炳森的杜甫《咏怀古迹》，就给人一种雄浑劲美的感觉，达到了很高的境界。他说：“写字是我的爱好，是我的事业，我不图有什么名，当什么家。”在参加省“第九届老干部优秀书画联展”时，赵辉林在他的作品前同责任编辑拍了张合影，后面的条幅“智者乐　仁者寿”，可以说是他精神境界的展现。

甘为他人作嫁衣

她于70年前的1949年参加工作，是同新中国同生共长的一代人。她是《河北日报》的第一代老报人，几十年来，她心无旁骛，“敢将十指夸针巧，不把双眉斗画长”，甘于“为他人作嫁衣裳”，精于“为他人作嫁衣裳”，不知培养和成就了多少名通讯员、名记者，而笔者就是她培养和成就的人之一。

——题记

初识樊恒方，是在50年前的1969年春天。那年2月，《河北日报》为准备复刊，在石家庄举办了首届工农兵通讯员学习班。作为衡水地区的5名通讯员之一，我第一次走进报社的大门，犹如刘姥姥进了大观园，一切都那么新鲜。在和编辑见面时，有一个细高个儿、戴眼镜、端庄文静的女同志，见了我很热情。事后听说，她叫樊恒方，老家是枣强县张秀屯乡东留故镇村，是即将复刊的报社评论组（后改叫评论部）的副组长……

那是一个特殊的年代，但人与人的关系并不复杂。当年报社理论部编辑、后调到河北省政协工作的李秉新同志，1992年曾在《寻觅》一文中记下了当年对我的印象：“大约在1969年初夏，我编发了几篇署名‘枣强县肖张公社贫下中农评论组’的稿子之后，锡杰‘闯’进了编辑部。他一身家做粗布青衣，说句玩笑话，演平原游击队队员大概不必化妆。只是他那双大大的、明亮的眼睛显露着他的悟性和灵气。当时没有当今的‘有偿新闻’之类，稿子发表与否，完全靠质量，并不讲什么‘关系’。如果讲‘关系’，锡杰恐怕至今也难挤进新闻队伍之中……”

我之所以重提这段往事，是这些年来，我对樊恒方、李秉新、冯孟春等评论部的编辑们，一直怀着感恩的心。当年是他们无私地培养了像我一样的农村通讯员，是报社的“工农兵论坛”这个平台，为农村有志青年搭建了展示才能的舞台。不然，我写的“小评论”怎会得到省革委负责人的表扬？我也怎能代表我们的“评论组”在全省通讯报道会上介绍经验？当然因此受惠的不止我一个，如邢台广宗县的翟银旭，也是因写小评论出了名，被推荐上了大学，毕业后分配到《河北日报》当编辑，后来还当了部门负责人。

深敬樊恒方，是在我大学毕业调到《河北日报》当记者后。为什么用“深敬”一词？主要是听老记者们讲了樊恒方的人品，以及面对坎坷命运，表现出的那种坚忍不拔、自强不息的精神，让我深深地敬重和佩服。樊恒方，1931年生，1949年毕业于枣强县师范，随即参加革命工作，1952年加入共产党。她1951年调河北日报社当编辑，曾在理论部、党建部、调研部、财贸部、新闻研究室等多个部门工作并任职。她年轻有为，工作积极，业务过硬。20世纪50年代，她采写的《一百一十九岁老人欢度晚年》的短新闻，新华社转发，全国20多家报纸刊发，新华社《新闻业务》评介是“一条具有独特风格的新闻”。由于业绩突出，她1960年光荣地当选为河北省劳动模范，并出席了省文教群英会。在家庭生活上，她也是幸福和美满的。丈夫石子侃（枣强县大营镇石家庄村人），曾任《河北日报》副总编辑。他们有两男一女3个天真活泼的孩子。应当说，35岁前，她的人生道路，是铺满鲜花和喜悦的金光大道。

然而，天有不测之风云。令她万万没有想到的是，1966年4月底，丈夫去北京新华社总社（石子侃此时已调新华社，任新华社河北分社副社长）开会回来，面容憔悴，去医院一检查，竟是得了亚急性白血病这样的绝症。真是晴天霹雳！樊恒方被这消息简直劈倒了！尽管组织和医院做了最大的努力，但囿于当时的医疗条件，丈夫的生命也只延续了5个月。然而，船迟又遇打头风。此时，“文化大革命”已经开始，河北省和天津市分家，河北日报社要随河北省委从天津迁往保定。一个女人，带着3个孩子，大的15岁，小的11岁，也要跟着一起搬家，这日子可怎么过？后来曾当过《河北日报》总编辑的叶榛当年说了一句形象的话：“恒方，老石把所有的困难都留给你了！”

确实，丧夫之痛、十年内乱、搬迁之苦，都让她赶上了。然而，谁也没想到，那看似纤弱的躯体里竟能焕发那样大的能量，柔弱的双肩竟能挑起千钧重担。“文化大革命”中受冲击（丈夫生前是当权派），带着孩子去煤矿上干校，参加报社“学习班”……在那最困难的日子里，她挺直腰板向前奔，理想信念没动摇，编辑业务没放下，在老母亲的帮助下、孩子培养也没耽误。回想起那不堪回首的岁月，樊恒方自己也说不清是怎样闯过一道道难关的。她的信念是：“没有过不去的火焰山，再苦再难也要跟党走，一心为革命，一生干革命……”

点赞樊恒方，是我这些年的一个夙愿。几十年来，樊恒方勤勤恳恳、精益求精、不求名、不求利、甘于为他人作嫁衣裳，精于为他人作嫁衣裳。特别是担任部主任期间，着力于新闻文体的改革和创新，组织和创办了一些有特色的版面和专栏，如20世纪80年代初的《老Y逛市场》专栏等，曾在读者中引起较大反响。不记得是哪位名人曾说过这样的话，名记者、名专栏后面都有甘于无私奉献的好编辑。给我留下深刻印象的有两件事：

第一件事发生在1978年。当时社会上正在开展真理标准讨论，批判“四人帮”对党的思想建设和组织建设的破坏。时任报社党建部主任的樊恒方，适时组织了“同志，你入党为什么？”的大讨论。用今天的话说，就是“不忘初心，不忘入党时的誓言”。大讨论从5月开始，历时5个多月，发稿40余篇。讨论结束时，樊恒方对我说：“锡杰，你抽时间去找一下宋欣茹，请她为大讨论写篇总结性的文章，怎么样？”我接受任务后，马不停蹄地赶到饶阳县留楚公社长安大队。宋欣茹是1938年入党的老党员、著名的全国农业劳动模范。我向她汇报报社的想法后，宋大娘欣然接受采访。于是，我住下来，结合宋欣茹入党和参加革命后的亲身经历，为她代笔写了一篇题为《一心为革命，一生干革命》的文章，送回报社，经樊恒方精编细校，加编者按用一个版刊出，在社会上收到了良好反响，为改革开放打下了很好的思想基础。此稿后来还被收入了《河北日报》创刊60周年优秀新闻作品选《与时代同行》一书中。

如果说，这件事反映了樊恒方坚定的党性意识和政治意识，那另一件事则展现了她作为资深编辑的新闻敏感和前瞻意识。那是1984年5月，时任财贸部主任的樊恒方，向我推荐了河北省食品检测研究所（设在邯郸）所长袁苗禾研制的“转子填料生物转筒”，说是国内首创、达到了国际先进水平，希望我能帮助写篇人物通讯。何为“转子填料生物转筒”？有什么作用？通俗地说，这是一项治理城市污水的环保科研成果。比如邯郸市肉联厂，每天要向滏阳河排出1000立方米的污水，已影响到下游自来水厂的水质。生物转筒的作用：就是肉联厂排出的污水，经生物转筒的净化，这边带着腥臭味的污水，处理后，那边就能变成清凌凌的净水，在二沉池里的金鱼还能欢蹦乱跳。于是我经过大量采访，为袁苗禾和“转子填料生物转筒”写了一篇通讯，经樊恒方编辑，在《河北日报》1984年7月19日一版头条刊出，并被收入《十年浪花集》一书。党的十八大把生态文明建设列入“五位一体”总体布局后，我很有感慨，也佩服樊恒方的新闻敏感和前瞻意识。因为早在20多年前，她就意识到环境保护的重要性，在组织宣传治理城市污水的先进典型了！

（载2019年2月22日《衡水日报》晨刊“老年天地”和同年第4期《桑榆文苑》）

樊恒方简介

樊恒方，1931年生，1949年毕业于枣强县师范，1952年加入共产党，1951年调河北日报社，历任编辑，理论部、党建部、调研部、财贸部、新闻研究室副主任、主任。1960年当选河北省劳动模范，出席了省文教群英会。1988年经河北省新闻专业高级评委会评定为高级编辑，1989年离休。

30多年来，她编辑和采写了各种题材的稿件，其中有20多篇被《人民日报》和其他报纸转发。《一百一十九岁老人欢度晚年》一文，新华社转发，全国20多家报纸刊发，新华社《新闻业务》评介为“一条具有独特风格的新闻”。担任部主任期间，着力于新闻文体的改革和创新，组织和创办了一些有特色的版面和专栏，诸如20世纪70年代末组织的“同志，你入党为什么？”的讨论，80年代初创办的《老Y逛市场》专栏，都引起较大反响。《老Y逛市场》专栏，将新闻、散文、杂文融为一体，形式新颖，文体别致，语言生动，受到一些新闻专家的赞赏，华北六报会议曾作为专题材料加以推荐，1984年版《新闻年鉴》曾进行介绍。

挚友来自珞珈山

2020年国庆节，朋友来看望，带来他不久前出版的两本书。一本是《笔耕拾零——从珞珈山到北京城》，写的是他的成长历练过程；一本是《党建实导——从认识论到方法论》，介绍的是他在南方电网对“党的建设实际工作的指导”。在书中他写道：30多年，“自始至终只干了一件事，就是党建工作。无论是党建理论政策研究，还是党建实际工作；无论是在机关，还是在基层，一直秉持在党爱党、在党言党、在党忧党、在党为党的信条，做了一个共产党员、一个党建工作者应该做的事情”。

作为知心朋友，我感到他讲的是肺腑之言，也不由得想起了我们相识相交的20个春花秋月。那是20年前的冬天，全国农村正准备开展“三个代表”重要思想教育活动（以下简称“学教”活动），作为所在单位的政治组组长，我承担着统揽“学教”活动动员大会讲话稿的任务。有关部门为起草好讲话稿，从省市组织部门抽调了“笔杆子”。那是跨入21世纪的第一个冬天，是党和国家事业发展进程中具有重要意义的一年。时间紧、要求高、任务重，责任感加上紧迫感，压得我寝食难安。一天晚上，我带人赶到起草组驻地“通稿”。三个部分：一个部分需要重写；一个部分需作重要修改；只有第二部分基础较好，不用做大的修改。这部分的起草人是湖北省委组织部的一位同志。当时他正患感冒，面容显得有些憔悴。匆匆一面，没留下深刻印象，但他的名字——史正江，留在了我的记忆里。

事有凑巧。2001年春天，为起草在全国干部教育培训工作会议上的讲话，我带人赴重庆、湖北调研。路经武汉时，记起了史正江，约他来驻地见了个面。了解到他来自湖北“文化之乡”天门市，自幼酷爱读书写作。大学读的是武汉大学哲学系，是从东湖边上的珞珈山起步的。毕业后，先在基层工作了两年，由于善于学习，勤于思考，经常在报纸上发表文章，1986年被调到湖北省委组织部，先后在办公室、组织处、研究室工作了15年。演艺界有句行话，“台上一现，台下十年”，是说精湛的演技水平包括一招一式都是勤学苦练出来的。文稿起草也有相同之处，能写一手好文章，

作者与挚友史正江（左）、朱其高（右）

富有哲理的语句以及“接地气”的群众语言，往往都与多年的积累与积淀有关联。

当年有一个响亮的口号：“用好的作风选人，选作风好的人。”回到北京后，我向领导汇报了史正江的情况，经组织批准借调他来到了北京的红墙里。正江领悟力和模仿力比较强，适应得也比较快，很快就成了骨干。我所在的单位，有着优良的传统和作风，甘于奉献、艰苦奋斗是我们的传家宝。搞文稿服务，需要有一种不图名、不图利、默默无闻、忘我工作的精神境界。当时条件差，晚上加夜班，补助2元钱，还不够买一包方便面。所以，我一方面鼓励大家以事业为立身之本，增强政治责任感和荣誉感；另一方面也努力营造积极向上、团结和谐的小环境，为大家办实事。比如我和一位同志参加中直工委的党建征文，获得的500元奖金全部用来买方便面和改善组里同志的生活。还有组里的同志们经常加班加点，对夫人和孩子关心照顾较少，为表示歉意，就在新春佳节到来之际，全组同志签名给每位同志的夫人寄一张盖着中南海邮戳的贺年明信片。这些有点“苦涩”味的往事，今天回忆起来还很留恋呢！

组里人手多了，为了更好地服务大局，提高文稿服务工作的预见性和前瞻性，我们在要求大家全面提高所需政策理论水平的同时，还要求每个人自愿跟踪一到两个领域的前沿或趋势，增加知识的储备。比如，有的跟踪政治建设，有的跟踪现代科技发展，有的跟踪党建政策研究，有的跟踪民主法治建设，有的跟踪生态文明建设等。同时，着眼于提高全组起草文稿的水平和能力，结合文稿实践，配合党的工作大局，集体撰写了许多文章，得到了中央领导的肯定和理论界、新闻界的好评。这些文稿不少署名“钟怡祖”，是“综合一组”（后更名政治组、一组）的“谐音”。说起来，第一篇以“钟怡祖”署名的文章——《普及现代科学技术的重要读物》，发表于1994年5月24日的《人民日报》，就由我起草。

当时的组长是于维栋，我是积极参与者。而我当组长时，正江是积极参与者。2005年他当组长后，则把“钟怡祖”的写作推向了一个新高潮。这次《笔耕拾零——从珞珈山到北京城》出版时，他把30篇“钟怡祖”的文章作为附录收入书中，充分体现了他对这一笔名的“感情和缘分”，也使“三把柴”（三任组长）同烧“一团火”（钟怡祖），成为一段佳话。

2011年秋，正江调往国企，先后担任两家中央企业党委（党组）专职副书记。在新的岗位上，他继续发挥在实干中勤于思考、在忙碌之余善于总结的长处，围绕新时代国企党的建设的新目标，开始了党的建设与时俱进研究和实践的新探索。特别是党的十八大以来，他如鱼得水，开始了党建研究和写作的第三个“活跃期”，先后推出了《党建十论》《党建实导——从认识论到方法论》《新时代国有企业党的建设十六讲》等专著。“知我者谓我心忧，不知我者谓我何求。”原中央党史研究室副主任高永中，在为《党建十论》作序时评价说：“30多年的职业生涯，他从未离开过党建领域，都在专心致志地学习党建、研究党建、从事党建，体现了一名共产党员爱党、忧党、为党、护党的可贵品质。”

应当说，在党的百年奋斗和建设史上，党建工作者也有一份功劳！然而站在“两个一百年”的历史交汇点上，新发展阶段的征程已经起航，征途漫漫，唯有奋斗。党的建设的新课题正等着我们去拥抱！

（载2021年5月6日《衡水晚报》副刊）

《新时代国有企业党的建设十六讲》序言摘录

《新时代国有企业党的建设十六讲》由著名党史专家、中共中央党校（国家行政学院）常务副校（院）长何毅亭作序。重点摘录如下："国有企业是坚持和发展中国特色社会主义的重要物质基础和政治基础，是中国共产党执政兴国的重要支柱和依靠力量。""国有企业党的建设工作是整个党的建设伟大工程一个重要领域。习近平总书记对加强国有企业党的建设高度重视，多次作出重要批示。""回顾历史，坚持党的领导、加强党的建设始终是我国国有企业的光荣传统。可以说，一部国有企业发展史，就是一部坚持党的领导、加强党的建设的历史。""史正江同志组织一批既有实践经验又有理论专长的同志，精心编写了《新时代国有企业党的建设十六讲》，适应了加强国有企业党建工作的现实需要。""相信这本书的出版，对人们学习掌握国有企业党建工作理论和实践会大有助益，对如何做好新时代国有企业党建工作会有重要参考作用。"

春天的故事

熟识徐春林是在1977年春天。

那年2月，蒋清泉同志（衡水地委报道组组长）调任《河北日报》衡水记者站任站长，我是他的助手。记者站新班子组建后，一方面努力做好当前报道工作，一方面抓紧“招兵买马”。我们“相中”的第一人选，是时任安平县委报道组组长的徐春林。他是天津人，毕业于河北大学历史系，戴副眼镜，个子不高，人很精明，富有基层报道经验。我们去县里“要人”，县委副书记王秋菊，曾在地委工作过，听说《河北日报》要求支持个人，就爽快地答应了。清泉富有经验，立即“就着篦子蒸窝窝”，去县委组织部要来了春林的档案。没想到第二天县委宣传部反悔，打电话说“工作需要，不同意春林调走”。但我们说档案已送《河北日报》，反悔的人也“无可奈何”。就这样，春林顺利地调到河北日报衡水记者站当了记者。

春林的爱人曲锡芬，是他大学同学，当时在安平县台城公社中学当老师。那时农村条件艰苦，学校连个院墙也没有，孤零零的一排教室，坐落在一片荒野地里。教师多是临近村庄的，一放学老师也都回家了，只留下曲锡芬带着两个孩子住在教室西头的一间房子里，大的7岁，小的5岁。每逢夜晚，空旷的田野里，老远就能望见这“孤灯远影”。春林是个乐观、风趣的人，“戏说”妻子像“王宝钏”一样在那里守“寒窑”……

当改革开放的春风吹拂的时候，喜鹊登梅报喜了：一是爱人曲锡芬调到衡水和平路实验小学初中部当了老师；二是他分到了新建的两居室楼房，“鸟枪换炮”了。一家人喜气洋洋，其乐融融。1979年春节，春林弟弟特地从天津赶来给哥嫂道喜拜年。春林还特意把清泉和我邀去“温锅”（即搬新居后，请亲朋好友去吃饭）。曲老师的厨艺不错，会烧地道的天津菜。春林的喜悦溢于言表，推心置腹地表示：“我是改革开放的受益者，事业顺心，家庭幸福，一定努力工作，用优异的成绩感谢组织和‘领导’的关心！”（当时我们尊称清泉为“蒋领导”）甜蜜的记忆和饭菜的美味，至今记忆犹新……

春林调记者站后，热情高，干劲大，进取心很强。当时记者站4个人，清泉长我们十来岁，是老大哥，曾当过《衡水群众报》的记者，阅历丰富，文武全当。我由于采写的人物通讯《好大嫂》《庄稼把式发家记》《农家溢书香》《模范丈夫》等，在社会上引起较大反响，在人物通讯的写作上小有“名气”。有一天，春林对我说：“锡杰，再发现人物通讯的线索，喊上我一起去。”我很理解他的心情，因为在县里搞报道，考核的是上稿量，“火柴盒”“豆腐块”都计数量。而当了记者，更重要的是要善于抓典型，写出叫得响的新闻或人物通讯，指导工作，引导舆论。因此，有一段时间，我俩结伴下乡多。

我们合作采写的第一篇人物典型是《冀中子弟兵的母亲——李杏格》。在战火纷飞的年代，李杏格是名扬冀中的英雄，曾出席过晋察冀边区第二届群英会，当选过中国妇女第一次全国代表大会主席团成员，荣获过全国劳动模范的光荣称号。但那时，我们才刚上小学，浑然不知。等到我们能阅读报刊时，她却销声匿迹了。20世纪80年代初，河北省妇联准备编纂一本妇女运动资料，邀请《河北日报》派记者帮助采写李杏格的事迹。所以，接受任务时，我们才头一次听到她的英名。

采访遇到了意想不到的困难。新中国成立后，李杏格不争名、不争利，以普通劳动者自居，报刊上留下的资料很少、甚至连张照片也找不到。从李杏格1964年病逝，到我们采访时已有十几个春秋，知情人不少已不在人世。战争年代，虽然她大名鼎鼎，可惜无人为她作小传。她自己留存的一些奖状、照片、资料，也被有迷信思想的女儿，在她去世后烧了个精光。有人劝我们打退堂鼓。

但是，当我和春林顶着凛冽的寒风，在滹沱河北岸的村村落落寻踪觅迹，进行深入采访的时候，越来越觉得像李杏格这样一位为中国革命做出过重要贡献的老妈妈，应该让她的英雄事迹名垂青史，让她的无私奉献的精神教育激励后人，这是我们作为后来人的一项神圣职责。为了这，再大的困难也要克服。我们走村串户，请李杏格的儿子、儿媳和报子营村的老党员、老干部，回忆讲述她那可歌可泣的动人事迹。为了把握人物的特点，理解人物的情操胸怀，我们采访得很细，对她的长相、身材、特征、身世等，都反复座谈核实，还几经辗转，找到了她当年护理过的重伤员刘建国。从刘建国的嘴里，我们获得了李杏格机智沉着地掩护伤员和耐心细致地护理伤员的许多第一手资料。我们还查阅了当年的《冀中导报》。在获得大量资料后，我们又两易其稿，终于完成了这篇寻踪觅迹的人物通讯。稿子初载河北省妇联编辑的《峥嵘岁月》一书。1985年，《农民日报》为纪念抗日战争胜利40周年，将此稿作为重点稿件刊出。《河北日报》50年代老总编辑、中国社会科学院原秘书长杜敬，来信赞扬此稿“文字朴实而生动”。他说：“那是我熟悉的时代，熟悉的人物，读来十分亲切。你们对那个年代的生活没有亲身体验，所写人物又不在世了，能写出这样的文章，很不容易，可见是下了很大功夫的。”

我与春林特有缘分，合作起来不仅得心应手，而且往往能发现和创造“奇迹”。1981年6月，我们按照编辑部的要求，赴饶阳县五公村为“老社长”耿长锁代笔写了一篇纪念中国共产党成立60周年的文章。就在我们准备返回衡水时，从县广播站通讯员王元套口中听到一件新鲜事：从山东来了一位姑娘要“千里认母”。我是个“遇见新闻走不动的人”，立即与春林商议推迟归期。第二天，我们骑着租的自行车，一大早就赶到故事的发生地——距五公村十多里的屯里村。

女主人公叫张香玲，时年60岁；从山东来的姑娘叫卞廷敏。1980年7月，卞廷敏高中毕业，从报上读到一篇《一个女共产党员的情操》的通讯。文章记述的是张香玲，1939年抗日烽火中入党，为了不当亡国奴，她抱着吃奶的孩子送夫参军。丈夫牺牲后，她挺直腰板往前奔。谁料想，1965年23岁的儿子又被脑瘤夺取了生命。老公爹经不住这打击，撒手人寰。张香玲搀扶着婆母：“娘，有我在，滚着爬着也有您吃的……”

张香玲的动人事迹，深深感动了姑娘卞廷敏。张妈妈舍小家为大家、勤俭持家、孝敬公婆，可她有个病或灾的时候谁伺候？于是，从小失去母爱的卞廷敏萌发了千里认母的愿望。由于故事还处于“进行时”，张香玲准备过一段时间陪姑娘回山东迁户口（当时吃饭定量，不迁户口没口粮），我们准备届时跟踪采访。可事有不巧，8月中旬，当姑娘回山东时，市里组织春林爱人曲锡芬等优秀教师去北戴河休假，春林因照顾孩子无法去采访。于是我只好向衡水日报求援，最后我与《衡水日报》记者李晓岚合作完成了《“飞”来的闺女》一稿。此稿被专家学者称赞是“一曲颂扬精神文明的赞歌”，《衡水日报》《河北日报》刊登后，中央人民广播电台、《人民日报》和十多家新闻媒体转载转播。报社和姑娘家收到群众来信1500多封，在社会上形成了一股“飞”来热。可以说是拨动了社会的脉搏，并被评为全国好新闻，收入高校教材《新闻写作学》作为人物通讯的范文。公平地说，虽然稿子发表时署名是我和李晓岚，但“军功章”里也有春林的一份功劳。

春林聪明、睿智，又肯用心，经过一段时间的历练，不仅掌握了一些采写典型人物和典型经验的本领，还显现了作为优秀记者的潜在素质。1982年春天，他独立采写了一位被誉为“义务兵的好母亲孟梅花”的事迹：孟梅花的儿子王建勋入伍后，丈夫突患重病，卧床不起，弥留之际，父亲希望能再看一眼儿子。孟梅花考虑到儿子当兵不久，不能影响部队的训练，就召集其他儿女开了家庭会，嘱咐“谁也不许把你爹病的事儿告诉二娃（建勋）”！丈夫去世后，她也没把噩耗告诉“二娃”。4个月后，部队从其他战士嘴里听说了王建勋父亲去世的消息，派人带上慰问金风尘仆仆地来看望。孟梅花说：“俺家困难，国家也有困难。把钱留给部队会有大用项！”说什么也不收慰问金……春林用满腔的情、细腻的笔，真实再现了孟梅花爱国拥军之赤心。稿子受到部队领导和报社一致好评，《河北日报》于1982年5月3日，在一版头条刊登了这篇名为《“小家”服从大家，爱子更爱国家》的人物通讯，感动得许多人流下了热泪。

1983年底，我被提任《河北日报》记者部副主任后，曾向记者部主任和报社领导力荐春林。经人事部门考核，1984年春天，春林被提任衡水记者站副站长。又过了两年，清泉同志被提拔担任衡水日报社社长兼总编辑后，春林又挑起了记者站站长的重担。1991年春天，我离开眷恋的新闻行业，从石家庄来到北京的红墙里，从抛头露面的记者转身为幕后文稿起草人员。这一段时间，由于工作关系，我与春林虽然联系的不多，但深厚的友谊之树，已深深植根于两个人的心底。2006年春天，我的第二本人物通讯集《感悟人物通讯——采写经验50谈》出版（其中收录了我们合作的《冀中子弟兵的母亲——李杏格》一文）。我回衡水老家时，特意邀请清泉、春林等新闻界老朋友聚会，席间向朋友们赠送了敝作。春林要我签名，我说：“你知道，我写的字像螃蟹爬的，不签了！”他坚持要我签，说：“我看看这些年有没有进步？”他长我两岁，我一直把他当兄长对待。当我签名后，他“夸奖”说：“这几个字写得不错。你是不是总练这几个字？”逗得满座人捧腹大笑，其睿智、幽默可见一斑……

这里记述的故事大都发生在春天。春天是万物复苏、百花争艳的季节。春天的故事是神奇的美妙的。愿这里记述的故事有春风化雨的作用，如同“惊雷”“惊蛰”一般，激活春林那麻木的中枢和交感神经，唤起他对美好春天和往事的记忆，唤回他聪明、睿智、开朗、风趣的本性与风采，延续那春天的故事！——我相信，老朋友的这些美好的祝愿与期望，春林应该能够感应得到！

（载2019年3月22日《衡水日报》晨刊·老年天地）

预防阿尔茨海默病

2018年清明节回老家时，我看望了患阿尔茨海默病的老友徐春林。阿尔茨海默病（俗称老年痴呆症），是一种起病隐匿的进行性神经系统退行性疾病。临床上以记忆障碍、失语、失用、失认、执行功能障碍，以及人格和行为改变等为特征，病因迄今未明，且没有特效药。

春林2012年确诊，这时已到中晚期，记忆力和生活能力严重衰退，丧失了语言能力，不能独立进食，不能辨认家人、朋友，行动需要轮椅……我大声呼喊他的名字，诉说当年的往事。他似乎记起了我，眼圈发红，脸上浮现出激动的表情。残酷的现实让我难以接受，看望老友后，几天都睡不好觉。不过他爱人的话引起了我的深思。她说，春林退休后，“懒”得动，儿子供职一家媒体，想返聘他，他“懒”得去；多年的老记者，“懒”得动脑写文章，再后来话也“懒”得说了……这使我想起，国外有的预防阿尔茨海默病的方法是做志愿者，多参加社会活动，多与人交流，多动脑，勤动手。因为，手脚懒了不灵活，没有“梦”了没奔头！据说这对预防老年痴呆症很有好处。

赏析借鉴

梦圆三峡

——大型文献纪录电影《中国三峡》观感

一切伟大的创举和奇迹／都源于梦想／一切辉煌的成就和事业／都源于执著

为了梦想——／一个人可以为之奋斗一生／一个国家可以为之举全国之力／一个民族可以为之前赴后继……

这富有哲理的开篇语，是贯穿大型文献纪录电影《中国三峡》的一条主线，也是近一个世纪来中华民族前赴后继、以坚忍不拔的精神实现三峡之梦的真实记录。这部历时5年精心打造的文献纪录片，站在时代的高度，把握历史的大脉络，叙事与政论相结合，把建设三峡的“梦想”，同国家的命运、社会的变革和人民的解放事业紧密联系起来，同改革开放的大背景和深入发展联系起来，同做好百万移民工作和讴歌前赴后继、坚忍不拔的民族精神结合起来，以震撼人心的磅礴大气和史诗电影的基调，讲述了一条大江的安澜之梦，一个国家的治水之梦，一个民族的复兴之梦。

作者与《中国三峡》导演杨书华（右）合影

把“圆梦”同中国人民的解放事业联系起来

长江，中华民族的母亲河，她以世界第三大河的美誉，多少年来在造福人类社会的同时，也不断地给沿江两岸群众带来灾难。《中国三峡》在形象地阐述长江“恩泽与灾难相伴、水利与洪涝相随”特点的同时，以浓重的笔墨加上灾难片一样的全景式表现手法，为观众展现了历次长江洪灾的惨景，用无可辩驳的事实说明长江“不治不行，非治不可”的道理，而治理长江，造福于民，则是人民群众世世代代的愿望。这样，影片伊始就站在了历史的制高点上。

三峡之梦，始于孙中山。辛亥革命后，孙中山先生一直希望利用西方的工业设备和科学技术发展中国实业。1919年，他在《建国方略之二——实业计划》里第一次提出了修建三峡工程的伟大设想：“改良此（长江）上游一段，当以水闸堰其水，使舟得溯流以行，而又可资其水力。”1924年夏天，孙中山在一次关于“民生主义”的演讲中，再次强调要利用长江三峡丰富的水力资源，筑坝发电，“供给全国火车、电车和各种工厂之用”，造福于人民。这是中国人提出的第一个三峡梦，也显示出孙中山先生在国家经济建设上的高瞻远瞩。

1932年，南京国民政府建设委员会主持组成长江上游水力发电勘测队，赴三峡进行了为期约两个月的勘查和测量，编写了一份《扬子江上游水力发电测勘报告》，拟定了葛洲坝、黄陵庙两处低坝方案。这是我国专门为开发三峡水力资源进行的第一次勘测和设计工作。抗战后期，美国政府推行“金元外交”政策，时任中国战时生产局顾问的美国专家潘绥，于1944年4月，向国民党政府提交了一份题为《利用美贷筹建中国水力发电厂与清偿贷款方法》的报告；同年5月，世界著名水坝专家、美国垦务局总工程师萨凡奇博士，应中国政府之邀抵达重庆。他先后考察了大渡河和岷江，还冒险查勘西陵峡，并提出了《扬子江三峡计划初步报告》，即著名的“萨凡奇计划”。在该“报告”中，他建议在南津关至石牌之间选定坝址、修建电站。这个以发电为主的综合利用方案，当时被视为水利工程的一大创举。

但是，在日本帝国主义侵略下，内忧外患，民不聊生，国内经济形势日趋恶劣，当时是不可能兴建这一大型水利工程的。正像扬子江水利委员会顾问工程师、奥地利人白郎都当年说的那样：“社会经济状况凋敝，是项巨大工程殊难举办。”

影片通过追述这段历史，生动地告诉人们，一个国家的治水之梦，也是民族的复兴之梦。在外敌入侵、内战频仍的旧中国，治水之梦是无法实现的。只有在社会主义条件下，建设三峡的“梦想”才可能实现。把“圆梦”同国家的命运、社会的变革和人民的解放事业紧密联系起来，用事实和感人的画面而不是简单的说教，形象生动地对人们进行爱国主义教育，是大型文献纪录电影《中国三峡》取得成功的一个重要原因。

把“圆梦”同改革开放的深入发展联系起来

随着1949年10月1日五星红旗在天安门广场冉冉升起，人民治理长江的新纪元开启了。大型文献纪录电影《中国三峡》用纪实的手法，通过大量珍贵的历史镜头和一些感人的情节细节，带着观众穿越时空、重温那些难忘的历史镜头：

1950年初，国务院长江水利委员会正式在武汉成立。在国家刚刚结束战争状态，百废待举，财力、物力都相当困难的情况下，荆江分洪工程于1952年4月5日全面开工。

毛泽东是新中国第一个提出修建三峡水利枢纽工程初步设想的伟人。1953年2月，毛泽东乘“长江号”军舰视察长江。在听取了长江水利委员会主任林一山汇报后，发表了“欲治国，必先治水”的重要论断，提出在三峡修建水库，以毕其功于一役的精神根治长江水患。1956年，毛泽东在武汉畅游长江后，满怀激情地写下了“更立西江石壁，截断巫山云雨，高峡出平湖”的著名诗句。

周恩来总理也非常重视三峡工程的建设。1955年12月，周恩来在北京主持会议，在听取长江水利委员会和苏联专家两种截然相反的意见后，肯定了国内专家的意见，正式提出，三峡水利枢纽有着“对上可以调蓄、对下可以补偿”的独特作用，因此三峡工程是长江流域规划的主体。

1958年3月下旬，党中央在成都召开会议。周恩来在会上作了《关于三峡水利枢纽和长江流域规划》的报告。毛泽东认真审阅了这个报告，并在报告的第一页中加写了：“从国家长远的经济发展和技术条件两个方面考虑，三峡水利枢纽是需要修建而且可能修建的。”会议讨论并通过了这个报告。会后返京途中，毛泽东乘“江峡”轮再次视察长江，并亲自考察了拟选为三峡工程坝址的中堡岛。

但是，在20世纪五六十年代那火红的年代，三峡工程为什么没有能够上马呢？这是因为三峡工程是人类历史上治水安邦、兴利除害的伟大创举，也是人类历史上一次改造自然的非凡壮举。作为迄今为止人类治水史上规模最大的水利枢纽工程，作为中国共产党成立并执政以来伟大的民生工程之一，支撑三峡建设的首要条件，是雄厚的经济实力、高超的科技水平，亦即构成国家硬实力的核心因素。而当时，无论从经济实力还是科技水平来说，要修建三峡工程都是不大可能的。并且，从宏观经济的角度讲，当时的中国还没有能力消化三峡电站那样大的发电量。

所以，改革开放不仅是我们的强国之路，也为实现三峡的百年梦想奠定了坚实基础，开辟了广阔的前景。1980年7月中旬，改革开放的总设计师邓小平来到三峡，他亲自视察了三斗坪坝址、葛洲坝工地和荆江大堤，听取了有关三峡工程的汇报，然后又召集国务院其他领导人研究三峡工程的问题。1982年11月24日，邓小平在听取国家计委关于修建三峡工程的汇报时表示："看准了就下决心，不要动摇！"他还针对国内外一些人的质疑，一锤定音地指出："民生就是政治，防洪就是政治，不解决下游百姓的生存安全问题，才是最大的政治问题。"

1989年7月，在党的十三届四中全会上当选为中共中央总书记的江泽民，来到湖北宜昌，考察了三斗坪坝址。他在听取关于三峡工程的专题汇报时表示：三峡工程要争取早日上马，把几代人的伟大理想在我们这代人手中变为现实。

1992年4月3日，七届全国人大第五次会议通过《关于兴建长江三峡工程的决议》，决定将兴建三峡工程列入国民经济和社会发展十年规划，由国务院根据国民经济发展的实际情况和国家财力、物力的可能，选择适当时机组织实施。

1993年1月，国务院三峡工程建设委员会成立，国务院总理李鹏兼任建设委员会主任。1994年12月14日，三峡工程正式开工。

……

《中国三峡》就是这样，不拘泥于工程实体建设的记录，却更多地着眼于历史脉络的梳理与把握，把“圆梦”的过程同改革开放的大背景和深入发展有机地联系起来，深刻地说明：三峡工程的每一步推进，都得益于国家的进步与发展。而三峡建设方案在千回百转后最终尘埃落定，则是改革开放的成果和历史的必然。从某种意义上说，《中国三峡》就是一部波澜壮阔、富有感染力的改革开放的形象教育片，而这也是影片取得成功的又一重要原因。

把“圆梦”同做好百万移民工作联系起来

三峡工程举世瞩目，三峡水库百万移民世人关注。因为在中外水库移民史上，没有一个水库移民数超过100万人口的。1958年，毛主席视察三峡时，当时的万县书记燕汉民就提出：“淹没了大片土地后，如何大量安置移民，是个大问题！”毛泽东听后陷入了沉思，稍后缓缓地说：“是呀！让近百万群众搬出家园，这可是一代人为了国家建设作出的沉重奉献。大批的移民得生产，得穿衣吃饭，他们的子女得受教育，这些事，今后总得要妥善安排啰！”三峡工程采取“一次开发、一次建成、分期蓄水、连续移民”的建设方式，水库淹没涉及湖北省、重庆市的20个区县、270多个乡镇，累计移民130万人，其中外迁移民30多万人，这在世界水利建设史上是独一无二的。

成功的移民工作是三峡工程建设取得胜利的重要条件。出生于重庆奉节、成长在重庆万州的《中国三峡》导演杨书华，对此有着深刻的理解。他说：“搬迁一个城市容易，搬迁百万人艰难。生于斯，长于斯，这里的文化已沁入人们的骨髓，搬迁最重要的是文化的迁移。” 所以，影片在拍摄中，不仅突出了搬迁中文物古迹的复建，而更着重于表现人文情怀。如影片的移民部分以忠县老汉孙会松在长江边上弹奏重庆独有的竹琴开场，逐渐呈现移民大规模的搬迁场面。影片拍下了被誉为“活化石”的长江最后的一位老船工凝视江水的深情镜头，这种此地无声胜有声的形真、情真的特写镜头令人难忘。影片真实地记录下了三峡移民告别故土时的可歌可泣的故事和悲情画面：他们面向熟悉的江河山川焚香跪拜，他们留恋世世代代生活的热土，他们告别长久相伴的亲朋好友，离开熟悉而温馨的家园，迁移到陌生的地方去打拼、去创业，胸中是一种何等复杂的心情？他们一步一回头，恋恋不舍，一张张泪流满面的脸，让国人感动、世人震撼……

这些极具代表性的真实场景，带来强烈的情感共鸣，不仅让库区移民看后泪流满面，就是那些从事移民工作的、亲历移民场景的人都禁不住潸然泪下。记得2001年春天，我去三峡库区调研，在重庆市巫山县听说，只这个县就有近6万人动迁，县城和7座乡镇都要搬迁。我还听到许多感人泪下的悲壮故事，如有一户移民，用多年的积蓄盖了新房、办了工厂，家产值几十万，虽然国家按政策对移民给予了补偿，但比起他家的损失却是九牛一毛。这位移民说：“为了建设三峡水库，为了造福子孙后代，我就是把家底都贴上也心甘情愿。”还有一位叫陶元香的移民，在准备离开故土、远走他乡的前一天，从小相依为命的哥哥突然病逝。失去亲人的痛苦没有动摇这个弱女子的决心，她说：“建设三峡是我和哥哥的共同心愿，不能因为哥哥去世而影响全县的移民工作。”她为哥哥守灵到凌晨5时，吃了早饭就随大部队离开了祖祖辈辈繁衍生息的故土……确实，如果没有百万移民“舍小家、为大家”“搬老家、为国家”的大情大爱大义的行动和奉献协作精神，三峡工程是难以进行下去的！

要让移民“迁得出，稳得住”，关键是要帮助他们脱贫致富。影片真实地记录了在党中央、国务院的直接领导和亲切关怀下，各级地方和部门坚持对口支援，切实做好开发性移民工作，加大对移民的科技投入，提高移民的科技素质和就业技能，特别是帮助有一

2001 年作者在三峡调研时的留影

定文化素质的移民掌握一两门实用技术，增强移民在市场经济环境下的自身“造血功能”。在浓墨重彩展现国家对移民关爱的同时，影片又满怀激情地讴歌了移民重新唱起山歌、安居乐业的有滋有味的新生活。所有这些，充分体现了社会主义集中力量办大事的优越性，体现了中华民族团结互助的精神，使这部影片更人性化、生活化、情感化和具有亲和力。对人性的关爱和表达可以说是《中国三峡》的一大亮点，也在移民记录史上留下了光辉的一页。

把“圆梦”同讴歌前赴后继、坚忍不拔的民族精神结合起来

巍巍耸立的三峡大坝，是三峡建设者历时17年风雨浇筑出的钢筋水泥大坝，也是他们用心血汗水筑起的为实现国家梦想执着追求的民族精神的大坝，它所展示的是中国人民不竭的创造精神和创新智慧。回首百年岁月，三峡工程从孙中山先生描绘梦想，到经历半个多世纪的勘察、设想、论证，包括争论，再到民主科学决策和兴

建，乃至成为中国大地上的一座新地标，中间不知有多少人为之努力、付出、奉献，甚至献出了生命。正像影片的解说词说的："三峡，有多少人为了你青丝熬成了白发，有多少人为你付出过青春年华……"

影片真实记录了一代又一代中国人，前赴后继，坚忍不拔，为实现建设三峡的民族梦想接力传承、奋斗不息的精神。几代领导人，始终把三峡工程作为摆脱民族灾难、实现国家富强和民族振兴的共同理想，始终把三峡工程作为事关国计民生大计的国家工程和惠民工程，殚精竭虑，励精图治，倾注了大量心血。与此同时，影片还讴歌了那些为实现"三峡梦"奋发图强、锲而不舍的追梦者和圆梦者，展现了三峡工程广大建设者、管理者、技术人员、外国专家、移民群众以及有关地区和部门党员干部为工程建设顽强拼搏、无私奉献的可歌可泣的感人事迹。其中有两个细节令我久久不能忘怀：

一个是中国著名水电设计大师、长江水利委员会原副总工程师曹乐安的后人，到三峡大坝祭奠亲人，告慰亡灵。曹老生前为三峡工程呕心沥血、奋斗终生，但却在全国人大通过兴建三峡工程的前一年不幸逝世。当曹乐安的女儿、女婿捧着曹老的遗像来到三峡，对着大坝动情地说："爸爸，您毕生梦寐以求，但生前没能看到的三峡大坝，今天已经建成了，您可以安息了！"看到这里，我不由得落下了感动的热泪。这不仅是生者与死者的对话，也是我们这些受益者、见证者对那些把青春、热血甚至生命抛洒在长江三峡的人们的告慰！

另一个是导演杨书华专门带领摄制组，远赴重洋，去美国拍摄世界著名水坝专家萨凡奇的墓地，拍下了剧组人员向萨凡奇的墓碑献花、默哀致敬的镜头。在20世纪40年代，萨凡奇曾冒着生命危险，不辞辛苦，对三峡作过勘测与调查，对三峡工程倾注了心血和期望。自然也不止一个萨凡奇，1947年5月，面临崩溃的南京国民政府决定中止实施三峡水力发电计划时，美国垦务局工程师福斯脱在写给中国同事的信中就说，伟大的三峡计划，“相信于不久之将来，定有兴工之一日”。三峡工程属于中国，也属于世界。在这里，也是中国人民向所有关心过、关注过三峡工程的外国友人的衷心感谢，历史的丰碑将会永远记住他们的名字与业绩！

综上所述，《中国三峡》是一部具有深刻的思想性、厚重的人文内涵和很强艺术性的优秀纪录片。它把三峡精神——以爱国主义为核心的民族精神和以改革创新为核心的时代精神，体现得淋漓尽致，甚至达到了完美的程度。它能荣获中国电影最高奖“华表奖”、中国共产党建党90周年献礼片特别奖等奖项，应当说是实至名归。

三峡工程开创了历史，但并没有终结历史。《中国三峡》形象化地告诉我们，岁月正在考验着三峡大坝的生命力，以及三峡工程对库区生态平衡和环境所造成的影响。我们坚信，创造了人类历史上治水安民改造自然非凡壮举的、实现了中华民族百年梦想的三峡建设者和工程技术人员，也一定能在今后的日子里创造出更多更伟大的人间奇迹。

（载2012年8月6日《重庆晨报》和同年8月13日《中国三峡工程报》）

大型文献纪录电影《中国三峡》获“华表奖”

百年追梦，盛世圆梦。由国务院三峡办等四部门和中央新影集团联合摄制的大型文献纪录电影《中国三峡》，自2011年公映并在中央电视台7个频道陆续播出后，好评如潮，获得了中国电影最高奖“华表奖”。该片还被中央外宣办和国家广电总局翻译成7国文字，推荐到50多个国家播出，并被5个国家博物馆和联合国收藏，《中国三峡》走向了世界。为了全面展示三峡工程建设的辉煌成就，科学客观地回应社会对三峡工程的关切，生动展示三峡工程和三峡地区的新风貌、新景观、新气象，在大型文献纪录电影《中国三峡》基础上，联合摄制的大型超高清纪录片《新三峡》和3D纪录电影《百年三峡》，在纪念中国共产党建党百年前夕的2021年5月7日，由中央新影集团组织进行了审看。

公仆宗旨勤砥砺

——读陈福今诗集《岁月寻芳》有感

读了陈福今同志的诗集《岁月寻芳》，除了由衷的敬佩，还有些诧异。因为在人们的眼里，福今同志是位平易近人、诲人不倦的好领导，但却不知他是个“名副其实的诗痴”，且其诗作在政治和艺术上都达到了很高的造诣。中华诗词学会顾问、《诗刊》原常务副主编丁国成说他是“全力当公仆，余事为诗人”，实在是一语中的的点评。

福今同志写诗，“既无发表之心，更无扬名之意”，“过去并无出集子的想法”。收入诗集的125篇作品，是作者1959年至2012年间半个多世纪以来的诗词精品，都是首次公开发表，足见其做事低调的作风。我和他相识20多年、长期在他领导下工作，竟不知他在繁忙的工作之余，常常赋诗填词呢。大凡诗人写诗，每有新作或当众吟诵，或寄出去发表，或结集出版，其中的一些篇章甚至成为万口传颂的佳作和时代的号角。人民和社会的认可，又反过来给诗人以极大的激励和创作的冲动。福今的诗却是写给自己看的，也可以说是与自己灵魂的对话。那么，他写诗的动力又来自哪里？在该书自序中他说，写诗是为了“锻炼思维，使自己对家乡、祖国的大好河山更加热爱，对群众对党的感情得以滋养，对人生的追求得以升华”。也就是说，他写诗是为了言志抒怀、砥砺自己的。他在《自勉》一诗中写道：“当思富裕贫穷来，公仆宗旨勤砥砺。”这就是刘少奇同志在《论共产党员修养》一文中强调的自我教育、自我锻炼和自我修养。须知，人的誓言随着时间的推移是会淡忘的，在有些人心目中党的旗帜天长日久也会褪色。怎样永葆革命的青春？福今同志的办法是“公仆宗旨勤砥砺”“崇尚荷莲不染泥”。几十年来，他通过写诗填词，或感时、或咏物、或述怀、或励志、或记游、或赋事，陶冶情操，调整心态，提升境界，约束自己，始终保持共产党人廉洁奉公的品格和一尘不染的高尚情操。这既是诗集《岁月寻芳》呈现出的一个鲜明特色，也是它的重要现实意义之所在。从这层意义上说，我觉得，《岁月寻芳》是开展党的群众路线教育实践活动，加强党性修养，查“四风”，“照镜子、正衣冠”的难得的好教材。

砥砺赤子情怀，常怀报国之志。福今同志出生在云南边疆的一个贫苦人家，父亲早逝，是党的关怀，是社会主义制度，为他的成长和成才铺平了道路。透过《岁月寻芳》我们可以看到，他从青年时代就注意用诗词滋养自己爱党爱国爱家乡的赤子情怀。1959年他读高二时写的《乾阳山上》，不仅展现了一个中学生的赤子情意和对美好未来的憧憬，还初显了他在诗歌方面的天赋。去探望在沈阳军区司令部工作的长兄时写的《到处是家乡》：“亲亲手足情，爱抚永难忘。患难同根生，党恩共成长。”让我们进一步了解了作者诚挚的感恩情怀和兄弟情义。1960年，他走进有着爱国、进步、民主、科学传统的北大校园，便立下了“胸怀寰宇，足立赤县”“丹心耿耿为国酬”的雄心壮志。在《理想》一诗中，他寓情于物，借赞誉雄鹰“任凭风狂雨骤，振翅苍穹飞凌”的品行，抒发了自己“为了追求不灭真理，一往无前永不停顿”的抱负。为此，他发愤读书，刻苦钻研：“万籁无声夜燕园，学子自强思翩翩。沉梦犹思夸父志，学海探幽几窗前。夙愿陶铸精卫魂，烛泪落尽复点燃。”就是在十年内乱的蹉跎岁月，他也没有动摇理想信念。在写于湖北咸宁干校的《夜深沉》一诗中，他写道：“为实现自己的理想，风餐露宿无所惧，大地田间作课堂”，“顶着风，迎着浪，永远为党的事业放哨站岗”。在《以革命的名义》一诗中，他发出了心灵的最强音：“我们有坚强的中国共产党导航，我们有战无不胜马克思主义，千重险峰敢登攀，万里征途何所惧。”

砥砺爱民之心，恪守为民之责。福今同志在中南海工作了15个年头，曾任中央办公厅副主任、中办机关党委书记，深谙“党的根基在人民、血脉在人民、力量在人民”的道理，在诗中他鲜明地提出了“举国大计群心系”“多难兴邦民为本”等振聋发聩的至理名言。他虽身居“庙堂之高”，但始终保持着同人民的血肉联系。到工厂锻炼，他虚心向师傅学习，与工人打成一片：“洗净手上的油迹，师傅递给我手帕。手挽手走出车间，师傅拍去我身上的尘沙。”下乡调研，他深入实际，深入群众，善谋富民之策，多办利民之事，“牢记空谈误国训，践行勤政务实篇。路行万里察民苦，书读万卷心怀远”。福今对家乡和家乡人民有着深厚的感情，他曾满怀深情地写道，“最忆风情是家乡”。有几年，云南北部连续干旱，福今同家乡人民感同身受：“人住山头上，水往低处流。老天不下雨，滴水贵如油。寄情杨善州，与民共乐忧，率众治山水，抗旱夺丰收。”在国家行政学院的校园里，清晨他听到布谷的叫声，就立即想到了时令节气，想到了农业、农村和农民：“布谷声声天破晓，岁华匆匆春又到，布谷声唤争朝夕，耕耘希望播美好。”诗人的亲民之情、爱民之心由此可见一斑。

砥砺公仆意识，践行立党为公、执政为民理念。面对市场经济的考验，面对功名利禄、金钱美色的诱惑，福今同志牢记党的根本宗旨和人民的重托，以理论为武装，以先贤领袖为榜样，“公仆宗旨勤砥砺”，像“洗脸”和“扫地”一样，经常打扫和清洁头脑中有违宗旨的念头，在思想上筑起了拒腐防变的坚强防线。在《西八所感遇》中他写道：“少小离家仰圣哲，萧竹关情记心间。夙兴夜寐寻常事，经验历变只等闲。淡泊宁静以致远，知恩图报付华年。”瞻仰毛泽东主席的故居菊香书屋时，他有感而发：“彻夜灯光照征途，见微知著察风云。先贤乘鹤西归去，辉煌光焰照后人。”拜谒周恩来总理生前工作和生活的西花厅时，他睹物思人，感慨系之：“拼将肝胆为国酬，尽瘁鞠躬献未来。”在母亲去世50周年时，他感恩母亲茹苦含辛、呕心沥血，把兄弟姐妹抚养长大的深情厚谊，进一步坦露心迹：“梦断西归五十年，寸草春晖思绵绵。此身许国献肝胆，犹忆忠孝两难全。”读着这些感人肺腑的诗句，一个夙兴夜寐、勤政为民的公仆形象跃然纸上！

砥砺人生追求，提升思想境界。福今同志曾谈到他通过学诗写诗陶冶了情操，开阔了视野，多有裨益。在《自序》中，他回忆曾把诗词这一中华文化的瑰宝用于工作实际，在国家行政学院人事局一次民主生活会上，即兴引用朱熹的《观书有感》、苏轼的《题西林壁》和清代宰相张英的诗，来启发鼓励大家加强学习、开阔胸襟、搞好团结，收到良好效果，给我们以深刻的启迪。确实，福今善于在“寻芳”的过程中，睹物思情，寓情于理，言志抒怀，提升境界。譬如，在谒访台北孙中山先生纪念馆时，他把先生“天下为公”“振兴中华”的召唤，同今天我们党领导的中国特色社会主义事业紧密联系起来：“先生英灵并未远去，‘天下为公’的墨迹还在闪亮”，“先生英灵并未远去，‘振兴中华’的召唤发聩震响。”在参观著名的日月潭景区时，他又别有深情地写道：“日潭月潭怎能分开，就像渤海连着东海。”就是出国访问，他也往往触景生情，生发出富有哲理的人生感慨。譬如，访问埃及，他从尼罗河畔的远古文明——金字塔的巧夺天工的建筑艺术，感悟到“自信人力定胜天，沉梦终绽自由花”的道理；在访问巴西时，他从勤劳勇敢的亚马逊人“勇斗险风恶浪，敢闯天涯海角”的壮举，感悟出人生颠扑不灭的真理：“人生无止境，贵在肯登攀。”应当说，中共中央政治局委员、国务院副总理马凯同志的题词“腹有诗书气自华”，不仅恰到好处地概括了诗集《岁月寻芳》的特色，也是对陈福今同志人品的肯定和赞誉。

（载2013年8月15日上海《组织人事报》，并被《岁月寻芳（续集）》收为附录）

《岁月寻芳（续集）》的特色

《岁月寻芳（续集）》（简称《续集》），是陈福今同志的第二本诗集。《续集》收录的150余篇作品，是作者在党的十八大到十九大五年之间的经典诗作。诗词写作离不开伟大时代，《续集》呈现了多方面的内容，表现了多形态的样式，形象思维、比兴手法的运用也更加娴熟，但本质都是对这个伟大时代的记录。从某种意义上说，《续集》是为中国特色社会主义新时代奏出的“一组音符，为弘扬时代正能量的放歌”。比如，《世纪盛事》（组诗）被置于《续集》之首，真实地记录了观看威武雄壮、气势磅礴的纪念抗战胜利70周年大阅兵的亲身感受。还有《诗言自我》（十首），可以从中酣畅地感受到作者滚烫的赤子之心和深深的家国情怀。《续集》由作家出版社2018年5月出版。

咬定青山不放松

——吴庚振教授《人生如歌》的启示

由人民日报出版社出版的《人生如歌》一书，不仅是记录河北大学教授吴庚振“人生足迹和时代履痕”的个人成长史，也是中华人民共和国成立70年来一代知识分子爱国奉献的可歌可泣的奋斗之歌。全书分为上篇、中篇、下篇和编外篇，涵盖了作者从童年到退休近70年的不平凡的人生历程。他咬定青山不放松、千般磨砺铸忠诚的理想信念，立志成才、呕心沥血育桃李、卧薪尝胆做学问的敬业精神，不甘守成、艰难创业谱新篇、勇攀事业新高峰的开拓创新风采等，都是与共和国一起成长、“不忘初心、牢记使命”的一代知识分子的一个缩影。正如作者在《后记》所说：该书“所记录的一些事情，能够从一定角度、一定侧面反映出时代的特征和面貌。而重温那个时代，走进那个时代”，对我们每个人特别是莘莘学子“筑梦圆梦”，会有所启示和助益！

千般磨砺铸忠诚

阅读《人生如歌》一书，令我最震撼、最受感动，也最敬佩的是：吴庚振在成长过程中虽跌宕起伏，屡遭不幸，特别是他在运动中蒙受“莫名其妙”的冤枉时，所表现出的对理想信念的不懈追求、对祖国母亲的真挚热爱和对共产党的无限忠诚！

吴庚振出生在卢沟桥事变发生的1937年。他来到这个世界上，第一眼看到的是日本帝国主义的烧杀抢掠；他童年记忆最深的是日本鬼子进村后逃难的恐惧。他引以为豪的是在炮火连天的战争年代，他们家是十里八乡有名的“革命家庭”、八路军的“堡垒户”。他的4个哥哥和1个嫂子都是在战争年代加入共产党的，大哥还是村里的地下党支部书记，四哥是区小队的民兵连长，曾经为打败日本侵略者、建立新中国，出生入死。可以说，“国家兴亡匹夫有责”的爱国意识和“热爱共产党的种子”，从小就在他的心灵里深深扎下了根。

吴庚振自幼勤奋好学，酷爱文学创作。早在保定一中读书时，他就利用课余时间进行文学创作。他的处女作《割猪草》，发表在1956年10月10日《河北日报》副刊版头条的位置上，展现了他的文学天赋。此后，他还在天津《新港》、天津日报《文艺周刊》、河北日报《布谷》等报刊上发表了七八篇作品。特别是《保定文艺》创刊号发表的小说《鞋》，长达7000多字，是他用力最多、分量最重的一篇作品。不久，他便被吸收为河北省作家协会会员，这在中学生里是不多见的。然而天有不测风云，就在这颗冉冉升起的“新星”憧憬作家梦的时候，1957年夏天，一场全国性的“反右”风暴来了。《保定日报》发表批判小说《鞋》的文章，帽子大得吓人——“反党大毒草”。后来听说小说的责任编辑也受到牵连，被打成了“右派分子”……

那是一个以阶级斗争为纲的年代。如果说“反右”风暴摧毁了吴庚振的“作家梦”，那么“四清”运动和“文化大革命”中“左”的观点和“左”的错误，则几乎断送了他的政治生命。吴庚振从小就热爱党、热爱祖国、热爱社会主义。早在读高二时，他就递交了入党申请书。然而命运多舛，先是小说《鞋》被批判，后是五哥被错划为右派，使他入党的愿望一次次落空。但他不灰心、不丧气，挫折更坚定了他加入党组织的决心。经过不懈地努力，终于在1962年大学毕业前夕，成为了一名光荣的中国共产党的预备党员。1963年7月，他的预备期满，可这年中央先后发出了在城市开展“五反”和在农村开展“四清”的通知，正常的组织生活被打乱，发展党员和党员转正的工作也停止了。直到1965年7月，党组织才按照河北省委文件精神，为吴庚振办理了预备党员转正手续。岂料，1966年3月，在他转为正式党员8个月后，学校却莫名其妙地取消了他的预备党员资格，吴庚振欲哭无泪！

然而，历史是人民写的，沉冤终有一天会昭雪。历经9年的申诉，1975年5月12日，河北大学党的核心小组，批准了撤销中文系党总支1966年3月取消吴庚振预备党员资格的错误决定，恢复了吴庚振的党籍。经历了血与火的考验，他对党的感情历经磨难而愈深。他满怀深情地写道：“事实再一次说明：我们的党是伟大的党，是能够自我修正错误的党！”

呕心沥血育桃李

纵观吴庚振几十年的教学生涯，大体可分为两个阶段：一是刻苦钻研，立志成才（1962年至1970年）。二是严谨治学，呕心沥血育桃李（1970年至2004年）。2000年，他已63岁，但学校从发展和提升新闻传播学院的大局出发，特批对他“延聘”。《人生如歌》一书，真实地记录了吴庚振在艰难困苦的环境下，如何攀登教学科研的高峰、谱写华彩乐章的跋涉历程，也为渴望成才的年轻一代提供了一份不可多得的有益借鉴。

在大学老师中有句“行话”：“要给学生一碗水，自己要有一桶水。”吴庚振毕业后就暗下决心，刻苦钻研，立志成才，尽快成为教学和科研上的业务骨干，以便日后登上讲台时，能够多给学生一些“水”，更好地为学生“传道、授业、解惑”。为此，他写了一副对联“衣带渐宽终不悔，为伊消得人憔悴”，挂在宿舍里，作为鞭策自己的座右铭。

吴庚振制定了严格的学习计划：一是系统学习现代汉语知识和写作理论知识；二是系统学习中国古代文学史，选读100篇古代散文，背诵100首古典诗词；三是重点学习刘勰的《文心雕龙》等文论。在时间上，晨练一小时，晚上学习到12点，然后写一篇毛笔字再就寝……不管是遇到顺境，还是逆境，就是在“文化大革命”受到冲击，被打入“另册”的情况下，他也没有放弃学习，以惊人的毅力，坚持读书和钻研。

1970年冬天，学校迎来了“文化大革命”中的第一届新生。吴庚振因有了教书育人的机会，心中升腾起一股喜悦之情。他以极大的热情投入了教学实践之中。不管是学校组织的“脱胎换骨”的野营拉练，还是带领学生进工厂和下农村实习，他都积极参加。野营拉练路上，他背着大行李，累得腿疼腰酸，脚上起泡，但坚持不上收容车。每到驻地，脸顾不上洗，饭顾不上吃，就和几位写作教研室的老师，开始编辑《野营战报》。在与学生同吃一锅饭、同睡一条大炕的“患难”之中，他和学生结下了深厚的师生情。而学生们也把他当作父兄一样尊敬。我就是在野营拉练期间与吴庚振老师相识相知的。《人生如歌》收录了1989年他如何在“盛夏季节，挥汗如雨”地为我的人物通讯集《十年浪花集》作序，并为其中11篇作品撰写评析文章的纪实；同时，还收录了我2017年发表在《衡水晚报》和《河北日报》上的《我与恩师吴庚振教授》一文。两文呼应，既见证了跨越近半个世纪时光的真挚师生情，也滴水见太阳般地反映出吴庚振呕心沥血育桃李！

吴老师严谨治学，因人施教。我上学时他针对每个人的情况，帮助我们班12名学生，分别提出了努力的方向。比如我，上学前是公社通讯报道员，曾在报刊上发表过新闻作品，但理论功底不够扎实。吴老师启发说："要当一名出色的记者，恐怕需要两个基础，一个是生活基础，一个是马克思主义理论基础。"尔后，我就挤时间一本接一本读马列著作，写的学习体会他都认真批改……这对提高理论水平很有益，甚至影响了我的人生轨迹，为日后从冀南"沙窝窝"走进中南海，打下了基础。提起吴老师在教学上倾注的心血，那是一个"赞"字无法穷尽的。不管是生课还是熟课，他都精心准备，哪里是重点，哪里是铺垫，怎么起承转合，都讲得一清二楚。几十年来，他讲过十几门课程，教过的学生数以万计，可以说是有口皆碑。

吴庚振还注意把教学实践经验升华为理论认识，这些年出版了多部辞章学（写作学）、文艺学、新闻传播学等方面的专著，发表学术论文和重要文章近200篇，有9项学术成果获得省部级以上奖励。他的《新闻评论学通论》，在学术界产生较大影响，被《新闻战线》《采写编》等杂志推介，并被多所大学选定为教材或教学参考书。他的《说理艺术漫谈》，把新闻评论的议论说理，作为一门艺术来研究，在新闻学界具有创新意义。"宝剑锋从磨砺出，梅花香自苦寒来"可以说是《人生如歌》给我们的最重要的启示之一。

艰难创业谱新篇

不忘初心、牢记使命、不甘守成、勇于创新，不仅是与共和国一起成长的一代知识分子的历史担当和优秀品质，也是阅读《人生如歌》给我们留下的最深刻印象之一。

吴庚振任教的中文系，是河北大学的一张名牌。历史悠久，基础深厚，“文化大革命”前就拥有多名知名教授，如顾随、詹英、张弓、雷石榆等都是享誉全国的“大家”。但是，在1995年6月学校党委决定创建河北大学新闻传播学系时，身为中文系主任的吴庚振，却自愿离开中文系，去担任白手起家的新闻传播学系主任。当时很多人不理解，甚至说他是“扔掉‘金饭碗’，四处去‘讨饭’”。

《人生如歌》一书，用翔实的材料、活生生的事实，生动地展现了吴庚振不甘守成、勇于创新的心路历程。河北作为中华文明的发祥地之一，是燕赵故土、文化大省，但直至20世纪80年代初，各高校还没有一个新闻学专业。而河北大学作为一所系科齐全、基础比较雄厚的综合性大学，理应具有舍我其谁的勇气，主动承担创办新闻学专业的历史重任。为了这，年逾不惑的吴庚振转变专业方向，背着行李去中国人民大学新闻系进修；为了这，他参与筹建中文系新闻教研室，千方百计延揽名校毕业的新闻专业人才；为了这，他担任新闻专业第一届本科生的政治辅导员（班主任），并讲授新闻学概论和新闻评论学两门课程，为国家输送了第一批新闻专业的优秀毕业生……

《人生如歌》附录了《河北教育报》1995年12月20日的一篇文章——《吴教授鞠躬》，记述的是新闻传播学系从中文系分离出来后，没有办公室、没有办公桌、没有办公经费，遇到了许多难以想象的困难。恰在此时，吴庚振听说河北省记协要在邯郸开会，于是带病赶去列席会议。当时，他正罹患面瘫病，说话都很困难。他强忍病痛，在会上汇报了创办新闻传播学系的初衷，以及目前遇到的困难。说完他站起来向与会人员深深鞠了一躬。会场上爆发出长时间的热烈掌声！报社老总们被吴庚振为河北新闻战线培养人才的赤胆忠心所感动，纷纷伸出援手，帮助解决了办学的燃眉之急。

如今的河北大学新闻传播学院，历经两三代人的努力，已成为具有博士、硕士、学士三级学位授予权的河北省高校的重点学科，进入了全国新闻传播学科的第一方阵。而吴庚振则是河北省新闻传播教育和研究的开拓者和奠基人之一，对这一“华彩乐章”，他很低调，说起当年的艰难创业，他只是说，“如果说我这一生做了一些事情的话，那么所做的最重要的一件事情”，就是“创建河北省历史上第一个新闻传播学系（院），并做出了引以为豪的成绩”。

综上所述，《人生如歌》给我们的启示是多方面的、多层次的。比如河北大学校档案馆馆长赵林涛，赞扬吴庚振追求的信条是“操觚为文，刻意求工”。觚，木简，在木简上刻字，自然要严谨细致，一丝不苟，用尽心思使文章更准确、更完美。对于这一点，作为几十年的学生和弟子，有着深刻的体会。远的不说，就说《人生如歌》吧，老师曾3次发来稿子征求意见。当然征求意见的范围也不止我一个。按说像他这样德才兼备的国内知名教授，征求意见往往是走走形式，但吴庚振不是这样，他虚怀若谷，博采穷搜，不管是谁说的，只要有道理，他就虚心采纳，吸收到书稿里。仅此一点，就让后学感动不已，奉为终生学习的楷模！

（载2019年6月14日《河北日报》文化周刊和同年7月12日《衡水日报》晨刊）

"诗神"周英的《闪光的脚印》

从吴庚振老师《人生如歌》中了解了"诗神"（我的敬称）周英及她写的诗。周英是河南省开封市警官，国家一级诗人。《人生如歌》收录了她的两首诗，此处选录《闪光的脚印——读吴庚振先生感怀》，一是表达对吴老师的感恩，一是赞誉周英在诗歌方面的天才与天赋。全诗如下：

三尺讲坛上/有这样一位老人　博学　勤奋/安静得就像一潭秋水/身外风雨敲不响您的轩窗/红尘只能从您的鬓角掠过/执着地坚守着自己的静谧/任岁月由青翠渐渐地变黄。

翻开一页页泛黄的长卷　发现/每一道年轮　都镌刻着/一部青春的轨迹/平平仄仄　歌行跌宕/思绪沉静　诗眼亮丽/情怀一腔忠诚/挺拔一颗初心/用奋斗　催开无数梦想的花蕾/饱经风霜　始终与时代的脉搏共振/眷恋着故乡的泥土　深情地留下/一串串豪迈的跫音/瀚海无垠　您以坚定的方向领阅/世态炎凉　您以善良的真情领阅/风霜如刀　您以无畏的意志领阅/光阴似箭　您以谈笑的风姿领阅/领阅中　您分享欢欣与陶醉。

您/一生沉稳　不沾一缕浮华/刚正廉洁　磊落坦诚/从不溢美　从不拔高/从不遮拦　从不违夙/走进您的心海/看不到喧嚣张扬的浪花/依然葱茏的　是那优美犀利的笔锋。

啊/我　我们　多想/追逐您留下的每一个脚印/这些脚印/横跨两个世纪/是那样沉实　闪光/像一座座鲜活的路标/讲述着一个沧桑老人的/人格风范　博大胸襟/……

用书法点亮国学之梦

——感悟韩盼山教授“中华传统文化书粹丛书”

“砥砺奋进七十载，挥毫共书新时代”，不仅是近日颁奖的“兰亭杯”北京中小学生书法大赛的主旨（其中河北省中小学生的作品有100多幅），也是河北大学文学院教授韩盼山“用书法点亮国学之梦”的系列丛书——“中华传统文化书粹丛书”（简称“书粹丛书”），最鲜明的特点之一。

书法是传承中华民族五千年文明的重要载体，也是蕴藏优秀传统文化智慧与精华的珍贵遗产，有着极高的艺术和美学价值。大书法家沈尹默说：“世人公认中国书法是最高艺术，就是因为它能显出惊人奇迹，无色而具画图的灿烂，无声而有音乐的和谐，引人欣赏，心畅神怡。”韩盼山教授自幼“喜爱书法艺术，热爱传统文化”。他遍临名家碑帖，“初攻柳体，后兼学颜”，博采众长，诉之笔端，终于在改革开放的新时代绽放异彩。在几十年的教书育人过程中，他以古为师，刻意创新，将楷、隶、行书熔于一炉，逐渐形成了自己严谨峭劲，雄厚朴茂，洒脱畅达，用笔刚劲婉潤，饱满秀丽的风格。这些年，先后出版了《书法艺术教育》《书法辩证法释要》等专著及个人书法选集，发表书法论文多篇，在书法界有一定影响，并被吸收为中国书法家协会会员、当选为中国写作学会河北分会副会长。这套丛书是韩教授多年心血的结晶，是他书艺日趋成熟的精心之作，是一套值得向青少年推荐的系列优秀书法作品集。

近年来，韩盼山教授思考和关注的一个问题，是如何把青少年学习书法艺术和传承国学经典有机结合起来，破解国学热中有些初学者面对浩如烟海的经典，不知从何入手的难题，推动当前青少年学用中华传统文化的热潮。他根据自己多年的学习实践与感悟体会，集萃了这套由精选的单字入手，及至成语、格言，再到对联、诗词的“书粹丛书”。该丛书分为5册，分别是《国学精要一百字》《修身成语一百则》《处世格言一百例》《经典对联一百副》《优美诗词一百首》。每一册都是作者从灿若繁星的国学经典中，广览精取，经过反复斟酌比较、优中选优挑选出来的精品。它们在内容上有着丰富的内涵、富含哲理，在形式上短小精悍、言简意赅。虽各自独立，但也不无内在联系，所选内容涉及传统文化的方方面面。如《修身成语一百则》，是从修身角度选取的100则“固定短句”，分为励志、为学、明德、养性、奋进五类；而《优美诗词一百首》，是从历代有名的诗词歌赋中，选取人们最喜爱和欣赏的经典，并且以多种幅式书写，每首一幅，诗书合璧，能使人在吟诵诗赋和欣赏书法中获得双重的美学享受，感受到时代气息与精神风貌。正如作者在丛书《总序》中所说：此套丛书“非常适宜青少年学习”，“如能在书法的趣味中，通过反复诵读，理解，熟记于心，对个人文化素养的提升以及人生的走向，都会产生积极的影响。也可以说，终身受益”。因此，从某种意义上说，“书粹丛书”又是青少年学习国学经典的一个索引本。

细品“书粹丛书”，我还感到，该书是在青少年中培育和践行社会主义核心价值观的普及读本。比如，《国学精要一百字》就是作者从众多国学经典中，精选100个常见、常用、涵义深邃的字。每一字，都有从经典著作中选出的名言名句，以引出其在经典中的释义。如“国”，引了《老子》的“以正治国”“治大国，若烹小鲜”；“民”，引了《孟子》的“民为贵，社稷次之，君为轻”；“善”，引了《老子》的“上善若水，水善利万物而不争”；“爱，”引了《国语》的“欲人之爱己也，必先爱人”；“孝”，引了《论语》“弟子入则孝，出则悌，谨而信，泛爱众，而亲仁”；等等。为便于诵读、记忆，作者还颇具匠心地将这100个字，编写成合辙押韵的《字序歌》：“天地家国民，德善爱美真。儒道师学教，忠孝勇廉勤……”不仅读起来朗朗上口，而且还能使人联想起“富强、民主、文明、和谐、自由、平等、公正、法治、爱国、敬业、诚信、友善”的24字社会主义核心价值观，并能从更深层面领悟社会主义核心价值观，同中华传统文化是一脉相承的。应当说，这不仅是“书粹丛书”的一种尝试与创新，也是为青少年学习感悟社会主义核心价值观架起的一座“连心桥”。

（载2019年7月10日《河北工人报》副刊和同年7月5日《衡水晚报》）

是书法家也是诗人

河北大学文学院资深教授韩盼山老师，系中国写作学会河北分会副会长、中国书法家协会会员，出版各类著作20余部，特别是他根据自己多年的学习实践与感悟体会，集萃的这套由精选的单字入手，及至成语、格言，再到对联、诗词的“中华传统文化书粹丛书”，很受读者特别是青少年欢迎。我与韩老师相识于1970年夏季，由于“都来自农村，心系故土”，他成了我亦师亦友的好朋友。几年来，他每有感悟、写了锦词妙句，往往会发给我分享。他的诗感情真挚，贴近生活，富有哲理，很受欢迎。现将他2017年9月写的《故园抒怀（组诗）》抄录如下，以飨读者：

一

远离闹市回乡井/门前有柿柿尚青/金瓜灿灿仰脸笑/银杏沙沙拍手迎/客室欢语犹回壁/书房墨香还绕空/多谢亲人常照料/温馨港湾不惧风。

……

二

不知是忧还是幸/吾乡至今仍姓公/劳动计工凭定额/报酬结算靠分红/条条街道水泥筑/户户院宅小楼兴/老者安然子孙孝/也无巨富也无穷。

……

六

西行十里到县城/恍若置身蜃景中/长街阔远如天路/群楼嵯峨胜仙宫/公园碧湖瑶池落/电视高塔宝殿通/东北老城留一角/沧桑有道照汗青。

为“接地气”至理名言点赞

——《漫谈学用群众语言》序

何为“接地气”的名言？一般是指既坚持马克思主义文风准确鲜明生动的原则，又为老百姓喜闻乐见、耳熟能详的群众语言。如2012年11月15日，习近平总书记同采访十八大的中外记者亲切见面时说的“人民对美好生活的向往，就是我们的奋斗目标”“党要管党、从严治党”“打铁还需自身硬”，还有在2017年新年贺词中讲的“撸起袖子加油干”等，都是不胫而走，在广大人民群众中广为流传的至理名言。

这些“接地气”的名言，既同马克思主义文风、同我们党几十年来所倡导的优良文风一脉相承，也是在中国特色社会主义新时代的继承和发展。恩格斯在谈到文风时曾指出：“愈简单、愈不费解，便愈好。”毛泽东提倡要发扬“新鲜活泼的、为中国老百姓所喜闻乐见的中国作风和中国气派”。他指出：“讲话、演说、写文章和写决议案，都应当简明扼要。”他把“空话连篇，言之无物”，列为党八股的第一条罪状，说那些长而空的文章，是“懒婆娘的裹脚布，又臭又长”，应当“赶快扔到垃圾桶里去”，号召全党“反对党八股以整顿文风”。邓小平对毛泽东的这些指示身体力行，在长期革命建设和改革开放的实践中，形成了言简意赅、质朴流畅、不绕弯子、形象生动的语言风格，如大家熟知的“解放思想、实事求是”“一个中心、两个基本点”“发展是硬道理”“两手抓，两手都要硬”“贫穷不是社会主义”“封闭、僵化不是社会主义”“平均主义不是社会主义”“两极分化也不是社会主义”等，最有名的是那句：“黄猫、黑猫，只要抓住老鼠就是好猫。”“四人帮”作为一大罪状大肆批判，但是越批越深入人心、越批越被群众所接受。为什么？因为它反映的是人心所向，蕴含的是真理的光芒。

这说明，大凡脍炙人口的名言，无不反映的是人民的心声、美好的愿望和现实生活的需求。重温老一辈革命家的谆谆教诲，细读《习近平谈治国理政》一书，不仅为他们全心全意为人民服务、时刻心系群众的冷暖，把“以人民群众为中心”作为出发点和落脚点的爱民情怀所感动，也为他们冒酷暑、踏冰雪，深入基层和边疆哨所，求真务实、狠抓落实的作风所叹服！喜欢什么样的语言，从来不是单纯的文风问题，而主要是思想作风和思想方法问题。所以，要学习老一辈革命家和习近平总书记“接地气”的语言风格，首先要学习他们献身共产主义事业的崇高品德，学习他们观察问题、分析问题的马克思主义立场、观点、方法，以为人民服务和让人民群众满意为最高追求，倾听民意、体恤民情、关注民生，作决策、制定政策，都心系群众，充分考虑“人民拥护不拥护”“人民赞成不赞成”“人民高兴不高兴”。只有这样，才能把自己融于实现“两个一百年”的奋斗目标和民族复兴的中国梦的伟大事业中，才可能自觉地坚持和发扬“接地气”的马克思主义文风。

当今社会已进入了信息社会。互联网的迅速发展和普及，日益改变人们的工作、学习和生活，“秀才不出门，便知天下事”变成了现实。但我们也应看到，网络在给人们带来极大便利的同时，也产生了许多负面的问题，特别是对坚持和发扬党的优良传统作风和“接地气”的文风，提出了严峻挑战。社会上流行的网络热词、外来语言比比皆是，欧化句式和佶屈聱牙的洋腔洋调也沉渣泛起。所以新时代，一定要有新作风、新举措。面对新形势新任务，应当大兴调查研究之风。我们要按照习近平总书记的要求，扑下身子、沉到一线，迈开步子、走出院子，到车间码头，到田间地头，到市场社区，亲自查看、亲身体验。人民群众的社会实践，是获得正确认识的源泉，也是新鲜活泼的群众语言取之不尽的矿藏。

那些碰人心、入脑深、记得住的至理名言，往往是在领导干部转变作风、与群众交心的过程中得到的。

《河北日报》著名记者、《共产党员》杂志原社长杨殿通，全国优秀新闻工作者、《沧州市报》原总编辑姚广荣，多年来潜心研究如何学习运用群众语言的问题，并于最近将多年的研究成果汇编成《漫谈学用群众语言》一书。由于20世纪70年代初至90年代初，我曾在《河北日报》供职20年，调到北京红墙里工作后，也一直尝试如何把新鲜活泼、富有哲理的群众语言，带入领导讲话的起草和人物通讯的写作，所以他们希望我帮助写篇序言。他们一是我当记者时的老站长，一是我情同手足的同行侪辈，盛情难却。而更重要的是，我觉得他们的研究成果，对于我们在新时代坚持和弘扬“接地气”的马克思主义文风，学习和运用喜闻乐见的群众语言，具有很强的现实意义。因此，有感而发写了以上的话，是为序。

（载2020年3月20日《河北日报》文化周刊和同年2月20日《衡水晚报》副刊）

耿长锁的“八个挡头”

《什么常堵塞自己的耳朵？》被称为“八个挡头”，是全国农业劳动模范、饶阳县五公大队耿长锁的署名文章，由《河北日报》记者杨殿通代笔整理，发表于1965年8月31日《河北日报》，同年10月25日的《人民日报》全文转载。“八个挡头”分别是：听取意见的第一个“挡头”是“感情不同，语言不通”，听取意见的第二个“挡头”是“带着框框，未说先知”，听取意见的第三个“挡头”是“不面向群众，不眼睛向下”，听取意见的第四个“挡头”是“满足多数，忽视少数”，听取意见的第五个“挡头”是“刺耳不听，逆耳不听”，听取意见的第六个“挡头”是“怕失尊严，怕丢威信”，听取意见的第七个“挡头”是“话不投机，惹急闹翻”，听取意见的第八个“挡头”是“听话截短，没有耐心”。在中国特色社会主义新时代，“八个挡头”仍对虚心听取群众意见，具有重要的现实意义。

一部反腐倡廉的力作

——读李祝尧的小说《打铁》

李祝尧的小说《打铁》（中国方正出版社出版），紧扣时代主题，以蓝湖市委书记杨一凡走马上任为引子，以贯彻党的十八大精神、落实中央“八项规定”为主线，以杨一凡谢绝“接风”的“罢宴”为突破口，擂响了蓝湖市综合整治群众反映强烈的腐败问题如吃喝风、公车私用、吃空饷、权色交易等腐败现象的战鼓，奏出了一曲反腐倡廉的战歌。同时，小说也成功塑造了一个一心为民、抓铁有痕，一改过去传达会议精神“说在嘴上，写在文件上，讲在会议上，登在报纸上，从来没有真正落实到行动上”的市委书记的新形象、新作风，给人以力量，给人以信心，给人以曙光！

翻阅《打铁》，首先为作者勇于担当、舍我其谁的精神所深深感动。李祝尧是一位有着54年党龄、出版过10部长篇小说、年逾74岁的老作家。在30年的党委机关工作经历中，他曾先后任过公社书记、县委宣传部副部长、市委副秘书长兼办公室主任、研究室主任等职，亲历了一些机关滋生形式主义、官僚主义、享乐主义和奢靡之风的过程，目睹了一些人怎样由优秀干部逐步蜕变为腐败分子的案例；由于痛恨腐败，才弃政从文。他在谈到为什么要写小说《打铁》时说："党的十八大吹响了反腐败的号角，'八项规定''六条禁令'等措施的出台，使我看到了中央惩治腐败的决心，于是想写一部反映贯彻十八大精神，加强党的作风建设，开展反腐斗争的长篇小说。"有的朋友拍案叫好，也有人关切地告诫："写这样的东西会得罪人的。你在官场那么多朋友，不怕他们骂你吗？如果有人怀恨在心，那不是自找麻烦吗？还是少惹是非吧。"这话不无道理。一部长篇小说往往凝结着作家对人生世界的认识和追求，创作小说离不开作家熟悉的环境和生活，小说的主要人物也会有生活原型或某些线索，写反腐倡廉题材的小说，说不清什么时候就"碰着"谁了。这就需要作家勇于责任担当，敢于冒"挨骂""得罪人"的风险。李祝尧说得好："党的十八精神已经在我心里燃起了熊熊烈火，一个老党员的责任感在激励我，不写实在不忍啊。"

其次，关注现实、针砭时弊，可以说是《打铁》的一个鲜明特色。诚然，历史的沉淀可以成为小说，但反映火热的现实生活也是小说。丰富多彩的现实生活始终是文艺创作的不竭源泉，表现人民群众的情感世界和优秀品质是文艺创作的永恒主题。在我国革命、建设和改革的历程中，每一个时期都涌现过许多脍炙人口的优秀作品，如《太阳照在桑干河上》《暴风骤雨》《红旗谱》《三里湾》《创业史》等。小说《打铁》使我们嗅到了20世纪80年代兴盛的《乔厂长上任记》《新星》等一批关注现实、针砭时弊的"改革文学"的新鲜气息。而近年来，这类鼓舞人心、喜闻乐见的作品很少读到了。《打铁》的可贵之处在于，它不仅关注现实、针砭时弊，而且涉及的是最敏感的反腐败问题。当前，在被一些人称为"腐败人人有，不露是高手"的环境里，一些单位公款吃喝、公车私用成了家常便饭，一些人跑官要官竟明目张胆，而一些沉湎于奢靡浮华、灯红酒绿的腐败分子养情人、包“二奶”也司空见惯。对干部的腐败问题人民群众深恶痛绝，而一些作家、编剧却“绕着”“躲着”这类题材，为什么？这不仅因为腐败问题在一些地方和领域已成痼疾、积重难返，还因为写作这类题材风险太大。所以一些人宁愿钻进故纸堆去戏说宫廷帝王皇妃的逸事，也不愿涉猎丰富多彩的现实生活。而《打铁》，不仅直面反腐倡廉的现实，而且着力塑造了一个“一心为民、以实际行动落实党中央精神，切实反对腐败、转变工作作风、营造廉洁政治氛围与良好社会风气的市委书记杨一凡的形象”，让人感到耳目一新，也增强了人们反腐败的信心！

最后，重“暴露”，更重治理和建设，也是《打铁》的一个突出特色。文艺界有一个传统的观点：“从来文艺的任务就在于暴露。”对于腐败分子和腐败行为，当然要“暴露”，但暴露的目的，是揭露黑暗，鞭笞丑行，总结教训，教育群众，从而达到遏制腐败；而不是像有些作品那样，“纯客观”地去呈现官场的一些“潜规则”，或者抱着欣赏的眼光去渲染某些人“一堕落就成功”的晋升模式，让读者“实用性”地去学习与操作。在一些“官场小说”里，基本矛盾或者说最核心的问题是“权力斗争以及围绕权力的获得、转移、交换、分配的故事”。《打铁》在这一点上跳出了“官场文学”的窠臼。从小说中可以看出，市委书记杨一凡同常务副市长楚九河的矛盾主线，从始至终都不是权力之争，而是要不要真正落实十八大精神和中央“八项规定”、要不要在纠正“四风”上动真格的。令人欣喜的是，《打铁》不仅正面描写了杨一凡带领蓝湖市委和干部群众，与各种形式主义、官僚主义、享乐主义和奢靡之风的斗争及其艰难曲折、跌宕起伏的过程，还对当前腐败产生的根源，如何科学有效地预防腐败，以及怎样把权力关进制度的笼子里等重大问题，循着生活的脉络，通过小说的情节和语言，从理论和制度层面进行了有益的探索，这也是小说的一个亮点。

当然，在充分肯定小说把笔墨重点放在讴歌新任市委书记杨一凡不畏强权、不怕困难、不畏艰险，带领干部群众与腐败现象做斗争的同时，也应当看到，杨一凡作为负责全面工作的市委书记，小说对其在全市经济工作、文化建设、社会建设、生态文明，以及改善民生等工作的领导及举措，似乎着墨少了一点，使得作品的厚度和张力显得不够。还有反腐败斗争是一项长期的、复杂的、艰巨的任务，不同于历史上的土改、合作化等单项工作，时间跨度过短，客观上难以创造和巩固风清政廉的局面。如何处理时间和效果之间的关系，也是值得探索的一个问题。但瑕不掩瑜，纵观全书，《打铁》不愧为一部反映反腐倡廉工作的力作。

（载2013年11月3日《中国纪检监察报》、同年10月10日《组织人事报》、同年10月15日《衡水晚报》）

“八项规定”与《打铁》

“八项规定”，是2012年12月4日中央政治局审议通过的。那天晚上，河北籍著名作家李祝尧激动得一夜没睡好。作为一个有担当的老作家，他敏锐地感到：以习近平同志为核心的党中央刚一上任，就要在改进作风上“动真格的了”。特别是“八项规定”明确具体，便于操作，从中央政治局做起的要求，让群众激动不已。老作家虽已74岁，但他“老骥伏枥，志在千里”，决心要写一部贯彻“八项规定”的小说。为此，他调动几十年的全部生活经历，用了两个多月，写出了这部22万字的长篇小说。起初两家出版社，因反腐的题材“太敏感”，而婉拒出版。就在他心灰意冷之时，方正出版社把书稿要了过去。责编、编辑部主任、总编看后，立即决定出版，并提出了具体修改意见。老作家昼夜兼程，只用7天时间，就将书稿修改了一遍。李祝尧是我在河北工作时的老朋友，受他在党爱党、在党忧党，勇于担当的精神所感染，所以在第一时间写出了这篇书评，也算为落实十八大精神出了一把力吧！

始终高举井冈山的旗帜

——读《一座山的回响》

在《江西日报》副刊《井冈山》走过39个年头、出刊1800期之际，副刊部的编辑们精选《井冈山》近15年来发表的散文、随笔、诗歌、报告文学等优秀作品，精心包装（每篇作品都配了题图）、结集出版，向读者奉献了一部芳香四溢的高品位的精品力作——《一座山的回响》，实在是做了一件功在当代、利在千秋的好事。

我这样说，绝不是逢场作戏的吹捧，而是浏览和精读该书后的真切感受。在一些报纸的副刊版面不断被时尚、新潮、娱乐等更为吸引眼球的内容所占领，文艺副刊一度呈现“弱化、快餐化、低俗化”倾向的时候，《井冈山》副刊能够“顽强地坚守，灿烂地绽放”，始终弘扬主旋律、讴歌真善美，已属不易。还花费那样大的精力、寻找严肃的江西教育出版社，推出优秀作品集，这在“全国的党报副刊界，算得上一个‘传奇’”。

《一座山的回响》一书，精选了《井冈山》1998年以来发表的

171篇作品，计50万字。全书分为“用笔行走”“心香瓣瓣”“纵情歌唱”“赣地写真”“格调随笔”“砚边吮毫”“家园厚土”等7个章节。篇篇文章，字字珠玑，读着这些犹如“早春的井冈杜鹃”般的清新文字，你会感到一种扑面的浓郁地域特色——井冈山的旗帜、井冈山的精神、井冈山的方向。用《江西日报》总编辑王晖的话说，这是“党报的文化担当”（见该书序言）。确实，“副刊是报纸的脸面”，它承载着太多的文化内涵和文化期待。如果说，当年毛泽东、朱德等老一辈无产阶级革命家开辟的“农村包围城市”的井冈山道路，是中国特色革命的成功之路，那么该书作品反映出的《井冈山》多年所坚持的“时代性、文学性、新闻性、高品位和与时俱进的”副刊理念，则是繁荣社会主义文学艺术的正确方向。

高扬人民大众的旗帜，贴近实际，贴近群众，贴近生活，是《一座山的回响》所收作品的鲜明特色，也是《井冈山》副刊追求的理念。著名作家、中国作协原副主席蒋子龙对《井冈山》的题词是“历史的品牌，文学的高地”；《人民日报》《大地》副刊主编徐怀谦称赞《井冈山》“不仅是历史最为悠久的省级党报副刊之一，而且是办得最好的副刊之一”。我觉得，这些鼓励和称赞也是对该刊优秀作品集的肯定。该书不仅收录了多篇“用笔行走”井冈山、东固山等革命根据地和红都瑞金的精彩文字，热情讴歌了毛泽东、朱德、邓小平、方志敏等老一辈革命家的革命风范和不朽业绩，给人以深刻教育；与此同时，还收录了许多反映普通老百姓的寻常事和喜怒哀乐的优秀篇章，如《到棉花地里寻找父亲》《一毛钱》《脚踏车》和“好法官席维花”“乡医李来顺”“‘怪’人周志勇”等，这些人物栩栩如生，真实感人，展示了我们这个时代的新人物、新思想，是该书的一大亮点。

关注时代风云，反映现实人生，从文学视角透视，以人文情怀表达，是《一座山的回响》所收作品的艺术特色，也是《井冈山》

副刊探索文化担当的尝试。比如，对于报道洪涝、地震等自然灾害的救灾工作，是新闻记者义不容辞的责任，而对于文艺副刊和编辑人员，要不要介入、如何介入，是有着不同理解和答案的。《井冈山》的做法是主动出击、深入一线，用文学的形式激励人民、记录历史。该书收录的反映1998年抗洪抢险的《牵手》和2010年抚河、赣江抗洪救灾的《生命至上》，反映2008年春天抗御雨雪冰冻灾害的《有一股暖流能融化冰雪》和《冰雪中昂起头》，以及反映汶川大地震震后重建的《读山手记》、反映抗御舟曲特大泥石流的诗歌《舟曲，特大泥石流》等篇章，就体现了《井冈山》编辑们的这种社会责任和历史担当。

百花齐放，百家争鸣，既有主旋律，又有多样化，是《一座山的回响》的又一特色，也是《井冈山》副刊“顽强生命力”的基础。一是作者群的广泛性。立足江西，面向全国，作者中既有像水静大姐（杨尚奎同志夫人）这样的老一辈，又有现任省市领导；既有蒋子龙、柳萌、张抗抗等名家，又有名不见经传的普通作者。二是内容的丰富性。既有红色文化，也有绿色山水；既有赣地写真，也有神州探幽和域外采风，百花开放，争奇斗艳。三是体裁的全面性。散文、诗歌、随笔、杂谈、报告文学等文学体裁一应俱全，真可谓一书在手，各种妙品尽可享用。

（载2012年8月10《江西日报》和同年8月28日《中国图书商报》）

《杜鹃红遍东固山》等散文被收入《一座山的回响》

2012年6月，在江西日报《井冈山》副刊走过1800期之际，副刊部从15年来《井冈山》上发表的作品中，精选出171篇优秀作品结集出版，取名《一座山的回响》，为新时代和广大读者奉献了一束争奇斗艳、五彩缤纷的鲜花。其中有散文、诗歌、报告文学等，不乏名家大作，也有许多新人新作。一篇一篇的文字，透着馨香，由近及远，咀嚼赏析，沿着文字往回走，无疑是一种欢愉美妙的感觉。笔者撰写的反映老一辈革命家曾山部长传奇经历的《杜鹃红遍东固山》和回忆老红军邓六金先后四次回吉安的《邓六金的故乡情》，有幸被收录书中。

无愧于时代的精品图书

——读《河北百科全书》

在纪念改革开放40周年的日子里，一部由河北省委宣传部领导、河北大学主持的跨世纪的河北省重大社科项目——《河北百科全书》，顺利完成编纂并由河北人民出版社出版发行。此书从1999年12月启动编纂，历时20个寒暑，先后有800余名专家学者参与。由于学科门类众多，任务艰巨繁重，加之编纂委员会领导成员也几经变动，遇到的艰难曲折和付出的辛劳可想而知。但在全体参编人员的不懈努力和密切协作下，终于得以高质量完成。因此，从某种意义上说，《河北百科全书》的编纂出版，是参编人员的甘于奉献和群策群力的成果，也是向改革开放40周年献上的一份厚礼！

《河北百科全书》不是一般的工具书。它是对一个时代或时期最先进的自然科学和社会科学知识的总结和概括，是河北省的一项基础性、创新性、标志性工程，一项巨大的科学文化的基本建设，也是对河北民族传统文化和现代科学文化新发展的大总结、大检阅。河北作为中华文明的发祥地之一，是为燕赵故土、京畿之地，其东临渤海，西倚太行，北枕燕山，南傍黄河，地理环境优越，文化历史悠久，民风质朴豪爽，自古就有“燕赵多慷慨悲歌之士”之美谈。河北不缺史书典籍，也不乏历史戏曲和文学名著，但随着现代科学技术的飞速发展和日新月异，急需一部现代意义上的百科全书。因此，《河北百科全书》又是一部应运而生、与时俱进的著作，功在当代，利在千秋。

百科全书被誉为“没有围墙的大学”。读着填补了河北省文化建设方面一项空白的《河北百科全书》，我感到格外亲切，深受教益。这些年我虽客居京城，但情系河北。浏览《河北百科全书》后，我深感该书站在历史和全局的高度，全方位地记述和展示了河北的历史、现实和未来，全面系统介绍了河北的基本省情和发展进程，真实再现了河北的自然地理环境、历史文化传承、政治区位优势和区域经济特色，客观反映了河北在中国特色社会主义现代化建设方面取得的巨大成就，概括描绘了河北面向21世纪的发展前景，涵盖了河北的物质、政治、精神、社会、生态五大文明。它对于扩大河北的知名度和影响力，增强建设经济文化强省的能力，无疑具有重要的价值和意义。具体说，我感到该书有以下鲜明特色：

一是知识容量宏大，涵盖河北五大文化区。《河北百科全书》，分为总述和历史、地理、海洋、社会生活、政治法制、经济、教育、科学技术、文化、医疗卫生、体育、文物古迹、当代人物13个分编。全书共5900余个词条、近300万字、800余幅图片，内容浩繁，知识量大，权威性强，涵盖了河北五大文化区，是一本包罗万象的集大成的知识宝库。条目正文后，还附有河北大事年表，新中国成立后历届中共河北省委、河北省人大常委会、河北省人民政府、政协河北省委员会领导成员名单等珍贵资料。可以说是“一部书在手，河北万事通”。

二是在严谨求实的基础上创新，力求突出河北特点特色。《河北百科全书》，坚持《中国大百科全书》的编纂原则和规范，同时也借鉴了已经出版的其他省市百科全书的经验。在坚持严谨求实的基础上探索创新，力求突出河北的特点和特色。如“总述”在总结概括河北自然地理、人文历史、社会文化和经济发展方面的省情时，鲜明地阐述了“得天独厚的京畿之地”“穿越时空的燕赵风骨”“博远深厚的灿烂文化”“稳步发展的多元经济”等基本情况和突出特色。定位鲜明准确，评价恰到好处。同时，在“分编”部分，又根据河北特点，特设了“海洋”和“文物古迹”分编。河北有487千米的海岸线，具有独具特色的海洋资源。孙中山先生当年在《建国方略》提出的建设北方大港的设想，如今已成为京冀对外开放窗口的京唐港；快速发展的海洋经济，将会成为河北发展新的经济增长点。众多的文物古迹也是河北的一大特点和优势。黄帝与炎帝的“阪泉之战”，与蚩尤战于“涿鹿之野”，都发生在河北境内；春秋战国时期的燕下都、中山灵寿故城和赵国邯郸故城等大型古城址，都为河北的文物考古和开展文化旅游，奠定了坚实基础。这些也是百科全书的一大特色。

三是编排分类合理，图文并茂刻意求新。《河北百科全书》编排分类合理，条目选择严谨，释义科学客观。特别是分类条目清晰规范，较好地反映了河北的历史全貌，并且注意条目与条目之间的层次关系，便于读者查检和系统阅读。全书所配的800余幅图片，除少量反映河北总体情况和特点的图片，编排在全书的前面外，大量的随文图片，采取插图的形式，编排在条目释文中间，做到了图文并茂。还有条目正文按汉语拼音顺序排列，正文之前列有以拼音为序的目录，正文之后列有分类索引，以利于不同方式的检索。

凡此种种，均体现了参编人员的匠心和刻意求新的精神。可以说，《河北百科全书》是一本无愧于时代的精品图书，是一本不可多得、不可不读的高质量百科全书。

（载2018年9月28日《河北日报》文化周刊和同年10月8日《衡水晚报》副刊）

为母校的精品图书鼓与呼

2018年春天，河北大学文学院资深教授韩盼山老师来电话，约请我为刚刚出版的《河北百科全书》写篇书评。放下电话，我心里忐忑不安。《河北百科全书》是母校老师历时20个寒暑，集800多名学者专家的智慧和辛劳编纂的一部巨著。全书分13个分编，总字数达250多万字。要为这样一部包罗万象的“大部头”写评介，我感到自不量力，学识和水平都驾驭不了。但又一想，韩老师作为《河北百科全书》的常务副主编郑重约请，我作为中文系（文学院前身）的毕业生，义不容辞，理应站出来勇于担当。于是，我克服接送孙女和买菜买肉等困难，挤出时间，日夜兼程地阅读百科全书。有一分付出，就有一分收获。通过学习百科全书，我对河北得天独厚的自然地理环境和历史文化传统，穿越时空的燕赵风骨，博远深厚的灿烂文化，稳步发展的多元经济等，都有了更全面、更深刻地了解。经过近两个月的阅读和写作，终于写出了这篇书评，并得到了该书主编詹福瑞（河北大学原党委书记）、常务副主编韩盼山老师的首肯，也是我为母校老师编纂的精品图书鼓与呼的一点行动吧！

天才的“捕手”

——读《行走的思想者》一书有感

2019年元旦期间，中央电视台电影频道《佳片有约》节目，推荐并播出了奥斯卡热门影片《天才捕手》。此片改编自美国著名传记作家司格登·伯格《天才的编辑》一书。影片介绍的是美国史上最为知名的文学编辑麦克斯韦尔·帕金斯，发现并成就菲茨杰拉德、海明威、沃尔夫等多名文学巨匠，改变了20世纪美国文学图景的传奇故事。影片原名《天才》（Talent），讲的是一代天才作家沃尔夫和编辑大师帕金斯的真实故事。翻译时片名改为了《天才捕手》。为什么用“捕手”替代编辑大师？我猜想，大概中文的“捕”，有“捉到、逮住”的含义吧！

闲话少叙。由影片《天才捕手》，我联想到了《行走的思想者》一书的主编葛春玲和韩雪两位女士，并生发出对那些甘于为人作嫁衣裳的编辑们的敬佩之情。任何文学天才的成功，都离不开背后的伯乐。从走过七个年头的《衡水晚报·专栏》发表的作品中，精选出姚振涵、刘家科、大解等13位作家和作者的优秀作品，集花成束，结集出版，不仅是一件彪炳史册的好事，而且也再次证明了编辑“伯乐”的重要性。读了由花山文艺出版社出版的《行走的思想者》一书，大喜过望的不仅有《衡水日报》党委书记、社长王平权，而且还有众多的文学爱好者和广大读者！

首先，好编辑是优秀作品的催生婆。鲁迅先生曾怀着感激的心情谈起《阿Q正传》，他说，其实阿Q本是被孙伏园“催生”出来的。“他（孙伏园）来要我写一点东西，阿Q的影像，在我心目中似乎确已有了好几年，但我一向毫无写他出来的意思，经这一提突然想起来，晚上便写……”从1921年12月4日开始，《阿Q正传》在孙伏园编辑的《晨报副镌》上连载。于是催生了这篇轰动一时的小说佳作——也是中国文学史上的小说杰作。联想到春玲和韩雪编辑，在《衡水晚报》创办《专刊》时“办精品，出高端”的目标追求，以及她们在该书《后记》中记述的去“平原诗人”姚振涵家中约稿的动人故事，还有对老先生健康每况愈下、乃至卧床不起、最后“离我们而去”的真情怀念，使我在拜读《行走的思想者》一书中姚振涵的15篇《闲读漫记》时，感到是那样的亲切、启迪和震撼！

其次，好编辑是“集花成束”的好花匠。去花店看花匠插花，你会深感“集花成束”是个技术含量很高的活儿。一是编辑要“颇具匠心”。当一篇优秀作品发表后，如同一朵盛开的鲜花，“有心”的编辑，不会随手扔掉，而是把它喷洒上“保鲜剂”，精心地留存起来，以备日后“插花”之用。二是要有较高的鉴赏力。《专刊》如同盛开的百花园，发表的众多作品，五彩缤纷，琳琅满目。但哪些是“应时花”，哪些是花期短的“樱花”，哪些是具有潜力的“长寿花”，需要编辑独具慧眼才成。三是要有熟练的“搭配技巧”。以《行走的思想者》为例，13位作家，177篇作品，有散文、杂感、随笔、寓言、诗歌，涉及文学、书法、人生感悟、休闲养生等多个领域，可以说题材涉猎广泛，风格各异。怎样搭配编排、“集花成束”，编辑确实“用了心思，下了工夫”，七年辛苦不寻常啊！

最后，好编辑是关注时代风云的守望者。在市场经济的大潮中，一些报纸的副刊受利益驱动和新媒体冲击，被所谓更吸引眼球的时尚新潮的娱乐节目所占领，群众说“布谷”变调了，“百灵鸟”不叫了。在这种大背景下，葛春玲、韩雪等晚报编辑，在报社领导支持下，站在时代的高度，勇于责任担当，邀作者、办笔会、搞培训，克服困难，砥砺前行，成功办起了具有深厚文化底蕴的《专栏》，在地市级报纸中开了先河，也让一些大报大刊刮目相看，实在是应当大加赞扬的壮举，不愧为天才的“捕手”！关注时代风云，反映现实人生，从文学视角透视，以人文情怀表达，不仅是《专栏》形成的风格，也是《行走的思想者》一书的艺术特色。从曾获鲁迅文学奖的河北省作协副主席刘家科的“闲话书法与文学”，到河北省文联副主席大解的“寓言”，抑或宋峻梁的“回望”、何同桂的“草木人生”、贾九峰的“东篱下”、李书皓的“有所思”等作品，字里行间弘扬的是主旋律，传播的是正能量，高扬的是社会主义文学艺术的旗帜。可以说，《行走的思想者》是向读者奉献的一部芳香四溢的高品位精品力作！

（载2019年1月11日《衡水晚报》副刊）

“季风”新解

报纸的副刊栏目，有的用地名，有的用花名，有的用鸟名，如《大地》《井冈山》《莲花池》《朝花》《布谷》《芳草》，等等，但用“季风”作副刊名的好像不多。当然，家乡的报纸副刊本有个很美的名字“滏阳花”。晚报创刊后，“滏阳花”移到了日报“晨刊”。据说，晚报副刊开始叫《平原季风》。季风是随季节而改变方向的风，冬季从大陆吹向海洋，夏季由海洋吹向大陆。所以后来晚报改为《副刊·季风》，是很有道理的。季风与人类密切相关，几万年来在季风气候的影响下，人类与动物、植物共同生活和成长，创造了灿烂的历史文化和丰富多彩的生态文明。由季风想到副刊作品的多样性，有的作品如“随风潜入夜，润物细无声”；有的如“风清月明”，让人读后心旷神怡；有的如“长风破浪”，有的如“秋风萧瑟”，“嘈嘈切切错杂弹，大珠小珠落玉盘”……总之，没有《副刊·季风》这样视野宽阔的平台，就不会涌现像姚振涵、刘家科、大解、贾九峰等作家和作者的优秀作品，以及《行走的思想者》这样的好书。

明天会更好

——谈温雅芝小说《虹》的现实意义

2004年春，温雅芝的第一部长篇小说《太阳雨》杀青，著名作家贾平凹读后欣然点评：“读温雅芝的作品，好似在听一个很有修养的人在讲故事。”近日，读了温雅芝新出版的长篇小说《虹》（湖南文艺出版社出版），深感贾平凹的点评，言简意赅，深刻到位，评到了点子上。

“很有修养”，我想大概是指温雅芝小说的语言风格，如同她的名字一样，温文尔雅，温和柔顺，格调清新，没有哗众取宠之嫌。就是写床上场景，也写得委婉含蓄，没有粗俗、猥琐的赤裸裸的性描写。至于善“讲故事”，这是现实主义文学作品的核心要素，也是温雅芝小说的强项和优势。她的故事构思巧妙、跌宕起伏，善于设置悬念、埋设伏笔，特别是颇有《红楼梦》之风，主要故事情节、矛盾冲突大量通过个性化的人物对话来表现，不读完最后一章，是解不开最后的悬念的。

那么，温雅芝在《虹》中为我们讲述了哪些扣人心弦的故事？今天又有什么现实意义？

一

《虹》用大量的篇幅，为我们讲述了以金彩玲和胡杨卓尔（以下简称胡杨）为代表的两代人的就业观和创业观的嬗变。金彩玲，西岳华山脚下的民企仙都大酒店的董事长兼总经理。她足踏细腰高跟鞋，披金戴银，发髻高绾，略施粉黛，不仅形象光彩照人，而且还披着“女强人”“商界精英”“优秀企业家”“市三八红旗手”等耀眼光环。胡杨，梳着马尾辫，是省城某重点大学的毕业生，是“三好学生”“优秀学生干部”，却“放着省城的科研单位和南方的国企不去”，偏偏选择了来仙都大酒店应聘，被金彩玲委任为酒店餐饮部经理助理。

金彩玲创业于20世纪90年代。当时，市场经济的规则还不完善，一些别有用心的人钻规则的空子，特别是一些“官二代”依靠和利用父辈的资源和能量，“比爹”“拼爹”，凭“官倒”牟利，靠特权缔造自己的“商业帝国”。一些没有“爹”可比可拼的，就千方百计地“往上贴”“往上靠”，什么“干儿子”“干女儿”，甚至八竿子打不着的也想着法地套近乎、找靠山。金彩玲也受了这种“依附性”创业观念的影响。她出身农村，伴随着农民工进城，到县城一家临街餐馆当了招待，自从结识了市政府办公室的寇雄副主任后，命运就发生了逆转。此后，伴随着寇的职务不断攀升（由副主任到副市长），能量越来越大，金彩玲也依附寇的势力，“生意如芝麻开花般的节节攀高”：先是以自己名义做了几年街边店，而后以独立法人资格承包了市商贸局旗下的国企黄河饭店，再后“明显缺乏资质的美女”，硬是坐上了地标性建筑仙都大酒店的法人经理宝座。

胡杨是在工人家庭长大的“90后”，又是省城名校的高材生，她对“金总”的企业家之路并不认可，开始是质疑，再后是鄙视，认为其是“人前光环耀人眼目，背后发家史见不得人，一旦遇到市场风浪，见光死！”她崇尚的是市场经济的通则，是对顾客的诚信热情、贴心服务。她之所以能被聘任为华山大酒店第一任总经理（仙都大酒店被兼并后改名），一条重要原因是源于一件“滴水见太阳”的小事：闽南一家老幼三代来店住宿。男主人范先生因公务去西安，女主人不会说普通话，时任值班经理的胡杨用英语接待，“救火”及时，获得好评。谁知世事难料，女主人带孩子上华山后，老太太突发急病，送医院确诊为阑尾炎，需立即手术，要家属签字，而男女主人电话一个关机、一个“不在服务区”。人命关天，闹不好酒店得吃不了兜着走，胡杨也可能卷铺盖。关键时刻胡杨没有多想，她觉得既然我们的标牌上写着“宾至如归”，那么就应当对宾客负责到底，从而使“老太太捡回了一条命”。无巧不成书。没想到半年后，仙都大酒店因资金链断裂被保值拍卖，而中标的西安鼎盛集团老总，竟是当时带着从南方来探亲的母亲妻子游华山的范先生。而范先生看重的正是胡杨“宾至如归”的服务理念，勇于担当的精神，以及临事不慌、善于决策的素质，这正是优秀企业家应当具备的潜质。同时，这种创业观念的嬗变，也反映了社会的发展和进步！

二

《虹》选取的典型环境是仙都大酒店。酒店如同《红楼梦》里的大观园，青年男女们在这里生活、嬉戏、谈情说爱。与《红楼梦》不同的是这里不止有一对贾宝玉、林黛玉、薛宝钗似的三角恋，而是有数对三角恋情，甚至是四角恋情的角逐，所以上演的爱情故事也就更加惊心动魄和缤纷多彩。

首先谈谈封明灿、胡杨、莉莉和从法国回来的萧珊之间的爱情角逐。封明灿，省城名牌大学商贸专业毕业，硕士研究生，“浑身散发着扑面而来的现代帅哥的阳刚之气”。他来仙都大酒店，是因为在西安人才交流大厅，碰到一应聘女孩（胡杨），“扎着高高的马尾辫，蓝白格的汗衫”，于是一见钟情。当确信“女神”应聘的是仙都大酒店后，就提前两天赶到酒店毛遂自荐。知道这事儿的人都说他“疯了”，但封明灿坚信“世界上有值得让人疯狂的‘风景’便要疯狂去追”。

事有凑巧，本来酒店没招聘男生，但封明灿来店时碰上了酒店“二把手”——金彩玲的丈夫崔启明和女儿莉莉。莉莉也是某高校应届毕业生，见到封明灿，她眼前一亮，“第一印象倍儿棒”，认为“男神”是上帝赐予的“白马王子”；自称会看相的崔启明，则觉得“这小伙子蛮精干、挺有点贵人相”。于是父女俩热情地设宴欢迎，封明灿也顺利当上了酒店客房部经理助理。在这场“三角”游戏中，莉莉占有明显优势：一是财力富足；二是父母暗中助力，安排封明灿辅导莉莉考公务员，为二人亲密接触创造条件；三是莉莉想着法地“粘”封明灿，如一起“网游网购，旱滑冲浪”等。但封明灿心仪的是胡杨，见胡杨有意躲避他，就心生一计，用“蝙蝠侠”的网名把胡杨加为好友，先是网聊，后发展到网恋。正在这时，“海归”萧珊出现了，她是封明灿的大学同学，出国前二人曾约定：3年后若还是单身，就结秦晋之好……恋人们“捉对厮杀”，煞是好看，最后因封明灿与胡杨郎才女貌、志同道合而“修成正果”。

如果说“男神”与“女神”的结合是真挚爱情的佳话，那么苏睿、丁秦阳的结合则是“渡尽劫波”后的侥幸。苏睿形象靓丽，心智聪慧，思维敏捷，是金彩玲从“千里行浴足城”挖来的酒店总领班。“情敌”柳燕说她像“红楼梦里的王熙凤，八面玲珑且精明”。但人有时聪明反被聪明误，由于苏睿信奉“女孩找对象，都是奔着‘高富帅’”，而她又特别看重中间的“富”字，所以，在她和为人正派、忠厚义气的丁秦阳在华山脚下的玉泉院“无忧树”下，确定恋爱关系后，心里还舍不得丢开寇副市长的外甥、酒店的司机钱钧。特别是在钱钧政府工作人员身份搞定后，苏睿看好钱钧的前途，心里的天平发生倾斜，竟移情别恋，“步入了与钱钧爱情无限美妙的快车道”，还稀里糊涂地怀上了钱钧的孩子。但令苏睿万万没想到的是，钱钧这个纨绔子弟到政府机关没多长时间，就把出身农村的苏睿给甩了。而这时前男友秦阳又被情敌柳燕趁机“抢”走了。“失去了才知道珍贵”，苏睿不得不为自己的“势利”埋单。这是那些找对象不看人品、只重权势和财富的女孩的必然下场！然而温雅芝女士不忍心她笔下二号女主角的下场悲惨，笔锋一转，在酒店停业、秦阳被公安局叫去协助调查之时，“小蹄子”柳燕急不可耐地改换门庭到西岳山庄，并趁机和秦阳分手了。所以，这才有了苏睿、丁秦阳的劫波渡尽，终成眷属。

综上所述，一部《虹》，从某种意义上说是写了仙都大酒店几对青年男女的三角恋情。通过这些传奇的婚恋故事，作者赞美讴歌了90后新一代纯真的爱情，鞭笞了那种“拿权势、财富与爱情做交换”的世俗观念，告诉人们即便在市场经济条件下，也只有树立正确的婚恋观，才能寻找到幸福甜蜜的爱情。这也是小说《虹》给我们的启示之一。

三

大约读到小说三分之一时，我还没悟出真谛，于是发微信请教温雅芝：“小说取名《虹》，有什么深刻考虑？”她不无幽默地说：“这个问题还没人问过，你读完后应该会知晓！”果不其然，读到书的最后一章，苏睿在和胡杨的对话中，提到了老舍先生的小说《月牙儿》，并满怀深情地对胡杨说：“你不是‘月牙儿’，你是虹，是风雨之后天空靓丽的彩虹。”

老舍先生的中篇小说《月牙儿》，创作于1935年。小说是写一对母女的人间悲歌。母亲为了生存和供女儿上学，被迫做“暗门子”（暗娼）；而女儿长大后又被迫做“暗门子”来养活乞丐母亲。作者以拟人化的手法十几次写到高悬于空中的孤独寂寞的月牙儿，通过主人公的真切感受，控诉了吃人旧社会的黑暗，以及弱女子的孤独与哀怨。

《虹》的一、二号女主角胡杨和苏睿，此时为什么重提上中学时读过的《月牙儿》？因为金彩玲和胡杨是一对生理母女。在“一孩化”时，金彩玲生下胡杨后因怕超生挨罚，就急急忙忙送了人。当胡杨的养母杨淑芬得知自己患了绝症后，曾悄悄地托付金彩玲要照顾好女儿。然而，贪恋的金彩玲此时已丧失了母亲的天性，非但没保护女儿，反而为了把低息贷款弄到手，保住酒店，保住她既得的一切，竟为满足“流氓政客”寇雄的淫欲，助纣为虐，设圈套逼“亲生女儿”就范。绝望至极的胡杨，以死抗争，割腕自残，殷红的鲜血，“在车灯的照耀下，像一道彩虹般呈抛物线直朝寇雄的头脸上射去”……

胡杨的小姐妹回忆起这一幕时，哭得鼻涕眼泪一塌糊涂，自然联想到《月牙儿》，“什么母女不母女，什么体面不体面，钱是无情的”。但在新社会，妇女在政治上经济上都彻底翻身了，金彩玲还如此贪婪和沉沦，应当受到谴责和鄙视！正如胡杨所说：“她不是处在‘万不得已’的境地，而且大家也根本不再是封建时代的裹足女人。退一万步，即使靠洗碗抹桌子，不也可以有尊严的生存吗？”

《虹》用血和泪的感人故事，揭示了一个发人深省的问题：女性要获得彻底解放，在政治上翻身、经济上独立之后，还必须在思想观念上进行自我解放和救赎。金彩玲把“沉沦”当作人生的转折，自从在仓库和寇雄幽会后，就心甘情愿做了寇的情人和附属品，只要寇有需要，BP机一叫就到（那时还没手机）。当然她也通过“色”换回了“所需的东西”。但岁月不饶人，青春饭也不可能常吃，美女只好靠美容和化妆掩饰岁月的沧桑，结果还是被“丢抹布似的甩了”。为了保住既得利益和荣耀，她才想出让“亲女儿”胡杨“替代”自己的损招。这是一种隐藏在灵魂深处的自卑，是缺乏掌握命运的极度不自信！联想到社会上那些贪官的情人、“小三”，以及被有权有钱人“包养”的女性，说明几千年的封建思想、三从四德、男尊女卑等余毒，还在她们头脑里作祟。她们缺乏的是胡杨等新一代女性顶天立地做人的尊严和气概！“虹”本是一种自然现象，但作者通过拟人的手法，把它和主人公的命运联系在一起，赋予了它灵感和内涵，说白了，它是对胡杨等新女性命运的寄托和希望！

四

《虹》虽不是一部以反腐为主要内容的小说，但仙都大酒店发展过程中暴露出的腐败问题和线索，从一个侧面说明：反腐永远在路上，全面从严治党依然任重道远。

先说寇雄，这是《虹》中最大的贪官。他从市政府办公室副主任到升任为副市长，十几年间以权谋私、索贿受贿、道德败坏，运用公权力为特定关系人谋私利，严重违反了党纪国法。虽然“色狼”在欲对“女神”实施强暴时，被胡杨割腕自残的行动刺激，“诱发脑血管破裂导致昏迷”，也可以说是恶有恶报，但他并没有受到党纪国法的追究和严惩。

其次是公安分局副局长盛霖。金彩玲托他帮助侦查丈夫崔启明的隐私——“小三”的信息，没想到真正的“小三”没找到，反被盛霖趁机“敲竹杠”6万元。还有，崔启明的情人迟欣荣，被金彩玲训斥和暴打后不久，就和儿子小宝一起蹊跷地“自杀”身亡。不论是金彩玲雇凶投毒（她外甥牛栓牢曾投毒误伤过崔启明），还是受盛霖的恐吓威逼而服毒，母子俩的蹊跷死亡都是一桩严重的刑事案，不明不白地被“摆平”，可能涉及公检法人员的渎职和腐败。不认真追究，公平正义何在？

最后，金彩玲对那些把仙都大酒店当作“唐僧肉”消费的大小掌权者，虽然心里恨他们，但表面上还得笑脸相迎。对民企“吃拿卡要”简直成了潜规则，有的人“胆子贼大，啥都敢吃，就差不敢吃活人”了。对这些违反中央“八项规定”的大小官吏，也理应按照党纪国法进行追究和惩处。人民群众对腐败问题深恶痛绝。《虹》是一部现实主义文学作品，仙都大酒店反映出的腐败问题，是社会的一个缩影，具有一定的普遍性。它深刻说明：腐败问题在一些地方和领域已成痼疾，积重难返。必须以踏石留印、抓铁有痕的决心和劲头，进一步加大反腐力度，狠抓中央“八项规定”的落实，推动反腐倡廉工作向纵深发展。这也是《虹》给予我们的一条重要启示。

（载2017年9月4日《衡水晚报》副刊和同年9月10日《大周刊》）

《虹》《太阳雨》《风笛》被誉为“改革三部曲”

陕西作家温雅芝的三部小说，被陕西学者江长录誉为“改革三部曲”。长篇小说《太阳雨》，以改革开放之初的商品流通体制改革为背景，以“渭城”这个黄土高原的关中城市为舞台，塑造了一群出身、爱好、性格、气质迥异的青年男女形象，通过对他们在改革大潮中的向往与追求的描写，讴歌了改革的弄潮儿。小说《风笛》则讲述了20世纪90年代改革向纵深发展的背景下，燕山脚下滨海市的一组鲜活人物的矛盾纠葛，以及错综复杂的情节。而《虹》则以改革开放后景区为背景，着力刻画了青年创业者的个性风貌，特别是改革开放环境下女性奋斗的历程。其中，《太阳雨》获得陕西省第十届精神文明建设“五个一工程”奖。

小说是语言的艺术

——谈谈李晓岚《没有净土》的语言特色

三年前，我就听说晓岚收心反思、在家潜心创作“大部头”，心里充满了期待。因为，我与晓岚不仅是同乡、同学，还是新闻界的挚友。1981年夏天，供职于《河北日报》的我，邀请《衡水日报》记者李晓岚，一起赴山东鲁南沂水河畔采访“飞”来的闺女——卞廷敏千里认母的故事，其间还一起谒孔府、登泰山，相处甚欢。我们合作的人物通讯《“飞”来的闺女》（又名《千里认母记》），先后在《河北日报》《人民日报》和中央人民广播电台刊登和播出，其在全国引起很大反响，被评为全国好新闻，还被收入高校写作教材，作为人物通讯写作的范文。

有了这层笔墨交往，所以《没有净土》由作家出版社出版后，我迫不及待地找来，细细地咀嚼和品味。小说讲述了20世纪七八十年代，发生在冀南农村的一个凄美动人的爱情故事，展现了农村社会变革时期，作者所怀念的纯洁美好的爱情同世俗权力金钱交易下的婚姻的碰撞。大概是为了便于读者读懂作者的本意，编辑木弓在小说前附了一篇导读式的评介《乡村凄美爱情描写及其他》，作为代序，以期引起人们的重视。对此，我不想重复和赘述。这里，我想谈的是翻开《没有净土》，那如春风扑面般而来、雅俗共赏、令人回味的语言。

小说是语言的艺术。它是用语言来叙述情节，塑造人物，描绘各种生活场景的。李晓岚长期生活在农村，熟悉冀南大地，特别是衡水湖（小说里叫“明镜湖”）周边地区农民的思想感情、生活习惯、文化爱好，理解他们的痛苦和欢乐，熟知他们的过去和现在。他从大量的群众口语中，提炼出通俗易懂、极具感染力的鲜活语言，还着力追求语言和内容水乳交融。小说既有原汁原味的庄稼话，土得掉渣。又有幽默风趣、蕴涵着丰富内容的俏皮话，使《没有净土》呈现出一种带有原生态的“本色美”。比如，写老实倔强的潘老泰，“就像一截子会喘气的木头”，是个“宁挨整砖不挨半头的货”；再如写车间主任赵素琴批评闲聊胡扯的娘们儿：“你们到一块儿就胡吣，往后谁再说话像尿尿似的，看我把你们的上口下口都缝死！”还有，写春玉对韩运山给玉妹“穿小鞋”的愤愤不平：“这不是秃子脑袋上的虱子明摆着吗？韩家想让玉妹给他家做媳妇，玉妹不干，人家就卡你。这就叫一天刮三遍脸面胡儿，你不让我露脸，我不让你露头。”这些既通俗易懂、形象生动，又诙谐幽默，耐人寻味的个性化语言，使人物的性格特征、音容笑貌跃然于纸上。这是小说《没有净土》的一个鲜明的艺术特色。

李晓岚不仅善于在群众口语的基础上进行艺术加工，而且还积极尝试从刻画人物性格的角度，给笔下人物冠以个性鲜明的绰号。比如：聚仙屯有个娘们儿姓花，她和闺女姘靠着一个男人，外号就叫“花里棒槌儿”；尹茂的老婆好说好笑，叽叽喳喳像黄雀似的，外号叫“唧唧呱儿”；有个娘们儿长得小巧玲珑，人们叫她“小地梨儿”；有个娘们儿老头子叫穷急，她便“嫁鸡随鸡”叫“穷急家”。还有什么“赵二驴骡儿”“大洋马”等。这些让人忍俊不禁的外号和他们稀奇古怪的故事，让人不由得会想起赵树理笔下的“二诸葛”“三仙姑”“弯弯绕”“小腿疼”等活生生的人物。只不过比起语言大师塑造的那些个性鲜明、饶有风趣的人物形象，《没有净土》里这些人物还显得逊色、不够丰满。

除了这些带有“山药蛋味”的语言，《没有净土》里还有被称为“诗体小说”的优美而富于诗情画意的清新洗练的语言。这大概是受了“荷花淀派”孙犁、韩映山等人的影响，用散文诗的语言来写小说、写景物，来叙述、描写、抒发人物的内心情感，使其语言有一种独特的美。比如，写玉妹眼中清晨的滏阳河畔：“槐树林里漂浮着一层淡淡的薄雾。槐树已长出嫩绿的幼芽，树冠上有喜鹊做的窝，太阳还没出来，喜鹊还在安睡。不到雨水季节，滏阳河已经基本干枯，深深的河道好像是滏阳市一个巨大伤痕，把滏阳市掰成了两半。”（隐喻玉妹与方平原的姻缘难成）再如，写恋爱中姑娘眼里初春的明镜湖：“船在水面上飘着。正是万物复苏的季节，湖岸上和湖中的几个岛屿上杨柳泛绿，春草萌芽，一片鹅黄。去年秋季的几场大雨，使明镜湖水面浩荡，碧波连天。漫天的朝霞，让湖水荡满了红晕，流光溢彩，金鳞闪耀。”“今天的天气特别好，各种水鸟贴着水面飞，玉妹就觉得自己也和这水鸟一样在自由飞翔，生活是这样的美好，青春是这样的美好。”“玉妹有了对象，潘老泰家就像院子里那棵石榴树上开的石榴花，一团团，一簇簇，红得鲜艳，红得让人心醉。”还如，市委办公室主任戴汉臣对女人的认识：“兄弟，你说什么最厉害？女人。女人能叫你把家败了，把官丢了，把国破了。俗话说，男人统治世界，女人统治男人。方平原这会儿，叫聚仙屯那闺女迷住了，他是解不开这个套了。”以上等等，不论是叙述、描写，还是对话，用的哪怕是最通俗的口语，都带有浓郁的抒情味道，都能像诗句一样优雅，摇曳生姿，趣味盎然，给人以美的享受。这是《没有净土》在语言上的又一个成功之处。

李晓岚毕业于河北大学教育系，文化的背景和新闻职业的特点，使小说的语言特别是主人公的所思所想，带有哲理性和思辨性，因而增加了作品的深刻性。比如，作者借村支书赵天顺的嘴，讲的关于对待送礼的一席话：“《诗经》里说，‘投我以木瓜，报之以琼琚。匪报也，永以为好也！投我以木桃，报之以琼瑶。匪报也，永以为好也！’什么意思？千百年来，《诗经》的研究者们都说，这是男女之情歌。其实，他们都没研究透。这根本不是什么情歌，是讲人间的大道理。开始，我对送礼也头疼，要不是，不要不是。后来我学《诗经》，渐渐悟出来了。要想和人家永以为好，就得有来有往。咱们村凡是给我送礼的，我都回礼，而且总比他给我的礼重。这叫‘投我以木桃，报之以琼瑶。’这么一来，一切问题都解决了，不管这事办成办不成，和乡亲们的关系就越走越亲了。”还有，在方平原遭受挫折又回到“原点”之后，小学老师关敬轩劝他跳出名、利、色的“圈儿”，换一种方式活着的一席话：“上帝一只手里拿着公平，一只手拿着不公平。机遇，只不过是上帝打盹时，一不小心把公平掉到了地上，那绝不是谁都能得到的。我们所能做的一切，只能是淡而不轻，凡事看淡，但不可轻看。只要自己看到的是光明，那就走下去。人是活在过程中，目的就显得微不足道。目的一旦达到，过程也就结束了。”再如，关敬轩和算命先生翁同化关于《易经》之精髓、佛学之要义的精彩对话与探讨（本文限于篇幅不便引述），以及小说中多次以欣赏的口气谈到的“大隐隐于市井，小隐隐于山林”的高论，我们暂不评论其是否正确，但从语言特色的角度来说，它确是同“山药蛋味”的语言、“诗体小说”的语言不同的另一类型语言，这也是《没有净土》的一个特色，值得细细咀嚼。

综上所述，《没有净土》的故事不算曲折，情节也不那么跌宕起伏，女主人公潘玉妹的爱情观及其价值取向，就是在20世纪七八十年代也属于阳春白雪型的，合者甚寡，今天更不为帅男靓女们所接受。但是由于小说的语言富有特色，所以还是很吸引人的。正如一位名人讲的：从某种意义上说，小说特殊的魅力就在于语言的魅力！

（载2013年1月18日《衡水晚报》副刊）

李晓岚在戏剧方面的成就

河北籍作家李晓岚，多才多艺，除长篇小说，在戏剧方面也颇有研究。其根据1981年第1期《中国妇女》杂志发表的《“流浪女”安家记》的素材，精心创作了针砭社会时弊的八场评剧《腊妹子成亲》，上演后在衡水地区引起轰动。其根据家乡大儒董仲舒的史料，花费几年工夫，呕心沥血地创作了八场新编历史剧《董子春秋》。另外，其还在《大舞台》发表了30集电视连续剧《大海商》等剧本。

讲好冀州故事

——读辛向党《随笔集》有感

辛向党的《随笔集》，我是作为历史来读的。放在床头，有暇时就翻两页，想一想，有时还回头再看看。这样一来，时间就拉长了，所以读后感今天才写出来。魏英俊先生称赞该书“信手拈来，笔随心动，文由感出”，是说到了点子上。辛向党自己说：“我写的，有见的、听的、想的，有冀州历史和当今，有民俗，有村庄探访，有个人经历情感，等等。”辛向党长期在史志办公室工作，编撰地方史，积累了大量的资料和宝贵经验，从某种意义上说，他的《随笔集》不是一般意义上的散文随笔，而是积累了历史智慧的檄文。

历史是一面镜子。重温历史是为了以史为镜鉴、不重复过去的错误。辛向党在2004年退居二线后，秉承“记史忆昔，启迪后人”的初心，记史、忆昔、说今、谈思，随思随写，笔耕不辍，写了大量的文稿。收入本书的175篇文章，有散文随笔，有报道写真，有亲身亲历，有所见所思，见解独到，真实感人，具有广泛的知识性和可读性，读后深受启发教育。比如第一部分《记史忆昔》收入的30篇“记史”的文章，从1958年的“大跃进”“三年经济困难”，到“文化大革命”中的“红卫兵”“大串联”“革委会”“农业学大寨”，再到改革开放实行联产承包的“大包干”责任制，还有前几年河北三年大变样的“城镇拆迁”，时间跨度60年，所写内容许多是涉及敏感问题的话题，有些是我们党在探索社会主义道路的过程中交出的“学费”。一般作者不愿去碰这些敏感问题，因为分寸把握不好往往会捅娄子的。而辛向党“明知山有虎，偏向虎山行”。他以马克思主义的唯物史观为指导，坚持实事求是的态度，以大量史料和亲身经历为依据，客观地叙述，深入地探寻，科学地总结，写出了一篇篇凝聚历史智慧的好文章，为我们正确总结历史经验教训，在新形势下更好地坚持和建设中国特色社会主义，增强了自信和信心。

史志还是进行爱国主义和传统教育的好教材，是激励后代继承先辈传统、奋发进取的宝贵财富。新中国建立已68年，不仅开国的老一辈革命家大部分都已逝去了，就连20世纪50年代出生的同志，也大都退休和退二线了。如何记住历史上的名人和英雄，传承祖先和老一辈的传统美德，是面临我们的一个重大课题。《随笔集》用大量篇章（近50篇）记述了冀州历史上的神话传说、文人墨客和当代的英雄模范人物。从“三皇五帝”传说中的舜帝，到“竹林七贤”中的冀州刺史山涛；从冀州历史上的几位廉吏，到冀州历史上的美德女性；从冀州籍的红军战士李新民和乔同庄，到冀州最早的中共党员石世珍和第一个党支部“六师”党支部；从曾受到毛泽东主席接见的西沙疙瘩村村支书郁洛善，到冀州最早的“女劳模”刘翠苗；等等。辛向党用朴实而简略的语言，娓娓道来，大跨度地展现了冀州籍人物的风采。这些人物虽然所处历史时代、历史时期不同，个人作为和对社会的贡献不同，但在他们身上都体现着中华民族的传统美德，体现着人类的真善美。每个人物都是一篇以史鉴今、启迪后人的好教材。

半世纪前作者做“土记者”时与辛向党（右）合影

我与辛向党是同龄人，相识于20世纪60年代。《随笔集》有一篇《忆“土记者”》，记述的是1968年一批农村有志青年，在毛泽东“不应当少数人关门办报，要群众办报”的指示鼓舞下，拿起笔来向报社电台投稿的事。他当时是名声很大的“冀红农”的骨干，我是“肖张小评论组”的主要执笔人，一起参加地区通讯报道会，一起进报社通讯员学习班，相同的志向和爱好使我们成了情投意合的好友。所以，对他送我的书我格外看重。我觉得，要认真贯彻习近平总书记关于“讲好中国故事，传播好中国声音”的指示，就要像辛向党那样首先讲好冀州故事，传播冀州好声音，为社会增加正能量。如果每个县、每个市、每个省乃至每个部门单位，都能讲好自己本地本单位的故事，那么，习近平总书记的指示不就真正落到实处了吗？！这既是《随笔集》的现实意义，也是我推荐该书的缘由。

（载2017年3月31日《衡水晚报》、同年4月12日《衡水日报》、同年4月23日《大周刊》）

友谊小船50年没翻

辛向党，冀州徐庄人，网名“文字虫”。我们相识于1968年，至今已50多年。有人说“友谊的小船说翻就翻”，而我们友谊的小船为什么没翻？说起来，可能有三方面原因：一是志向相同。爱党爱国爱人民，不忘初心跟党走。对我们来说，“没有共产党、没有新中国，就没有我们的一切”，绝非一句虚言。二是出身相同。都是贫苦农民的孩子，从当“土记者”开始，就不忘农村，不忘农民，“深植根，接地气”是我们的共同优势。三是爱好相同。酷爱写作，刻苦学习，孜孜追求，几十年笔耕不辍。退休了也“老有所学，老有所为”，讲好中国故事，增添正能量，共筑中国梦。他是河北省作家协会会员，已出版十多部著作，作品曾获新华社好稿奖、河北省“五个一工程”入选奖、河北省好新闻一等奖等。2017年，冀州宣传部还为辛向党的《钩沉集》出版举行了座谈会。

创造新文明的序曲

——杨淑强《千古名人竟风流》的启迪

衡水日报社原社长杨淑强同志，退休后不忘初心、牢记使命，专心致志地阅读《史记》《战国策》《资治通鉴》《二十五史》等古籍，耗时数载，对历史古籍中关涉衡水的历史人物大起底，进行综合归纳研究，历尽艰辛完成了一部具有很强史料价值的被衡水市委常委、宣传部部长马福华誉为“魅力湖城的繁星，华夏文明的见证”的书——《千古名人竟风流》。该书以5000年中华文明为背景，透过世代繁衍在衡水大地上的200多位栩栩如生的历史人物，用“人为主，事为辅”的叙事方式，追溯衡水文明的历史渊源，留住文化根脉，托起民族未来，“滴水见太阳”地反映了中华文明的源远流长和灿烂辉煌。

河北省委宣传部原副部长、省社科联主席韩丰聚在该书的《序言》中说：“文化是一个民族生存与发展的根和魂，是一座取之不尽、用之不竭的宝库。”讲得很精辟！其实，研究历史、开掘“宝藏”，就是为了更好地认识现在和把握未来。那么，《千古名人竞风流》一书，为我们在中国特色社会主义新时代，深入思考和感悟中华文明的精神内涵，继承和弘扬中华传统文化，提供了哪些有益的启迪和借鉴呢？本文试从以下几个方面作些探讨：

第一，研究考证尧至信都、舜耕历山、禹治衡漳的历史资料，不仅深化了我们对衡水这个“北方湖城”文化底蕴的认识，也从尧舜禹三帝坚持治水的远古往事中受到深深启迪：不忘初心，砥砺前行，公而忘私，方得始终。尧舜禹是传说的贤明帝王，史载其部落活动于山西临汾、永济和河南禹州一带，其历史遗迹也多在山西、河南。其中大禹治水最著名的工程是凿通“龙门”，使黄河水顺畅而下。至于尧舜禹治水到过衡水，有人说是“大胆的猜想”，但这猜想是有历史依据的。因为夏王朝把中国分为九州，冀州位列其首。不过当时的“冀州”是个大概念，包括河北平原与山西高原。所以说尧舜禹到过时属冀州的衡水，是有可能的。杨淑强就引用《太平寰宇记》的记载，令人信服地证明，三帝治水的足迹确曾抵达衡水。尧帝在位期间，山洪暴发，河流泛滥，神州大地，一片泽国。三帝治水，前后时间长达上百年，直到公元前2286年禹接替父亲鲧，承担起治水的使命，到公元前2274年才控制了水患，这就是史传的“大禹治水13年，三过家门而不入”的千古佳话。新华社河北分社原社长侯志义著文说此书“具有很高的学术价值”，特别是以“水”贯穿全文，指出“水是生命之源”“水乡出才子”“水使源远流长的中华文化光耀湖城”等，见解独到，颇有新意。

第二，重温吕尚八十西去辞棘津、辅助文王灭商纣的传奇故事，以及周亚夫临危受命平叛“七国之乱”等历史壮举，不仅可以加深对“天下兴亡，匹夫有责”的中华民族优良传统的理解，还启迪我们应增强在新时代为国家、民族和人民利益勇于担当的历史责任感。吕尚家贫志不短、从小就怀有报国安邦之志，刻苦学习天文地理、军事谋略等方面知识，并且在耄耋之年毅然离开家乡棘津到周地，垂钓于“渭水之滨”，遇到求贤若渴的姬昌（周文王），终于成就了灭商兴周的历史伟业。如果讲“励志”，讲“烈士暮年，壮心不已”，这恐怕是最好的教材！公元前154年，以吴王刘濞为首的东方七国叛变，占据半壁江山，西汉王朝岌岌可危。关键时刻是周亚夫挺身而出、临危受命、帅军出征，只两个月，就平息了七国之乱。这是汉王朝的一个拐点，如果叛军得胜，中国将重回割据混战、民不聊生的时代，何谈“文景之治”！所以20世纪七八十年代，我在衡水工作时，曾多次去周亚夫墓凭吊，追思前贤们的历史壮举。今天重温这些威武雄壮的历史故事，也是在新形势下对勇于担当精神的一种呼唤！

第三，矢志不移传播儒家理论，“罢黜百家”为统一思想。澹台灭明与董仲舒在传播儒家思想上的实践与历史功绩，再次启迪我们：一种新的学说或思想的传播需要历经艰辛与磨难。澹台灭明虽长相丑陋，但品德高尚。孔子去世后，他的七十二贤徒，大多为官或经商，真正矢志不移传播儒家思想的只有3人，澹台就是其一。他先在河南，后到吴楚之地讲学，跟随弟子300多人，是将儒学传播到江南的第一人。儒学也是南方最具影响力的学派，深受当地人民的爱戴。各地为澹台修祠塑像，江西甚至将钟陵县易名进贤县，钟陵山更名栖贤山来纪念他。这恐怕是孔子当年也没想到的。董仲舒是澹台灭明300年后又一个矢志不移传播儒家理论的人，为了研究儒家经典《春秋》，他专心致志，曾“三年不窥园”。当时的中国，经楚汉连年战争，以及汉初的七国之乱，不仅国力衰弱，而且各种学派也很混杂，其中不凡有旁门左道的邪说。董仲舒抓住汉武帝刘彻“举孝廉，策贤良”的机遇，适时地献上了“天人三策”，提出“罢黜百家，独尊儒术”，受到汉武帝的赏识采纳。从此，儒家思想成为国家唯一正统的思想，这不仅为汉武帝统一学术思想、变通政治提供了理论依据，也对中华传统文化经典的继承发展具有不可磨灭的贡献。

第四，毛鹏节义廉明不徇私，希挚两袖清风传美名。明嘉靖两廉吏的事迹感人，令人神往，但其在家乡知者不多的现实启迪我们：对历史上的清官不仅应加大宣传力度，而且还应注意挖掘保护他们的文物遗迹。2010年早春，我曾去傅希挚任淮安知府时的古府衙参观，瞻仰了由宋太宗撰文、黄庭坚书写的“尔俸尔禄，民脂民膏，下民易虐，上天难欺”的《戒石铭》，以及府衙内“吃百姓饭，穿百姓衣，莫道百姓可欺，自己也是百姓”的楹联。这些官箴虽已流传上千年，今天读来仍振聋发聩。“不受赠遗的傅希挚”，能被淮安制成蜡像让人瞻仰学习；毛鹏不徇私情的故事，能被编成戏剧《四进士》，警示教育后人，那么他们家乡的墓地何以荒冢一片，甚至连“一抔黄土”都难寻呢？在大力倡导廉洁奉公的今天，如何让这些历史上的廉臣的事迹，家喻户晓、入脑入耳？这是该书作者提出的一个严肃问题。

综上所述，《千古名人竞风流》一书给我们的启迪是多方面的、多层次的。以上几点启迪，虽挂一漏万，但有利于我们开启思想的闸门。毋庸讳言，在漫长的衡水历史中，也出过卖国求荣的汉奸、卖官鬻爵的贪官等人物。因此，该书可从正反两个方面彰善瘅恶，警示后人。习近平总书记指出，“历史是最好的教科书”。不忘历史才能开辟未来，善于继承才能开创新的文明。因此，从某种意义上说，《千古名人竞风流》就是家乡在中国特色社会主义新时代，开创新文明的一首序曲！

（载2019年7月19日《衡水日报》晨刊悦读）

建议写本《百年历史风云人物录》

读罢《千古名人竞风流》，想到应再写本《百年历史风云人物录》。衡水人民有着悠久的革命传统。从五四运动，到土地革命战争、抗日战争、解放战争的过程中，不知有多少英烈洒热血、抛头颅，谱写出彪炳千秋的历史功绩。就是在新中国成立后的社会主义建设和改革开放时期，也涌现出无数英雄模范人物，比如组织起来、走集体化道路的饶阳县五公村耿长锁、冀县西沙疙瘩村的郗洛善，被誉为“五亿农民方向”的安平王玉坤、王小琪、王小庞，实现了“一人一猪，一亩一猪”的景县魁星庄……还有“一心为革命、一生为革命”的宋欣茹、“冀中子弟兵母亲”的李杏格，乃至新时期助残扶贫的林秀贞等。只是我们没有系统完整地将他们的事迹整理成书，年轻人不熟悉他们，年纪大的随着岁月流逝大家就渐渐淡忘了他们……所以，建议趁建党百年的机遇，把他们的事迹材料整理起来，作为传承红色基因的教材，岂不是件功在当代、利在千秋的好事！

附录　红枫之缘

峥嵘人生谱华章

吴庚振

按：从某种意义上说，恩师吴庚振教授是《红枫集》的“催生婆”。2008年我退休后，时间充裕了，有暇时常把所见所闻和所思所想写成散文，投给报刊或发到博客上。吴老师看后“很兴奋”，发短信鼓励说：“过去我较多地关注你的新闻通讯，其实，你还很擅长写散文尤其是游记散文呢！”“语言很有味道，散文特有的那么一种味道。”正是受了吴老师的鼓励，我萌发了把业余写的一些散文结集出版的想法。2014年11月，凝聚着我多年心血的散文随笔《红枫集》出版了。第一时间我送给吴老师指正。令我没想到的是，吴老师不顾年老体弱和正在患感冒，戴上老花镜，日夜突击阅读。半个月后，近80岁的人，就写出了长达5000多字的评介文章：《峥嵘人生谱华章——张锡杰与他的新著〈红枫集〉》，为我这个40多年前的学生撑腰张目。作为河北大学新闻传播系原系主任、资深教授、文艺评论家，吴老师的评介鞭辟入里、感人心脾，不仅对如何为文而且对如何做人，都深有教益。故附录在这里，如同一面镜子，经常学习反思。

读了张锡杰的新著《红枫集》之后，颇为兴奋和激动。这部著作以其深刻的思想内涵、精湛的艺术技巧、新鲜丰富的各种知识，令人爱不释手。该书收选了作者几十年来散文创作的精品力作，记录了作者的人生足迹和感悟，是作者大半生心血的结晶。

习近平总书记在全国文艺座谈会上的讲话中强调："讴歌奋斗人生，刻画最美人物""文艺不能在市场经济大潮中迷失方向，不能在为什么人的问题上发生偏差，否则文艺就没有生命力"。阅读《红枫集》，可以帮助我们从一些小小的侧面更深入地学习理解习总书记的讲话精神。

赤子情怀，真情放歌

张锡杰的人生经历，他的成长历程，决定了他是党和人民忠诚的儿子。张锡杰出生在河北省枣强县索泸河畔一个贫苦的农民家庭。这里历史上属于土地贫瘠、黄沙漫漫的黑龙港地区，改革开放之前人们的生活异常艰苦。孩提时代，张锡杰就下地干活，和大人一样，"晴天一身土，雨天一身泥"。因家境贫寒，他中学没有读完就辍学了，之后痴迷读书和写作，并参加了公社（乡镇）的新闻评论组，成为一名"泥腿子"业余记者。在此期间，他撰写出大量当时称作"小评论"的作品，有的文章还发表在《人民日报》《河北日报》等报刊上，成为衡水地区小有名气的"农民评论员"，并因此被推荐到河北大学中文系学习。大学毕业后，他被分配到河北日报社工作了20余年，先后担任记者、记者站副站长、记者部副主任、总编室副主任、科教部主任等。其间，他受命采访过包括国家主席、总理、省委书记、省长在内等许多高层人物，并有多篇作品获得国家或省部级新闻奖。就人的一生来说，这是相当不平凡的。后来，由于他良好的全面素质和出色的新闻工作成绩，20世纪90年代初，他先是被借调、后来正式调到中共中央办公厅调研室工作。用他的话来说，是“从沙窝窝走进了中南海”。他在红墙里面工作了20多年，并先后担任过中共中央办公厅调研室政治组组长、调研室副主任、中央办公厅直属的北京电子科技学院党委书记等。

应该说，张锡杰的身世和经历，是很不平凡的。这样的身世和经历，使他对党的理想信念、对党和人民的忠诚，渗入他的骨髓，融入他的心灵，幻化出他的灵魂，铸就他的一颗赤子之心。对张锡杰而言，“没有党就没有自己的一切”，绝非虚言。正是这样峥嵘不凡的人生经历和赤子情怀，使张锡杰对党和人民真情放歌，使他的文字总是高扬主旋律、传播正能量。那些风花雪月、靡靡之音、“千囧百酷”、个人至上的东西，那些戏谑现实、脱离群众的所谓“纯文学”的东西，与他是无缘的。正如鲁迅先生所说：“从喷泉里出来的都是水，从血管里出来的都是血。”（《革命文学》）

《红枫集》虽然分作“寻踪觅迹”“红墙情结”“域外采撷”等七个部分，但其主体内容主要是两个部分：一是游记，二是回忆录。

第一部分，即游记散文。这一部分一反我们常见的某些散文耽于山水、浮光掠影、虚靡浅薄的弊端，具有丰富深刻的思想内涵。对某些不良官员来说，出国考察是满足自己好奇心和虚荣心，游山玩水，进而为崇洋媚外找到一些根据、增加一些谈资的大好时机。而张锡杰不是这样。由于工作的需要，他考察过亚洲、欧洲、北美洲、大洋洲的十几个国家和地区。在考察中，他时刻不忘自己作为一个共产党员的坚定信念和庄严使命。在德国的特里尔，他怀着十分崇敬的心情拜谒了马克思的故居，并深情呐喊：“马克思创立的伟大学说，必将指引和激励中国共产党人，沿着中国特色社会主义道路继续前进！”（《从特里尔走来》）在俄罗斯，他怀着极其复杂的心情，瞻仰了列宁墓，探究了苏共覆亡、苏联解体的真正原因。“望着对面钟楼塔楼上依然闪烁的红星，我不由得感慨万千！”（《列宁墓前的感慨》）“苏联解体，红旗落地……起决定作用的是内部原因”，是“苏共领导对马列主义的背叛”。（《重走生命之路》）

张锡杰是党的儿子，也是人民的儿子。在他的游记散文的许多篇章中，深情表达了他对劳动人民的挚爱情怀。登泰山，他看日出，领略祖国山河的壮丽，更看到了泰山挑夫那比风景更美丽的劳动人民的优秀品质和灵魂。（《泰山挑夫》）在长江小三峡地区，张锡杰看到广大群众顾全大局，流着眼泪毅然决然搬出祖祖辈辈生活的热土，激情呼喊：“此时此刻，我的心底涌现出一种难以形容的激情，我要说，我要喊，小三峡的山美水美景美，比不上小三峡儿女的心灵美！”（《惹人心醉的小三峡》）

第二部分，即回忆录部分。这一部分表现了张锡杰对故乡、亲人、朋友以及他在人生道路上所遇到的种种难以忘怀的人和事的深挚感情，许多篇章读来是颇为震撼和激动人心的。他“蘸着泪水用‘心’写成的《描绘母亲的形象》”，读来令人回肠荡气，唏嘘不已。他对40多年前帮助他走上新闻工作道路的《衡水日报》编辑李普月，“始终怀着一颗感恩的心”。他用最美好的词语赞颂李普月：“就像他的名字一样，他把那明亮皎洁的月光，无私地洒向基层通讯员，照亮了我前进的道路。”（《月亮知我心》）

张锡杰离开家乡虽然将近半个世纪了，但他对家乡的一草一木依然深情满怀。在他的心目中，家乡的土地、水井、湖水、春雨，家乡的油菜花、红枣树、绒花树、红薯、红枣，等等，都是有灵性的。“‘七月十五红眼圈，八月十五动枣竿’。那意思是说，农历七月十五，大枣红了眼圈，可以挑熟了的尝鲜儿，到了八月十五就要拿枣竿打枣了。每到这时，也是院子里最热闹的时候。大人们一竿子打下去，熟透的红枣就噼里啪啦地落下来，碰到孩子们的头上、身上，有的笑，有的叫，有的闹……”（《枣树情》）这段生动传神的白描文字，传达出作者对家乡的几多深情！

散文其形，通讯其骨

《红枫集》的主要特色和美学价值，可以概括这样八个字：散文其形，通讯其骨。

我们知道，散文和通讯本来是不分家的。唐宋之前，散文是相对于韵文来说的，凡是没有韵律的散行文字，统称为“散文”，包括写人记事的文字，也包括政论文章。从这个意义上来看，通讯也是散文的一种。到了上世纪初叶，“远生通讯”产生之后，通讯才成为一种独立的新闻体裁。已故著名记者穆青同志曾提倡写新闻要借鉴一些散文笔法，写散文式新闻。其实我们也可以反其意而用之，写散文可以适当借鉴一些通讯笔法，以增强散文作品思想内容的深刻性和感染力。

张锡杰做了几十年新闻工作，并采写过大量优秀的新闻通讯，新闻工作的党性观念、新闻记者的时代敏感和拥抱现实的职业精神，深深地烙印在他的脑海里。这些会很自然地影响他的散文创作。事实也是这样，他创作的散文，从写人、记事、状物、写景、抒情等表达方式乃至“形散神不散”的结构形态上来看，都具有散文的特征，但从作品的基本内容、时代精神和作者构思立意的思维方式等方面来看，又具有新闻通讯的某些特色。写散文当然要立足于散文，但张锡杰不是墨守成规，而是兼取散文和通讯的优势，将散文和通讯的两种“基因”嫁接融合，从而产生一种幽深厚重的审美效果。

首先，作者站位高，善于从人们司空见惯却又习焉不察的事物中，提炼出深刻的思想，使作品具有较高的思想品位。散文属于文学的范畴，它的功能主要是通过审美愉悦来感染人、陶冶人。而通讯经常用来报道重要典型，较之于散文，它更注重于大局观念和思想教育功能。因此，深刻而具有现实意义的思想内容，是通讯的风骨之所在。张锡杰将通讯的这种“风骨”移植、嫁接到散文中，大大增强了作品的思想性和感染力。例如《珍珠梅》这篇散文，写的是一种开白色小花的灌木花卉——珍珠梅，它的花色既不艳丽，也没有浓郁的香味，实在是再普通不过了。但是，珍珠梅的生命力极强，对土壤和施肥要求不高，花期又很长。对这样一种看起来“不起眼”的花卉，作为中共中央办公厅一员的张锡杰通过层层联想，从中挖掘出深刻的富于警醒意义的思想。第一层，作者由花想到人。作者写道：真正爱上珍珠梅，是在读了王安石“墙角数枝梅，凌寒独自开。遥知不是雪，为有暗香来”的《梅花》诗之后。这首诗名为写花，实为写人，表现出不求索取、勇于奉献、甘当无名英雄的品质。第二层，由此生发开去，进一步联想到那些血洒工作岗位的英烈们，如全心全意为人民服务的张思德、电影《永不消失的电波》中的主人公李侠的原型李白等人的感人事迹。第三层，由战争年代的无名英雄，联想到和平建设时期那些长期在中央机关做机要、文秘、保卫、档案等工作的人员的默默奉献精神。经过层层开掘，作品向我们展示出博大精深、感人肺腑的“珍珠梅精神”，也寄寓了当时作者的心境与抱负。

其次，作为一名资深记者，张锡杰总是习惯性地将他在散文中所写的人和事、景和物，放在时代大背景下来展现，使作品具有强烈的时代感和针对性。这样的例子在《红枫集》中比比皆是。例如《赣南松》这篇作品，所写的是赣南人民植树造林、绿化荒山的事迹。改革开放初期，当地政府制订了绿化荒山的宏伟计划，并付诸实施。但由于当地的红土酸性强、黏性大，不适合杉树、马尾松等树种的生长，所以绿化工作收效甚微。吉安县林业局副局长邱崇鸿，看到革命先辈浴血奋战的山山岭岭，如今面貌依旧，“感到无地自容”。后来，他经过千辛万苦，从外地讨到一小包原生在美国的名叫“湿地松”的种子，经过繁育，获得成功。如今的赣南大地，郁郁葱葱，林木茂盛。这件事本身就是改革开放的一个成果。作者将这件事放在革命老区人民继承和发扬老一辈革命家的革命精神，在改革开放中建设美好家园的大背景下来表现，极大地提升了作品的时代感和思想品性。

当然，在散文创作中借鉴一些通讯笔法，并不是要作者直接站出来发议论，而是用散文之“形”去表现通讯之“骨”，用散文的形象表现深刻的思想内容。张锡杰正是这样做的。一部《红枫集》，描摹出许多鲜活的人物形象、美不胜收的山水画面和感人至深的生活场景，读者可以在美的享受中获得教益和思想启迪。

知识密集，内容丰厚

《红枫集》的绝大多数篇章，知识点都很多，鲜活有趣的知识让人目不暇接。这些知识既有人文科学的，也有自然科学的；既有现代的，又有历史的；既有本土的，又有外域的。走进作品所创造的世界，给人以“遍地是黄金”的感觉。

无论是写人记事还是状物写景，作者总是喜欢对所写的对象多侧面、全方位进行关照和展现，创造出一种立体化的意象和图景。例如《家乡的红薯》这篇不足两千字的短文，所包含的知识之丰富，令人惊叹。作品开篇写道：“红薯，又名番薯、白薯、地瓜、山芋等，在植物学上的正式名字叫甘薯。”继而状写红薯的外形：家乡的红薯“模样俊”，块形匀称，顺溜，色泽粉里透红，瓤口金黄。接下去写红薯的口感和营养价值：家乡的红薯“生吃似脆梨，熟吃甜似蜜”，营养十分丰富。它富含蛋白质、淀粉、果胶、纤维素、维生素及多种矿物质，有“长寿食品”之誉，近年来还被专家们推荐为“太空保健食品”和“最佳抗癌食品”。再接下去，写红薯的繁育：红薯的生命力极强，播种红薯无需育秧，只需将几尺长的红薯蔓剪成几段，插到土里，浇上水，就成活了。最后，写红薯是怎样传入中国的：红薯原产于南美洲的秘鲁、厄瓜多尔、墨西哥一带，1492年由航海家哥伦布带回欧洲，又由欧洲经西班牙传入非洲，再由太平洋群岛传入亚洲。明万历二十一年（1593）五月下旬，福建华侨陈振龙从菲律宾将红薯带回福州，试种成功，并很快传播到大江南北。可以说这篇散文将红薯的有关知识基本上一网打尽，读者阅读后会感到一种由衷的满足和惬意。

当然，散文不是教科书，散文中写知识，并不是以传播知识为主要目的，而是通过对知识的叙写，在开拓作品视域、丰富作品内容的同时，创造出一种以特定事物为载体的审美意象。例如上面提到的《家乡的红薯》，虽然写了有关红薯方方面面的知识，但我们读后并不感到作品中的红薯只是一般科学意义上的红薯，而是一个鲜活的红薯意象，一个蕴含着作者深情与理想的可爱的尤物和小精灵！正如作者所说：红薯能在500多年的时间里，迅速引种到全球110多个国家和地区，靠的不是官方的行政命令，不是托门子、拉关系，而是自身的优势和内在活力，是一种“红薯精神”，这不正是需要我们学习借鉴的吗?

还应该强调的是，散文中写知识，不能像教科书那样冷静、客观，而应该将拟写的知识纳入作品的整体构思之中，使这些知识成为散文意象中一种不可或缺的元素。行文笔法上，则应力求简洁明确、生动活泼、通俗易懂、情趣盎然。

张锡杰的散文，知识密集，这也和他的记者身份有关。记者是杂家。这就是说，记者应该广闻博识，具有多方面的知识。勤于学习，善于调查研究，不断积累知识，是记者应有的职业素质。张锡杰曾说记者要建立自己的“资料库”。（《感悟人物通讯》）散文《邓六金的故乡情》等作品，就是在资料库的基础上写成的。

总之，《红枫集》是一部思想性和艺术性俱佳的散文作品，它的出版是我国散文创作的一个重要收获。当然，它也不可能是完美无缺的。如果从严要求，我觉得在篇目的选择上还可以更严格些，以使全书的艺术风格更加和谐统一。

（载2015年2月5日《组织人事报》、同年3月18日《文艺报》、同年3月20日《河北日报》）

忧国忧民的心迹写照

李晓岚

按：河北籍作家李晓岚，毕业于河北大学教育系。“文化大革命”中曾下乡锻炼，做过乡村教师，在县文化馆当过创作员，做过《衡水日报》记者，生活阅历丰富。特别是1991年下海经商后，曾去俄罗斯做过生意，当时正值东欧剧变、苏联解体的大环境，这使他有机会接触到俄罗斯的基层群众，了解到他们对苏联解体的真实想法以及人民的生活疾苦。所以，他对《红枫集》的评介视角独特，振聋发聩，入木三分，对党内腐败及官僚主义深恶痛绝，对亡党亡国的危险和忧虑触目惊心。

我与锡杰同乡，自幼相识，后又都从事新闻工作，于是便有了更多了解交往与合作的机会。锡杰的文章以剖析社会问题与思想深度见长。后来他调到中南海工作，由于工作纪律，来往渐稀。最近他的散文集《红枫集》寄到我的手上，翻开一读，便觉得热浪扑面，灼人心肺。锡杰的散文，意旨高远，内容丰富，“文字言简而意赅、辞约而义丰”，既能随着他那支“灵动之笔”，游览“世之奇伟、瑰怪、非常之观”，又能从中体会散文之美，学到许多鲜活有趣的知识，读后“令人爱不释手”。

不过，令我心灵受到震撼的是书中字里行间渗透的作者忧党忧国忧民的赤子情怀。忧患意识是中华民族特别是知识分子的一种文化传统，表现的是一种居安思危的高超智慧，体现的是一种社会责任感和历史使命感。人无忧患，睿智不成；国无忧患，大器不成。正是历代文人志士这种“位卑未敢忘忧国”的忧患意识和报国情怀，才使中华民族历经磨难而不衰，始终屹立于世界民族之林。锡杰生在旧社会，长在红旗下，是伴随着共和国的脚步成长起来的一代人，对党对祖国对人民有着深厚的感情。他时刻将民族的苦难、国家的前途、人民的命运萦系于心，其散文的站位之高、思虑之远、忧患之深，远非一般散文家能够企及。因此，可以说《红枫集》是他几十年忧国忧民的心迹写照。

对党内特权和官僚主义之忧

“我们是谁，我们从哪里来？我们到哪里去？”（《从特里尔走来》）作为该书的开篇，作者借用了系列片《德国人》的片头语，作出了这样发问。

当马克思列宁主义在列宁的故乡离人民群众渐行渐远的时候，他两次赴社会主义阵营的发源地俄罗斯考察，开始了他对历史对现实的探索之旅。

站在列宁墓前他陷入了沉思：这样一个伟大的国度，二战期间面对法西斯疯狂的进攻，在极其困难的情况下，战胜了饥饿寒冷与物资短缺。他们“以钢铁般的意志和必胜的信念，富有集体主义和牺牲精神”不仅成功地保卫了自己的国家，而且直捣柏林清除了法西斯的老巢。“社会主义国家由战前2个增加到13个，形成了一个强大的社会主义阵营”（《列宁墓前的感慨》）。可是这个列宁缔造的、用千百万苏联人民的鲜血和生命构筑的巍巍大厦，竟然在一夜之间轰然倒塌，原因何在？

“在没有外敌入侵的情况下，为什么苏联和东欧国家却‘不攻自破’、执政的共产党纷纷丢掉了政权？”（《重走“生命之路”》）作者在圣彼得堡遇到了一个苏共党员，是个退休教师，“谈到苏联解体、俄社会转轨的看法，她心情复杂，既有怀念，又有怅恨，表现出一种无奈：‘一谈到那些事心里就不好受，还是让青年人去说吧’。”接着，作者用一份调查资料回答了那位苏共党员的难言之隐：“党内特权和官僚主义严重，倡导社会主义的人，自己不按社会主义原则办事，党的干部特别是高级干部滥用职权、以权谋私，严重脱离了人民群众。苏联解体前，苏社科院曾以‘苏共代表谁’为题做过问卷调查，被调查者认为苏共代表劳动人民的占7%，代表工人的占4%，代表全体党员的占11%，而代表官僚、干部、机关工作人员的竟达85%（个别选项有重叠）。由此可以看到，权力腐败不仅切断了苏共同人民群众的血肉联系，而且也疏远了普通党员同党的领袖和干部的关系，最终导致大批党员对党失去了信心。”（《“不愿回答”的回答》）另外作者在这篇游记的后面写了一个“链接”，涉及《莫斯科郊外的晚上》，这是一首在中国家喻户晓的苏联歌曲，作者写道：“2004年9月2日和3日我们在俄罗斯国家公务员学院莫斯科郊外的阳光疗养院住了两个晚上，但是我们顾不上欣赏那幽静夜晚的美景，也没有心情哼唱那优美的旋律。因为当时在俄罗斯的北奥塞梯发生了劫持儿童的事件，电视台滚动播出武警战士和恐怖分子对峙的场面。就在前几天俄境内还发生了两架客机坠毁、莫斯科地铁爆炸恐怖事件，俄罗斯治安形势非常紧张……莫斯科郊外的那个夜晚，小雨淅淅沥沥。树叶沙沙响，敲击着人们忐忑不安的心……”真是此时无声胜有声，作者把言犹未尽与更深层次的思考留给了读者，让读者自己去联想，联想那更深邃更广袤无边的苏联解体的历史性的悲剧意义。

作者以无比沉痛的心情在俄罗斯游历，以历史的目光审视着这庞然大国的一草一木，他在解读着这个让全世界瞩目的国家近几十年的历史的巨变，力图从中得到历史给我们留下的警示。

“剧变祸起苏共对马列主义的背叛，”作者写道，“戈尔巴乔夫上台不久就抛出了所谓‘新思维’，在思想领域，戈主张放弃马克思主义的指导地位，实行意识形态‘多元化’；在国家政体上，戈主张取消党的领导地位，实行多党制、议会制、总统制；在经济改革上，戈把公有制说成是人与生产资料及劳动成果‘异化’的根源，积极推行‘私有化’，从而把苏联带上了亡党亡国的不归路。……崩溃首先是从理想信念的崩溃开始的。苏联共产党长期忽视党的建设，党失去了奋斗目标，党员干部坍塌了精神支柱，党和国家各级领导层中的腐败已发展到相当严重的程度……苏联解体最大的受益群体是一些党政干部，所谓剧变只不过是这些既得利益者‘自我政变’。”当我读了这段文字的时候，我的心情是复杂的，重读习总书记提出的“四个全面”，我感到了我们的党是伟大的，我们的国家是强大的，我们的人民是幸运的。

但是，作者对现实与历史的探索并没有到此止步，在特里尔市吕肯街10号马克思的故居，马克思少年时代的一篇作文中一句铿锵有力、气势磅礴的话使他的心灵受到强烈的震撼：“如果我们选择了最能为人类幸福而服务的职业，我们就不会被任何重负所压倒，因为这是为全人类做出的牺牲，那时我们感到的将不是一点点自私而可怜的欢乐，我们的幸福将属于千万人，我们的事业虽然并不显赫一时，但将永远存在。”（《从特里尔走来》）他似乎在这里找到了那些外国社会主义政党土崩瓦解的根源了。他们背离了“为人类幸福而服务”的根本宗旨。他们用获得的权力为自己与他的小集团谋取私利，个人的欲望无限膨胀，敛财聚富如同鲸吞海水无可节制，贪污腐败如高山坠石难以遏止。一个脱离了人民群众的政党，一个盘剥人民群众的集团，它的消亡是不以人的意志为转移的。

对严重脱离人民群众之忧

“马克思主义执政党的最大危险，就是脱离群众。”这是振聋发聩的警语。有人说，杂文的作用在于激浊扬清、针砭时弊。读锡杰的散文，感到其时代感和针对性以及语言的犀利有时不亚于杂文，只不过它是通过写景、写人、记事、状物、抒情等散文的笔法来感染人、陶冶人，通过讴歌真善美，来鞭笞假丑恶。锡杰曾任中共中央办公厅电子科技学院（北京电子科技学院）的党委书记。学院的前身是张家口军委工程学校，成立于1949年，学校开学时毛泽东主席曾为学校题词“全心全意为人民服务”。由此他又想到了毛泽东主席为张思德的题词“为人民服务”（《三谒菊香书屋》），从此“为人民服务”，便不再是一句口号，而成了共产党的宗旨和千百万党员及进步青年的实际行动。这是共产党成功的法宝。

2009年秋冬，作者曾陪同中央领导同志访问了江西老革命根据地的东固山。“东固山还是苏区干部好作风的发源地。东固根据地的兴国县曾被毛泽东誉为‘模范县’。老一辈革命家曾山在任江西省苏维埃政府主席期间，带头参加兴国县星期天义务劳动，帮助红军家属和贫困户耕田、积肥、砍柴、挑水。他下乡调查，布置、检查工作，身背斗笠，脚穿草鞋，自带干粮和菜干，到群众中搭膳还交菜金，搭床还交寄宿费，江西苏维埃政府干部的这种艰苦奋斗、勤俭节约、密切联系群众的作风，就像盛开的漫山遍野的映山红。当年的兴国山歌这样唱道，‘苏区干部好作风，自带干粮去办公，日着草鞋干革命，夜打灯笼访贫农’。”（《杜鹃红遍东固山》）

作者给我们记述了这样一个故事：“在吉安烈士纪念馆有一面写有‘奋斗’的半面红旗，1934年10月，中央红军长征后，曾山同志临危受命担任中共江西省代理书记。他率领的一个团在掩护主力红军转移时，损失很大，队伍被打散。突围时，为激励大家斗志，曾山同志拿住一面写有‘艰苦奋斗’四个大字的红旗，一剪两半，他和胡海各执一半，进行突围。”我们的革命先烈把艰苦奋斗视作比自己生命还要重要，因为这是我们获得政权的根基，也是今天我们巩固政权的根基。

邓小平曾经指出，坚持和发扬艰苦奋斗的传统，“才能抗住腐败现象”，“这是中国从几十年的建设中得出的经验”。（《邓小平文选》）那些点上灯是人、熄了灯是鬼，登上台夸夸其谈，背后里却蝇营狗苟的贪官们，那些被金钱、美女、享乐侵蚀了灵魂的“大老虎”“小老虎”们，在革命先烈的英灵面前应当感到汗颜、无地自容！正是因为他们丢掉了党的艰苦奋斗的传家宝，才走上贪腐之路，自绝于党、自绝于人民。

“人民群众的拥护和支持是共产党的力量源泉和胜利之本。密切联系群众既是共产党的优良传统和政治优势，也是执政后作风建设要解决的核心问题。”“树高千丈不能忘了根，什么时候都不能忘记我们的衣食父母、父老乡亲。”（《邓六金的故乡情》）作者用诗一样的语言，揭示出一条颠扑不破的真理。

对生态环境污染和过度开发之忧

锡杰对生态环境的忧患意识，也给人留下深刻印象。

22年前，他第一次走出国门——去韩国参观大田世界博览会。这是一个关心地球环境的博览会。锡杰受到启发，回来就大声疾呼：“增强全民的环保意识！”针对我国出现的城市住房紧张、交通拥挤、污染日益严重、能源和水源供应不足的问题，他写道：“我们共有一片蓝天，我们共居一块绿地。面对关系国家兴亡、民族兴衰的大事，每个人都不应该等闲视之！”（《韩国考察随记》）1999年，他去英国考察。看到人家优越的自然条件和生态环境，一些同胞愤愤不平地说："'上帝'偏向欧洲人。"锡杰把此作为一个课题，经过研究，他用令人信服的事实和数据说明：不是"上帝"偏向欧洲人，而是"我们的祖先及我们自己把良好的生态环境搞坏了。""从这层意义上讲，五千年文明史，是我们的骄傲和财富，也是可持续发展的包袱和制约因素。"（《访英归来话生态》）

当时，一些人对他的忧患不屑一顾，说什么："先解决温饱，再说环保。"锡杰不灰心、不泄气，他相信真理的光芒一定能穿透迷雾，入心入脑，成为人们的共识。他像田野里催收催种的布谷鸟，利用各种形式和渠道，宣传保护生态环境的道理，有时简直到了杜鹃啼血的程度。比如，他住的小区东侧的20多棵合围的大杨树和小桃园，被强势部门砍伐了盖楼房。他痛心地写道："人类生活在地球上，但地球是属于树木的。""人类是树木的'孩子'，而热爱树木，呵护树木，保护地球上的森林资源，就是保护人类自己。"（《窗前玉兰花》）再如，1984年5月，锡杰曾到衡水的母亲河——滏阳河的源头黑龙洞考察。滏阳河发源于太行山南段邯郸市峰峰矿区的滏山南麓，故名滏阳河。历史上，这里曾"群泉珠涌，波光潋滟"，而如今却满目疮痍、河床淤积，几名妇女围着潺潺冒水的主泉眼洗衣服，周围污水横流，垃圾成片，让人欲哭无泪，唏嘘不已。他无限惋惜地写道："人类对大自然的掠夺式、征服式开发利用，不知毁了多少好山好水！"（《太行深处的"香格里拉"》）再如，2010年5月，锡杰来到河南省济源市五龙口猕猴自然保护区参观，当听到景区周边的生态环境面临过度开发、修路等威胁，让人担忧时，就专门写了《五龙口的猕猴》一文，呼吁保护岌岌可危的猴群。他大声疾呼："记得某位哲人说过，'地球上的生物灭绝之日，就是人类的灭亡之时'。从这层意义上说，保护猕猴生存的环境，保护人类的近亲——猴子，就是保护人类自己！”

好的散文具有永久的魅力。不少读过《红枫集》的人，都感到锡杰10年、20年前写的一些散文，今天仍具有很强的现实意义。为什么？深究其中原因，这可能与作者的追求有关。锡杰在《红枫集》后记中写道：“一篇好的散文，不应止步于辞藻的华丽、知识的渊博和情感的细腻，还应当透过叙事、抒情和鲜活场景与人物的描绘，凸现人文境界、家国情怀和时代精神，展现我们时代的风貌，让人能够获得精神指向上的感悟。这就是行家们说的‘散文的风骨’吧！”我想，正因为锡杰的散文具有这种“风骨”，所以，他的散文不仅能给人以审美的愉悦，还能给人以启迪，给人以教益，给人以积极向上的正能量！

（载2015年5月7日上海《组织人事报》和同年5月27日《衡水晚报》）

三秦大地的“天籁之音”

温雅芝

按：有一天听说，毕业45年无联系的大学同学温雅芝，下岗时已年近半百，却发愤图强，拿起笔来写小说，还居然成功了，真是奇迹！她不仅先后出版了三部长篇和一些中短篇小说，成了陕西的知名作家，并且其长篇小说《太阳雨》还获得了陕西省“五个一工程”奖。我给她发微信调侃说：“三秦大地，真是人杰地灵，出了那么多著名作家。我们河北大学中文系1970级74名同学，毕业留在省内的，没有一人成为作家，写出过长篇小说。而你只身到渭南，却成了作家，难道与沾染‘西北风’的灵气没有关系吗？”现将她为《红枫集》写的书评附录如下。

我和张锡杰同是河北大学中文系的首届“工农兵学员”。20世纪70年代，我只身从河北迁安来到陕西渭南，从此和同学们断了联系。几十年的光阴转瞬即逝，做梦也没想到，不久前同学们借助互联网，通过“同学情”微信群找到了我。正像大家说的，“四十五年一弹指，光纤一缕牵旧情”。

“一生难得两度缘，前度青春后鬓斑。”老同学视频见面，激动之情，溢于言表，畅叙离别之情之余，还互赠这些年的著作，交流毕业后的心路历程和跋涉的艰辛。近两年，我因为眼疾而视力急剧减退，书看得越来越少。但是，收到张锡杰寄赠的图文并茂的《红枫集》后，惊喜之余，不忍释手。认真读罢，跑进我头脑里的一个概括性的描述就是：一路风景一路歌，赤子情怀走龙蛇。

锡杰上学时就酷爱写作，我对其之所以印象还深刻，倒不完全是因为45年前的他已经在学业和见识上崭露头角，似乎倒更好奇于他当时的浓重乡音。老实说，在此之前，孤陋寡闻的我对冀之南衡水的印象几乎仅限于“衡水老白干”，因为有了锡杰的现身说法，特别是最近在我读了锡杰的《红枫集》之后，我对衡水乃至枣强县以及锡杰本人的性情才华成就等的印象，便格外地拓展和鲜活起来。

锡杰曾是资深媒体记者，说其著作等身并不夸张。《红枫集》仅是他政治、科技、人物、纪实等文集之外的散文随笔专辑，与前面的著文集相比，其行文的主要特点应是较强的文学艺术性。

《红枫集》中的内容涉及天南地北、风景、人物、故事，可谓包罗万象。所以，说《红枫集》应被称之为开卷有益型的美文集，又是一本动态的风景簿，这并不夸张，逐篇美文读来，如行云流水，笔走龙蛇，无不给人以知识启迪，心灵震撼。

人们常说言为心声，观其文知其人。首先，我认为因读此集而激发的联想，确实就如为此集作序的汤恒先生所概括的那个总“纲”所述：“这些散文角度不同……无一例外地体现了作者对党的忠贞，表现了他坚定的理想信念，展现了他对祖国和人民的热爱和对中华优秀传统文化的礼赞。”

散文人人都可以写，但写好不容易（我这里指的是文学艺术色彩较强的狭义性散文，《红枫集》内诸篇即属此类）。因为历来国人对它的期望值非常之高，所谓“文以载道”“经世致用”，诸如此类。仅从这点上讲，我觉得锡杰的《红枫集》内诸篇是绰绰有余的。

从省报记者到走进中南海（中央办公厅），无论是作为媒体人还是最高领导机关的高级文员，抑或大学里的领头人，他职位变得越来越高，责任越来越重，但他对党的信仰以及为人民谋福祉的初心没有变。唯其如此，在访问了马克思诞生地德国小镇特里尔之后，他发自肺腑的誓言是“从特里尔走来，我们的思想更加充实，从特里尔走来，我们的步伐更加坚定。我们党全心全意为人民服务的宗旨，与马克思‘为人类幸福而服务’的誓言一脉相承，是鼓舞我们前赴后继奋斗不止的力量源泉”。在瞻仰列宁墓的那一刻，“望着对面钟楼塔楼上依然闪烁的红星”，他不由感慨万千，由衷“为……苏联解体……苏联国旗从克里姆林宫徐徐落下，宣告苏共这个列宁缔造的、执政74年的老党大党丢掉了政权”而深深惋惜。因为对创建中国共产党以及在党的第一次国共合作中作出了重要贡献的共产国际代表马林怀有深深的敬仰，所以他为在20世纪90年代终于有机会走访马林的家乡，“在马林曾经生活和战斗过的地方寻踪觅迹”而感奋。但最终“在荷兰寻找不到任何有关马林的纪念物”，甚至“没有人知晓他的名字和事迹”，所以他尽管一路饱览着这个郁金香和风车王国的无限旖旎风光，但“心里却是凉凉的”……一种发自内心的惆怅与失望的情怀，让读者感同身受。此外，文集中还有多篇有关对闽、赣、冀等革命老区或人或物或事件或山歌、灯光乃至花草树木等的一系列走访描写以及由此而激发的感慨抒怀，无不让读者真切感受到一个忠诚共产党员的情怀坚守和拳拳赤子之心的鲜活搏动。正所谓：红墙内外千万里，关山重重都越过，立党为民心不移。

其次，从散文的艺术角度讲，因为作者善于准确地以凝练之笔描摹事物、捕捉人物心理，《红枫集》中的篇篇文字，恰如一串串一盘盘珠玉一般，散发出富有质感的光华，给人以感染熏陶。

人们说看景不如听景，《红枫集》让读者真切感受到的是身临其境般跟随作者的笔触穿行于祖国大江南北、内地边疆，域内境外，一路奇山异水、奇花异木、奇珍异宝、奇人壮举，让你颇有惊喜连连、目不暇接、美不胜收又叹为观止之感。而且对这些奇异景观人物故事，你都可以从容不迫反复地回顾浏览，就远比惶惶然的“N日游”看得仔细又周全多了。而“看”过之后呢，你在慨叹“地球已经变成村”的同时，往往变得“视野开阔，融十年甚至几百年变化于一瞬，在与历史的对比中”，同作者一样，感同身受于现实的美好及得来之不易、优良革命传统的传承发扬、资源与生态环境在开发利用中应加保护的重要及迫切。因此，毫不夸张地说，《红枫集》中的许多散文随笔篇章，无论从立意、选材、谋篇的精当，还是繁简得当及描写的精准生动，都是完全可以纳入语文教科书的经典范本之列的。正所谓：山山水水总关情，生花妙笔传精神，端的游侠赤子心。

总之，《红枫集》给我们传递的信息是多元的。

读罢全书的文章，给我总的感觉是“居庙堂之高”的锡杰与“处江湖之远”的锡杰在这里完美融合了。作为老同学和新中国的同龄人，许多文章确实能够引起我的深深共鸣，尤其是当我读到《描绘母亲的形象》这一篇时，也许是因为有相似经历的缘故吧，我是在泪水朦胧中读完它的，自信可以感同身受于作者在行文那一刻情感波涛的涌动。所以在掩卷深思之际，我也就特别理解了他的信念、理想与追求。

着眼现实而不忘怀旧，着眼未来而面对当下。

两个锡杰都是真实的存在，我都用赞赏的目光待之。也许就因为，我们不仅仅是普通的读者与作者，还是老同学吧。

（载2017年6月29日《衡水晚报》副刊和同年7月9日《大周刊》）

“枫林似火”赞

张广敏

按：张广敏，时任福建省人大常委会副主任。读着信中那激动人心的褒扬之词，我的脸有些发烫。心里感到疑惑：写信人张广敏何许人也？仔细搜寻记忆，终于记起2012年12月，在福建古田纪念老红军邓六金诞辰100周年座谈会上，我从《海峡姐妹》杂志上读到一首怀念邓六金的叙事诗《妈妈，来自大山里》，文辞华丽，感情真挚，读来朗朗上口，而作者正是张广敏。同为舞文弄墨之人，我佩服他的才思敏捷，想象力丰富，曾在一篇文章里引用该诗。没想到，在一面之缘的4年后，收到了他对《红枫集》的如此褒奖，我深受感触和激励。

正是“冻笔新诗懒写，寒炉美酒时温”的立冬时节，诸事纷繁，寒炉、美酒已经不敢奢想，但能翻看张老兄的《红枫集》，却是快事一件。

七十篇文章，三十年岁月，张老兄您在这漫长的时间长河中，专注于文学的研究。身为同好，对于深爱的中华文字的悸动，深有感触。您说上中学时，读杨朔的散文常常爱不释手，夜不能寐，我也感同身受，尤为欣赏他托物寄情、物我交融的“诗境”。他是我们年轻时，作文造句争相仿效的偶像。

就像您说的，“一篇好的散文，不应止步于辞藻的华丽、知识的渊博和情感的细腻，还应当透过叙事、抒情和鲜活场景与人物的描绘，凸显人文境界、家国情怀”。张老兄，您的这个集子很好地实践着这一文艺理念。不论是游览红色故地，抑或是名山大川，又或者忆故访旧、记事写人，都透露出浓厚的人文情思——对革命志士的敬仰、对大好河山的歌颂以及对人生的思考……

张老兄对生活如“枫林似火”一般的热爱，感染了如我一样的读者。尤其是您致仕后，仍能保持着旺盛的创作活力，这是许多后生晚辈都望尘莫及的。我们都要诚恳地向您学习！

“红枫”叶茂，读之粗浅，未及根系，望请见谅。谨祝张老兄文苑熙暖，再绽新枝。

君似坝上金莲花

杨　珍

按：杨珍，河北康保人，1972年河北大学毕业后，曾在康保县委宣传部通讯报道科工作。1984年6月离开康保县，被招聘到新疆石油报社当记者。当时招聘条件很不错，给解决住房，家属子女是农业户口的，可以转成城镇户口，还可安排工作，工资也比内地翻一番。杨珍的家属子女在康保县是农村户口，所以就动心到了新疆。1998年其和老伴办理了退休手续。一儿一女，都在克拉玛依市，事业充实，生活幸福，家庭和睦，其乐融融，还经常写点东西，他说不图出版，图给孙子留一点精神财富。

感谢老兄给我从北京寄来《红枫集》。我反复拜读了几遍，每次都有新收获。因为我们是同学、同行，所以对你写的书倍感亲切。我们失联45年，对你的突出政绩和写作成果很陌生。你在河北日报社工作时，我在河北省康保县委宣传部通讯报道科工作，那时经常能看到你写的文章，知道你是名记者。1984年我就被招聘到新疆石油报社当记者，从此就再没有你的信息了。感谢你和景才、张景同学创建的“同学情”微信群，才和同学们联系上。特别是拜读了《红枫集》后，感到你真了不起，是我们河北大学中文系首届“工农兵学员”的佼佼者，是同学们的骄傲和自豪。

《红枫集》收集了你历年创作的70多篇文章，内容非常广阔，涉及地域从国内到国外，从北方到南方，涉及时空从18世纪到20世纪。无论是写人写景，也无论是抒情言志都围绕红色，充分体现了一位优秀共产党员的坚定理想和信念，字里行间都渗透了优秀的中华传统文化。人常说处处留心皆学问，有的人也到处走、到处看，看完像狗熊掰棒子一样——看完也丢完了。而你却走一路看一路，看一路写一路。你写的每一篇文章都是独具慧眼，清澈见底，令人震撼。譬如《甜水井的故事》讲的本来是家乡打水井的普通故事，但是在你眼中却不普通，你描绘出了农村农业现代化的伟大进程和丰硕成果。故事给人启发，给人信心，给人力量。还有许多篇借景托物生情，譬如《列宁墓前的感慨》《城南庄的灯光》《油菜花》《坝上金莲》，等等，都是你曾介绍的写作方法，角度要小，立意要高，以小见大，见微知著。有许多抒情点评都起到画龙点睛的作用，文中还引用了许多诗词名言，令人赞不绝口。这一切体现了你渊博的社会知识、丰富的地理人文知识和卓越的文学创作才华。你的顽强拼搏精神也是令我非常敬佩的，你虽然退休了，却不享清福，而是退而不休，继续走创作的苦路子，到处走到处看，看一地写一地，历尽艰辛呕心沥血写出了《红枫集》。我有感而发，写了几句顺口溜《赞坝上金莲花——赠锡杰兄》（组诗）：

一

千朵花呀万朵花
争香斗艳招人夸

牡丹玫瑰我不爱
独赞坝上金莲花

二

风沙霜冻她不怕
干旱盐碱任随它
钢筋铁骨花盛开
君似坝上金莲花

三

写作难似蜀道爬
化险为夷是奇葩
勤奋感动中南海
恰是坝上金莲花

知音回响两则

张锡杰

一、《红枫集》序言被《人民日报》等刊用

汤恒同志为《红枫集》写的序言《一纲三目——序张锡杰〈红枫集〉》，2014年11月7日《江西日报》、12月15日《人民日报》、12月26日《河北日报》和12月4日《组织人事报》等多家报刊，都分别进行了刊登。这篇序言高屋建瓴、言简意赅，不仅当时很有针对性和指导性，而且今天读来仍有现实意义。《红枫集》与《红飘带》是姊妹篇，是用好红色资源、讲好党的故事和革命的故事、传承好红色基因的一条连接纽带。汤恒同志的序言不长，富有哲理，故附录于此，以飨读者：

《红枫集》是张锡杰同志的散文集，收录了他历年创作的70多篇作品。总结一下，此书有一纲三目：红为总纲，游、

忆、记是三目。《红枫集》纲举目张，既有统领的精神，也有丰富的层面。

先谈谈总纲吧。《红枫集》中的散文内容丰富，或描述作者拜谒革命导师、革命领袖和革命前辈的情景，或歌颂革命圣地、祖国大好河山，或介绍域外名人，或回忆故人与故事，或记录作者经历、体悟与感受，或展现他对家乡、亲人和朋友的真挚情感。这些散文角度不同，或抒情、或议论、或言志、或记事、或怀古、或述今，但其底色都是红色，无一例外地体现了作者对党的忠贞，表现了他坚定的理想信念，展现了他对祖国和人民的热爱和对中华优秀传统文化的礼赞。

游是目之一。游是游历，不游不能广见闻，不游不能扩心胸。张锡杰游历了很多地方，马克思家乡、列宁墓、井冈山、大沽炮台、台儿庄、五龙口、桃花源、阿里山等。游历罢，他写下一篇又一篇游记，譬如《寻梦台儿庄》《挪威的峡湾》《惹人心醉的小三峡》《俄罗斯人的婚礼》等。游亦是游心，因此这些游记不完全是写景，更包含了张锡杰同志对革命传统的追忆，对祖国大好河山的赞颂，也包含了他对人生的思索，对祖国的热爱，对世界局势的关切。

忆是目之二。忆是忆故人和故事。张锡杰同志一路走来，感受到时代的巨大变迁，看到人的变化，事的发展，有很多感慨和思考，并聚焦于笔端，见之于散文。这些散文往往角度很小，但立意很高，以小见大，见微知著；往往也视野开阔，融几十年甚至几百年变化于一瞬，在与历史的对比中展示现状。《十年击水在南海》写在南海游泳的“美好和美妙的记忆”，既写了南海的历史和当前情况，也写了与同事之间的友谊。《甜水井的故事》一方面追忆1968年合作社打井的故事，也写了作者家乡的现状，展现了农村现代化的伟大进程和重要成果。《三谒菊香书屋》写作者三次拜谒菊香书屋的经历，此文一方面描写了毛主席书房的构造和所钟情的书籍，对于了解和研究毛主席有重要的参考价值，同时该文也叙述了作者自己的变化。三谒菊香书屋，菊香书屋同，但作者的境况与境界已有了非常大的变化。

记是目之三。记是记录。张锡杰曾是记者，他以灵动之笔记录过很多重大时刻，记录过很多重要人物，也记录过很多默默奉献的平凡英雄。《邓六金的故乡情》记录了邓妈妈对故乡的深情，写她几次回家乡的情景，展现了邓妈妈的“慈祥、睿智和平易近人”。《当代鲁班与他的“彩虹桥”——田雄和韩村河印象记》写作者四次到韩村河参观的经历，每次感受都不同。由此文可见作者积累与功力之一斑，一篇不长的文章写出了“‘当代鲁班’们艰难创业的历史见证和理想抱负的才艺展示”。

张锡杰同志大作既成，求序于予。我拜读了全文，在内容上觉“若行山阴道上，应接不暇”，他的文字言简而意赅，辞约而义丰，也是我非常喜欢的。于是惶恐写下一些印象与感受，读者可自己阅读全文，体会散文之美及作者的睿智、抱负。

二、《老干部生活》杂志《我的著作》专栏介绍《红枫集》

2017年第1期《老干部生活》杂志，在《我的著作》专栏专题介绍了《红枫集》，并选登了其中的作品《枣树情》。专栏设计精美，图文并茂，用3个页码加以介绍，内容分别为“作者简介”“著作简介”“作品选登”，并配发了作者近照和《红枫集》的封面照片。

刊头语说：

中办的一些老同志虽然已退休，但他们仍然继续思考，并著书立说，把自己的一些亲身经历和心灵感悟，做一个记录留给后人，这也是对社会的一种贡献，很有意义、很有价值。

“著作简介”说：

《红枫集》由江西人民出版社出版，全书30万字，分为寻踪觅迹、家乡恋情、红墙情结、神州寻幽、域外采撷、友谊之歌、心香一瓣等七个部分，收录了70多篇散文随笔。中宣部文艺局局长汤恒评介此书有“一纲三目”，“红为总纲，游、忆、记是三目”。河北大学教授、文艺评论家吴庚振的评价是“赤子情怀，真情放歌；散文其形，通讯其骨；知识密集，内容丰厚”。河北现代作家李晓岚则说该书是作者“忧党忧民的心迹写照”。本书的一个特色是每篇散文后都有“链接”，或背景资料，或知识性“小贴士”，或所记事件和人物简介，使人读起来有“立体感”。至于该书取名“红枫”，作者说，不仅是因为“停车坐爱枫林晚，霜叶红于二月花”的名句，还因为其中大部分作品系退休后的所见、所闻、所思、所想。

红枫结缘成佳话

——附录红枫之缘的感言

张锡杰

在香山红叶层林尽染的时节，我收到了河北大学文学院资深教授韩盼山老师的赠诗《红枫颂——读〈红枫集〉》：“金秋时节赏红枫，枫叶飒飒竞摇情。根脉深扎冀南土，干枝长浴赵北风。红墙向日添异彩，绿野游踪铸骄容。天地广阔身骨壮，一树繁星耀赤诚。”韩老师的诗，情真意切，感人肺腑，令学生感动不已！

韩老师是河北大学中文系1970届的留校生，而我是1970年入学的首届“工农兵学员”。早在我上学前，他就按照毛泽东“大学还是要办的”指示，去调研过我们小评论组——“枣强县肖张公社评论组”的写作经验。上学时他虽没教过我的课，但我很敬仰他，知道他学习研究很刻苦，正在创作传记文学《王璞》等。毕业后，由于我工作岗位几次变动，彼此一度失去了联系。今年我听说他也在北京后，就寄去《红枫集》请他指正。他在信中满怀深情地写道："《红枫集》不是一部普通的散文集，而是你人生的一个缩影。这里有你独特的人生轨迹，纯挚的感情，深刻的思想，不凡的才华。你本身也正如闪光耀彩的红枫，我也喜欢红枫，为此，晨起写了首《红枫颂》，作为读后感发给你，未必恰切，聊表心意吧。"

其实，因《红枫集》结缘的还有许多老领导、老同学、老朋友，也有许多忘年交的新朋友、新面孔，其中不乏名人名家。河北大学新闻传播学院教授吴庚振、河北作家李晓岚、陕西作家温雅芝等专门为该书写了具有真知灼见的书评；青年文艺评论家、中宣部文艺局干部刘涛则言简意赅地评价说："《红枫集》的站位之高、思虑之远、忧思之深，远非一般散文家能够企及。"

俗话说："亲不亲，老乡亲。"《红枫集》还搭起了我与老家枣强县老年大学主办的《桑榆文苑》杂志的鹊桥。该刊责任编辑刘双桥女士，酷爱诗文写作。她看到我的散文集后，爱不释手，主动打电话联系，除从书中选了《衡水湖寻踪》《绒花树的记忆》等5篇文章，编入《枣强文集·散文卷》一书，还在《桑榆文苑》杂志上连载《红枫集》中的文章（每期一篇），令我感动不已。通过《桑榆文苑》，我和许多失去联系的老朋友建立了联系。2017年夏的一天，突然接到枣强县委退休干部姚洪赞的电话。他1964年夏曾在我们村——刘纸坊调查干部作风问题。当时，工作组作风很深入，住农家、吃派饭，我时任村团支部书记，是他们的联络员。此后，我参加"四清"工作队、上大学、当记者，53年未曾谋面。他是看了《衡水晚报》和《桑榆文苑》上介绍我和《红枫集》的文章，怀着激动的心情打来电话的。

北京一位80多岁叫张殿升的老工人，是我的远房亲戚，对《红枫集》爱不释手，看了多遍，甚至连其中的故事情节都熟记在心。他概括说："全书最令人心酸、让人'泪目'的是《描绘母亲的形象》，最美妙甜蜜、让人羡慕的是《绒花树的记忆》……"

我有时扪心自问：《红枫集》何以能受到那么多人的青睐和称赞？细想起来，主要原因可能有二：其一是不忘初心。虽然散文集跨度三十个春秋，我也从冀南的衡水湖畔走进中南海，但不管走多远，都没忘记为什么出发、从哪里出发，始终保持着农民儿子的憨厚与质朴。《红枫集》出版后，之所以得到了那么多朋友特别是家乡新闻媒体朋友的厚爱和褒奖，是因为在他们眼里，我还是那个童心未泯的“小张”“小杰”，虽曾在中南海的红墙里工作过，但始终没有忘记“处江湖之远”的乡亲。其二是赤子情怀。“一路风景一路歌，赤子情怀走龙蛇。”七十篇文章，虽内容角度不同，“或抒情，或议论，或言志，或记事，或怀古，或述今，但其底色都是红色，无一例外地体现了作者对党的忠贞，表现了他坚定的理想信念，展现了他对祖国和人民的热爱和对中华优秀传统文化的礼赞”。

我想，这就是“红枫”结缘的根基吧！

（载2017年11月23日《衡水晚报》副刊和同年12月25日《大周刊》）

跋

——“光荣在党”永远在路上

2021年7月1日，中国共产党百年华诞。天安门广场，晨风轻拂，霞光如帔，天安门城楼庄严雄伟。作为中央办公厅老干部的一名代表，我有幸在现场见证了这历史性的盛典。

约8时许，飞机轰鸣声由远及近，由71架国产战鹰组成的“100”和“71”的字样，在欢呼声中飞过广场上空，向党送上生日祝福。随着广场上“巍巍巨轮”雄壮浑厚的汽笛声，广场南端100响礼炮声响彻云霄。国旗护卫队从人民英雄纪念碑出发，护卫着鲜艳的五星红旗行进至升旗区，伴随着军乐团演奏和全场齐声高唱的国歌声，五星红旗冉冉升起……

世界都在聚焦这一百年的高光时刻。习近平总书记的重要讲话，气贯长虹般划过长空：“今天，在中国共产党历史上，在中华民族历史上，都是一个十分重大而庄严的日子……我代表党和人民庄严宣告，经过全党全国各族人民持续奋斗，我们实现了第一个百年奋斗目标，在中华大地上全面建成了小康社会，历史性地解决了绝对贫困问题，正在意气风发向着全面建成社会主义现代化强国的第二个百年奋斗目标迈进。”

7万余名各界代表雷鸣般的掌声和手中舞动的红旗，使天安门广场形成了一片欢乐的海洋！此时此刻，我眼睛湿润，心潮澎湃，热血沸腾，从心底为伟大、光荣、正确的中国共产党欢呼和骄傲！此时此刻，仿佛从历史深处、跨越时空地传来为我们送来马列主义的俄国十月革命的“一声炮响”；此时此刻，耳畔仿佛又响起72

年前毛泽东在这里的庄严宣告：中华人民共和国中央人民政府成立了……

我们党的一百年，是矢志践行初心使命的一百年，是筚路蓝缕、前赴后继、奠基立业的一百年。为了赓续红色血脉，汇集力量开辟未来，党中央决定在党的百年华诞前夕，将党内最高荣誉——“七一勋章”授予马毛姐等29位为党和人民做出杰出贡献的共产党员。同时对710多万名党龄达50年、一贯表现良好的老党员颁发“光荣在党50年”纪念章。这在我们党的历史上是第一次。老党员是百年风雨的见证者，是峥嵘岁月的亲历者，是初心使命的践行者。每位领到纪念章的老党员，心情都特别激动，感到神圣而光荣。今年6月28日，当我领到“光荣在党50年”纪念章的那一刻，感到既是一份荣光，更是一份沉甸甸的责任。因为“光荣在党”永远在路上，领到纪念章只是我生命航程中的一个里程碑，而新征程的起跑线就在脚下……

能亲历庆祝党的百年华诞的盛会是我们这代人的福分，能在这样的时刻由广东人民出版社出版我的散文随笔集《红飘带》是我的幸福。《红飘带》是我的散文集《红枫集》的姊妹篇，也可以说是续集。两书共同的特点是“红为总纲”，游、忆、记，抑或赏析借鉴，都围绕赓续红色血脉，正如鲁迅先生所说“从血管里流出的都是血”。最初想到这一书名，是在2019年庆祝中华人民共和国成立70周年的现场。两条似从天而降的飘逸灵动的“红飘带”，环绕在天安门广场两侧，直至广场北端，这壮丽的景观使我受到强烈的感染，带给我太多的思考和联想。“红飘带”寓意红色基因连接历史、现实和未来。联想到我们这些伴随着共和国母亲脚步成长起来的一代人，是新中国由站起来、富起来到强起来的亲历者、建设者和受益者。我们既是“红飘带”（红色基因）的继承者、践行者，也是红色基因的传承者。对党的理想信念的忠诚、对祖国和人民的热爱，已融入我们的心灵，幻化成我们的灵魂，铸就出一颗赤子之心。青史如鉴耀春秋。“为使命而生、循初心而行”的老党员，艰难困苦的奋斗经历和所见所闻，就是“一辈子感党恩，永远跟党走”的生动鲜活的党史材料，把这些身边事记叙下来、用讲故事的形式讲述出来，也是对年轻人坚定理想信念、不忘初心使命的一种传承。从这层意义上讲，《红飘带》可算是为党的百年诞辰献上的一束小花吧！

在《红飘带》付梓之际，我要衷心感谢那些对本书的出版给予帮助和支持的领导和朋友们。中共中央宣传部新闻局副局级退休干部、中国作家协会会员张文祥，在百忙中拨冗为本书作序，给予热情鼓励和画龙点睛般的深刻点评；中国南方电网公司原党组副书记、董事史正江及岭南文化艺术促进基金会，对本书的出版给予了诚挚的帮助和大力支持；广东人民出版社对出版给予了热情支持，责任编辑梁茵女士认真负责、精编细校，使文稿做到图文并茂；书籍设计师彭力为此书设计了精美传神的封面。还有不少同志为本书的出版付出了辛劳。校友祁明义曾热情地将书中许多篇章推荐到天涯社区、东方论坛、散文网等知名网站发表，扩大了社会影响；我的学生宫永广为我复印书稿；我的夫人崔纪敏原是《科技日报》的主任编辑，不仅是第一读者，还是评论者和校对者。在此一并表示诚挚的谢意！

张锡杰

2021年7月于北京黄叶庄银杏书屋